民國文化與文學_{研究文叢}研究文叢

十 五 編
李 怡 主編

第 **20** 冊

古典理想的現代重構
——徐志摩與中國傳統文化(中)

寧 飛 翔 著

國家圖書館出版品預行編目資料

古典理想的現代重構——徐志摩與中國傳統文化（中）／寧飛翔
著 -- 初版 -- 新北市：花木蘭文化事業有限公司，2022〔民
111〕
目 4+170 面；19×26 公分
（民國文化與文學研究文叢　十五編；第 20 冊）
ISBN 978-986-518-978-5（精裝）
1.CST：徐志摩 2.CST：學術思想 3.CST：文學評論
4.CST：傳記 5.CST：中國
820.9   111009891

ISBN-978-986-518-978-5

9 789865 189785

民國文化與文學研究文叢
十五編　第二十冊　　　　　　ISBN：978-986-518-978-5

古典理想的現代重構
——徐志摩與中國傳統文化（中）

作　　者　寧飛翔
主　　編　李　怡
企　　劃　四川大學中國詩歌研究院
總 編 輯　杜潔祥
副總編輯　楊嘉樂
編輯主任　許郁翎
編　　輯　張雅淋、潘玫靜、劉子瑄　美術編輯　陳逸婷
出　　版　花木蘭文化事業有限公司
發 行 人　高小娟
聯絡地址　235 新北市中和區中安街七二號十三樓
　　　　　電話：02-2923-1455／傳真：02-2923-1452
網　　址　http://www.huamulan.tw 信箱 service@huamulans.com
印　　刷　普羅文化出版廣告事業
初　　版　2022 年 9 月
定　　價　十五編 21 冊（精裝）新台幣 55,000 元

古典理想的現代重構
——徐志摩與中國傳統文化（中）

寧飛翔　著

目次

第五章 才性與玄理——徐志摩與郭象個體主義哲學比較略論

　　浸潤古典玄想氣質的徐志摩與西方浪漫主義（包括更早的靈知主義和後來的唯美象徵主義）之間乃是一場沒有時間的遭遇。當世俗化進程無情地掃蕩自然的神秘與神聖，人與整個宇宙秩序的斷裂也就成為玄學主義與浪漫主義的共同形上背景，古典詩意的流風餘韻，不期然在悲風滿月的現代性世界中化作浪漫的奇詭，化作現代人性靈深處渴望獲得救贖的顫慄。於是，「世界必須浪漫化」成為它們的共同特徵，在浪漫玄想的心靈律動中，幽咽的流水能夠在心弦上奏出完整的音調，卑賤的草花被賜予神聖的意義，尋常的事物被賦予神秘的模樣，已知的對象被給予未知的信任，有限的世界被賦予無限的想像。於是我們看到，「不是神聖的上帝，不是外在自然和內在理性，而是以夢為馬的自我靈魂成為藝術探索和哲學探索的中心」，其共同目標都是「注神性入災異叢生的粗糙世界，建構一個烏托邦式的城邦，向詭異的造物神索回詩意的正義。」　　——題記

引論：「哲學的詩化」與「詩化的哲學」——徐志摩與郭象哲學的隱秘關聯

　　在中國現代文學史上，徐志摩向來被視為「以中文形式成功移植西方浪漫主義的第一人」。他的詩作不僅「以情感的宣洩、聲律的革新和意象的動人

風靡一時」，而且以對愛情一心一意、不拘禮俗的純真追求，展現了「一個沖決羅網、無所畏懼的現代姿態。」〔註1〕但當人們急於用「浪漫主義」這一西方舶來的概念對其文學文本和情感歷程做定論時，〔註2〕「似乎太輕易將中國的『抒情』與西方浪漫主義概念裏的『抒情』（lyrical）畫上等號，由此忽視了雙方跨文化互動中所產生的繁複內涵。」事實上，「五四浪漫主義者面對現代西方浪漫主義的觀念如『自主』『自我』時，並不照單全收。五四諸子所展示出的自我主義其實帶有一種深刻的焦慮。這一張力也許反映出中西文學在宇宙觀上的根本不同。換言之，儘管現代中國人志在打破舊習、反抗傳統，但對西方浪漫主義的『絕對自我』──以無神、無群、無國族為極端表現──卻不無保留。他們更傾向於將浪漫主義引進的資源嫁接到家國社會情境，強調個人對公共領域的重新投入。換句話說，小我和大我的辯證因此有了新意。浪漫主義在此扮演了一個複雜的角色，不僅為中國帶來前所未有的思想資源，也為內在於抒情傳統的某些元素『重新編碼』。其結果是本土與海外的語言和觀念發生強烈碰撞──與結合。」〔註3〕──的確，「五四」個性

〔註1〕〔美〕王德威：《史詩時代的抒情聲音──二十世紀中期的中國知識分子與藝術家》，北京：生活・讀書・新知三聯書店，2019年，第80頁。

〔註2〕新時期以來的徐志摩研究領域，充斥著大量既有所見但又有所不見的頗有影響力的「定論」，茲舉兩例：（一）「儘管徐志摩在身體上、思想上、感情上，好動不好靜，海內外奔波『雲遊』，但是一落到英國、英國19世紀浪漫派詩境，他的思想感情發而為詩，就從沒有能超出這個籠子。」（卞之琳：《徐志摩詩重讀誌感》，韓石山、朵漁編：《徐志摩評說八十年》，第278頁。）（二）「徐志摩完全繼承了西方文藝復興以後的文學觀念。他確認此岸世界，謳歌自然界神秘的美。他全盤接受了個性解放的思想，他美化自己憧憬的愛情。徐志摩以歡樂意識為軸心奠定了自己的浪漫主義詩歌基礎。」（謝冕：《雲遊》，出處同上書第342～343頁。）上述評論流播甚廣，引用極多，幾成定論，有必要指出來略作澄清。事實上，其創作範疇並非沒有超出歐洲19世紀浪漫主義的雷池，而是在強烈的主觀抒情性和對自然的崇拜中同時透露出傳統騷玄禪的強烈氣質和典型意味，並且其後期的創作因其自身的思想覺悟（如其在《猛虎集》序文中稱自己是一個曾「陷入單純信仰的懷疑的頹廢」），已漸漸透露出破碎零星的現實主義傾向，有偏離表層浪漫主義的端倪，譬如其逝世前以丁玲和沈從文為主人公原型，採用現實主義手法創作的小說《璫女士》即是明顯一例。只不過，其英年早逝所導致的文學創作活動的突然中止，使得他的作品樂章定格在浪漫主義主旋律上的印象過於強烈，人們在習焉不察中匆忙作出定論，而後來者也人云亦云，遂造成對其創作實際內涵和文本複雜面相的長期遮蔽。

〔註3〕〔美〕王德威：《史詩時代的抒情聲音──二十世紀中期的中國知識分子與藝術家》，第81～82頁。

解放思潮的興起固然伴隨著西方現代性思想的衝擊，但更是一種個體獨特價值的內在覺醒和追尋，換句話說，它不僅僅是社會和民族國家的重建問題，而必然伴隨著傳統的宇宙觀和個體的自我認同向現代自我的生成和突破。就徐志摩式的浪漫主義而言，既不同於盧梭式的原子個人主義，也不同於尼采無限膨脹的「超人」式個人主義，而是更注重人的靈性與靈氣，「以主體的虛懷應和客體的廣柔」〔註4〕。特別是其「個性中的玄學的意味」（徐復觀語）所透析出的「神形合一」的「風姿神貌」，正體現出現代文學史上某種無法替代的特質。正是從這個意義上，「研尋其意境的特構，以窺探中國心靈的幽情壯采」〔註5〕，筆者嘗試將其個體主義哲學與魏晉玄學思潮聯繫起來。也正是在這一比較過程中，筆者出乎意料地發現：徐志摩與其代表人物郭象（252～312）之間存在著諸多隱秘卻意味深長的相似。

　　當代學者嘗有言：「郭象的個體主義哲學是中國歷史上最為完整、最為系統的個體主義哲學，我們有理由把他看作是被主流的整體主義文化所壓抑的個體主義、個性主義和個人主義文化潛流（這種文化只在較短暫的歷史時段裏，而且只是在社會分裂和混亂之際才能公開顯露並得到發展）的總代表，有充分的理由認為他是孔孟老莊之後中國哲學史和中國文化史上的第五人，挖掘他的思想寶庫具有極為重要的價值和意義。」〔註6〕同時又指出：「郭象對個體的本體論地位或終極實體地位的確認，是其哲學和美學的深層結構，這一深層結構不僅能夠與明清之際個人的覺醒產生共鳴，甚至還與五四新文化運動甚至改革開放以來個性的空前解放一脈相承。如果說莊子以逃離社會並復歸自然的方式來求取個人精神的自由的話，郭象的個體主義思想則不僅希望個人在自然萬物中獲得自由，而且希望在社會人倫世界中獲得自由，不僅獲得精神上的自由，而且獲得行動上的自由——他的理想社會是一個萬民自為、自立、自治、自足，而君主順應萬民之自性無為而治的社會，這個思想與儒道兩家都不一樣，反倒相當接近近代人乃至當代人的社會理想。明清之際的啟蒙思潮可以說開了近代社會的先聲。在美學和藝術領域，李贄的童心說、徐渭的本色說、湯顯祖的唯情說、公安三袁的性靈說、金聖歎的個性說，

〔註4〕劉小楓：《詩化哲學》，上海：華東師範大學出版社，2011年，第100頁。
〔註5〕宗白華：《中國藝術意境之誕生》，《美學散步》，第68頁。
〔註6〕王江松：《郭象個體主義哲學的現代闡釋》，北京：中國社會科學出版社，2008年，第193頁。

都明確地表達出一種積極的個體主義、個性主義和個人主義思想取向。我想，如果這些人的確沒有受過郭象的直接影響的話，那麼我們後人也有責任打通他們之間被歷史塵封土埋的聯繫，從而證明：中國自古以來（最早可以追溯到先秦的楊朱）就有一種個體主義傳統，只不過它受到強大的整體主義傳統的壓抑而成為一股潛流而已。但是，沒有理由斷言，這股潛流永遠只是潛流，永遠只能在地底下痛苦地奔突。」〔註7〕——有鑑於此，本文將在大量發現徐志摩與郭象思想觀念極為相似的文本基礎上，借助形而上學的思辨，〔註8〕試圖跨越古今歷史幽玄的縱深，穿越西方自由主義的迷霧，澄清學界成見的壁壘，對二者之間潛在的淵源諸如精神脈絡、意義密碼、文化基因等進行一次反本溯源式的開掘與疏濬。

黑格爾曾對「美是什麼」的問題作出過一個經典的定義：「美就是理念的感性顯現。」朱光潛先生曾就此展開闡釋道：「黑格爾的定義肯定了藝術要有感性因素，又肯定了藝術要有理性因素，最重要的是二者還必須結成契合無間的統一體。」的確，「藝術是通過感性事物的具體形象，以直接的感性觀照的方式顯現絕對理念；哲學則是通過普遍概念的思辨推演，以間接的自由思考的方式認識絕對理念。藝術和哲學在『絕對理念』以不同方式顯現的過程中，實現了完美的契合。」〔註9〕——從這個意義上來說，儘管徐志摩從來沒有談論過郭象其人，但從其作為「理念的感性顯現」而與郭象的觀念具有驚

〔註7〕王江松：《郭象個體主義哲學的現代闡釋》，第179頁。

〔註8〕朱德發先生在談到文學研究主體思維時曾指出：依據直覺經驗總結作品規律是文學藝術研究的必經之路，然而僅僅停留於經驗的層次無助於深化對藝術規律的整體認識。「應該在經驗對文學藝術世界難以解釋刨根究底追問終止的地方，借助形而上學的思辨思維。這裡所使用的形而上學概念並非指與辯證法相對立的世界觀和方法論，它是指一切超經驗的思辨，它所面對的是一個抽象的、難以觸摸到的本質世界（其中包括人的本質、甚至靈魂）；當然這種形而上學的抽象思辨也不能完全脫離世界，做玄想式的精神漫遊，它應該像黑格爾所要求的那樣把形而上學的普遍性與現實事物的特殊性統一起來，即『導向實體性的必然的和統攝整體的原則』。也許文學史研究主體遵循這樣的邏輯行程，才有可能從紛紜複雜的人的文學世界裏發現一些本質聯繫，作出一些帶有規律性的判斷。因為判斷實際上是獲得整體性的把握，並掌握其間關係所體現的規律。」（朱德發：《評判與建構——新文學史研究主體思維的沉思》，張光芒、魏建編選：《朱德發學術精選集》，濟南：山東人民出版社，2019年，第211頁。）——朱先生的論述對筆者富有啟發，也是本文論述過程中嘗試遵循的方法論原則。

〔註9〕曲經緯：《莊禪擺渡：〈莊子注〉與玄學美學》，東南大學出版社，2018年，第69頁。

人暗合的大量言論來看，就並不能歸結為偶然的巧合。在《逍遙與自由：徐志摩與莊子》一章中，筆者曾詳述了他與莊子的淵源，可以說，作為現代文學史上最為接近莊子氣質的詩人，徐志摩儘管在個體感性意識覺醒的過程中呈現了大量與莊子極為類似的審美心理狀態，但由於時代文化大背景的相異，又與莊子具有很大的不同。譬如，莊子時時不忘追求與萬物融為一體的宏大境界，要在逍遙中忘卻個體人生（「無待之遊」），徐志摩則在現實中時時追求個體感性的自我滿足；莊子之逍遙需經過「心齋」、「坐忘」、「見獨」等心性修煉程序才能呈現，徐志摩之逍遙在「物各盡其性」（徐志摩：《「話」》）中就可以實現。相對於莊子「無待逍遙」的高蹈超越和與道為一，徐志摩時時借助審美的感性觀照來抵達「心靈深處的歡暢」和「情緒境界的壯曠」。簡言之，莊子逍遙的個體內涵基本上是超越現實的，徐志摩之逍遙儘管也不乏高蹈玄想的高峰體驗，但更有與大自然隨時融為一體的自適其性。可見，隨著古典世界觀的終結與現代性意識的孕育，隨著對世俗生活的肯定與感性趣味的高漲，在莊子那裡關聯於形而上本體的思考，不可避免地要在後世士人那裡落實為對自我人生價值探尋的形而下定位，從而將莊子那種人格追求的外在理想轉化為對個體感性生命及自我真實人性的內在復歸。而作為現代中西文化交孕的一個寧馨兒，徐志摩那涵攝了西方自由主義並兼蓄傳統儒道釋而形成的嶄新思想內涵，在與莊子哲學「形似」的同時，也呈現了諸多迥異的個體特徵。──正是在這種「創造性的轉換」過程中，筆者發現，徐志摩與莊子哲學內涵的相似與迥異之處，正可以在歷史上批判性繼承莊學的郭象哲學觀念中找到極為類似的參照。如果說致力於人格本體建構的郭象玄學是「詩化的哲學」，那麼，追求人格自我完成以期達致藝術微妙境界的徐志摩的文學創作，則往往呈現出「哲學的詩化」。或許，根據馬克思哲學的原理可以找到二者契合的秘密：藝術類似經濟基礎之上的上層建築，處於被現實環境決定的位置，所以，處在類似的歷史轉型階段與文化心理背景中所產生的精神成果完全可能是相似的；當然，還可以借助馬爾庫塞的說法：「藝術自律使藝術從現存東西的神秘力量中掙脫出來，自由自在地去表現藝術自己的真理」〔註10〕，所以，憑藉感性形式直接傳遞真理的藝術天才往往在看似漫不經心的創作活動中，不自覺地傳達著與哲學家所表達的思想可以達致內在一致的精神。

〔註10〕馬爾庫塞：《審美之維》，李小兵譯，廣西師範大學出版社，2011年，第197頁。

一、郭象其人其學及其思想史意義

　　儘管後世文人屢屢借由莊子「無待」逍遙的夢想來演繹內心深處對自由的嚮往，莊子一脈思想所成就的藝術精神也得以在悠長歷史中含苞綻蕾、開枝散羽，屢屢獲得涅槃重生，但莊子文本中所蘊含的變化萬端神秘莫測的思想卻飄蕩於其恣縱而不倘的文字形跡之外，幾乎不可能有解，所以作為一個偉大的孤獨者，莊子曾極度悲涼寂寞地感慨繫之：「萬世之後而一遇大聖，知其解者，是旦暮遇之也。」（《齊物論》）然不管莊子在後世的仰慕中如何由土坯成為泰山，成為學位論文中謀取職稱的學術熱門，也上升為學界的顯學，莊子生平所期望的「旦暮遇之」的知解大聖，始終都神光離合於芸芸眾生之外，未知所蹤。儘管如此，在莊學史上，有一位人物卻不得不提，他就是魏晉時代的玄學派代表人物郭象。可以說，他就是歷史上接近莊子本人所期待的那位「知解大聖」，在莊學史上具有無以替代、無從逾越的重要地位。明人馮夢楨曰：「注莊子者，郭子玄（郭象字子玄）而下凡數十家，而精奧淵深，其高處有發莊義所未及者，莫如子玄氏。蓋莊文，日也；子玄之注，月也；諸家，繁星也，甚則爝火、螢光也。」（馮夢楨：《序歸有光南華真經評注》）今人錢穆也說：「雖謂道家之言自然，惟郭象所指，為最精卓，最透闢，為能登峰造極，而達於止境，亦無不可也。」〔註11〕郭象的功績有三：1.《莊子》一書初成戰國時並不為時賢所重，兩漢 300 年間湮沒無聞，一直到魏晉時期方始為竹林七賢所重，但真正為世所重是從郭象《莊子注》的問世開始的。郭象《莊子注》編定的 33 篇，便是我們今天所看到的《莊子》一書的全貌。〔註12〕郭象幾乎以一人之力，奠定了一門學科。2. 郭象的《莊子注》以「獨化於玄冥之境」的體系創造性地闡釋了莊子思想，最顯著的貢獻是將本體界之「無」（自然）落實於現實界之「有」（現象與名教），這意味著將超越價值的實現落實於現實世界，也是對個體感性價值從形上層面予以確立。3. 郭象哲學（玄學美學）還是連接莊子美學與禪宗美學不可缺少的一環，以其「獨化玄冥之境」、「俯仰萬機而淡然自若」等崇「有」重「感」的思維方式解構了道家「道」與「物」、「有」與「無」的現象本體的二元對立，使中國美學的審美觀照方式實現了從「無」到「空」的跨越式衍變，從而為禪宗的空靈頓悟掃

〔註11〕錢穆：《莊老通辨》，三聯書店，2002 年，第 369 頁。
〔註12〕《史記》曾稱莊子著書十餘萬言，《漢書‧藝文志》亦載《莊子》52 篇，而今本《莊子》33 篇僅 6.5 萬多字，這刪減的篇幅，極可能是郭象刪掉了。

清了障礙。郭象在老子的道之美與莊子的心之美之後提出了物之美的觀念，某種程度上開啟了禪宗美學之於自然美的直觀頓悟。

　　郭象《莊子注》一書，歷來是中國學術史上聚訟紛爭的學案。一派意見認為，郭象在剽竊向秀《莊子注》的同時以自己的立場曲解、閹割了莊子，「曾見郭象注莊子，識者云：卻是莊子注郭象」（《大慧普覺禪師語錄》卷二十二）；一派意見則認為，「雅好老莊」的郭象在向秀《莊子注》的基礎上進行發揮，「述而廣之」（《晉書·向秀傳》），「其高處有發莊義所未及者」（馮夢禎語），從而以自己的創造性闡釋極大地擴展了莊子文本的空間，在藉此建立自己的哲學體系的同時也解救了莊子。經過比較研判，筆者認同後一種說法，並深為讚賞這樣據之有理的甄別──郭象哲學理順了莊子人性論中的一個悖論：「依莊子的『萬物自相形生』，萬物平等，人性即物性，沒有一個與萬物之性分別的物性。因為人和萬物都以時間性為存在性，以變化日新為其存在方式。然而，人不能沉溺於物性，又必須提升自己，以現實的實踐活動把世界實現為自身，從而創造世界。莊子是怎麼說的呢？『彼民有常性，織而衣，耕而食，是謂同德。』（《莊子·馬蹄》）肯定『耕、織』之所為，毫無疑問是把歷史過程中的生產和生產方式當成了人之本性。在此，超越性、創造性又成了人性，人性與物性被區別開來。這也是莊子所以讚賞庖丁解牛、梓慶削鐻、呂梁丈人蹈水等實踐活動的原因。可是莊子卻終止了這一思路，仍然堅持先在地拒絕人的社會性、歷史性的主張，否定、取消人的意志實踐的價值。這樣，在莊子一書中就出現了兩種根本不相容的人性說。郭象則吸取了莊子的人性即物性說，進而主張以徹底平等的態度待物。『夫大小雖殊，而放於自得之場，則物任其性，事稱其能，各當其分，逍遙一也。』（《逍遙遊注》）於是，隨著對莊子的人性即超越品性的否定，也消解了他的關於人性的悖論。以徹底平等的態度待物，絲毫不計較物物間的分別，任物自為，就是『順性』，即『無心玄應，唯感是從』『無心以順有』，同時也便肯定了『目擊道存』。表面上，這是把人性等同於物的自然性，脫離人的社會性和實踐活動。其實不然，所謂『順性』是把人的自由當作現成自在的東西，人只要無為，安命適性就是逍遙。這種無為並非與有為對立，而是包括有為：『無為者，非拱默之謂也，直各任其自為，則性命安矣。』（《在宥注》）莊子把逍遙歸結為脫離凡塵的超世性方外性，以為不為俗世所累，灑脫無為，才能達到人身自由之境。

郭象卻認為，莊子之逍遙實為過高，可望不可及，『雖當無用』『雖高不行』遂調正為『夫聖人雖在廟堂之上，然其心無異於山林之中』（同上），把入世與超世、業務營祿與精神自由統一起來。由於務實可行，切合時人的口胃，大大增強了郭象哲學的可接受性。拿『目擊道存』來說，儘管其命名因突出對現象即本體的體悟而廣為流行，但深層原因卻是因郭象理順了莊子人性說而流行。」〔註13〕──可見，郭象實質上是從莊子「任其性情之真」的命題出發，揚棄了其「天之自然」的思想而抽取了其「人之自然」的維度，因為只有做到了後者的「順乎己」，才能最終走向前者的「順乎天」。

魏晉時期，戰亂頻仍，時局動盪，外在制度規範和社會秩序的崩潰，導致了內在人格的覺醒，強權的壓迫和名教的虛偽使得「究竟該如何存在」成為當時士人迫切需要探尋和解決的人生問題。士人們紛紛從老莊思想中去尋求精神的慰藉，尤其在追求心性的自由和生命的放達方面，無不把老莊無為逍遙的自然主義作為心靈的依託，以用來對抗黑暗的政權和異化的名教綱常。在這種「自我覺醒」中導致的個人「主體性」的張揚，正是以嵇康、阮籍為代表的「越名教而任自然」的竹林玄學的誕生。但這種受到後世讚賞的堪稱人格典範的「魏晉風度」，在將「任自然」推向極致的同時，導致的卻是與世俗倫理對抗的放浪形骸，不僅無法解決個體生命存在於世的安身立命的難題，也導致以此為審美人格標準的生命個體在黑暗政權下的巨大犧牲（所謂「魏、晉之際，天下多故，名士少有全者」）。事實上，人作為自然產物的同時必然伴隨著社會屬性，當嵇康、阮籍莊學將人的社會屬性當作人性的弱點時，就注定難以化解入世與出世、理想與現實之間對立的矛盾，也無法真正解決作為知情意的人與生存環境如何融為一體的存在性問題。正是在這一背景下，以承認人的社會性為宗旨的郭象哲學橫空出世，其倡導的「名教即自然」不僅是對當時哲學思維的突破，也反映了歷史劇變下士人建構本體人格的心理需求。「郭象的『自生』說和『性分』說，消解了莊子道體的抽象性，肯定感性之美的本體性和客觀性，真正將生命落實於萬物，把本體轉到對具體現象的規定性上來。」〔註14〕郭象在莊子以去知之「心」看待萬物（齊物）的基礎上，主張用「性分」來消弭萬物之間的差別：「夫以形相對，則大山大於秋

〔註13〕 李小茜：《郭象哲學與中古的自然審美》，天津：天津社會科學院出版社，2016
　　　　年，第92～93頁。
〔註14〕 曲經緯：《莊禪擺渡：〈莊子注〉與玄學美學》，第127頁。

毫也；若各據其性分，物冥其極，則形大未為有餘，形小不為不足。苟各足於其性，則秋毫不獨小其小，而大山不足大其大矣。若以性足為大，則天下之足未有過於秋毫也；若性足者為非大，則雖大山亦可稱小矣。故曰『天下莫大於秋毫之末，而大山為小』。大山為小，則天下無大矣。秋毫為大，則天下無小也。無小無大，無壽無夭，是以蟪蛄不羨大椿而欣然自得，斥鴳不貴天池，而榮願以足。苟足於天然，而安其性命，故雖天地未足為壽，而與我並生，萬物未足為異，而與我同得。則天地之生又何不並，萬物之得又何不一哉！」（《齊物論注》）正是在基於萬物「自然性分」的前提下，郭象通過破解「小大之辨」創造性地提出了「自適其性」後自得其樂的「逍遙遊」之境：「夫小大雖殊，而放於自得之場，則物任其性，事稱其能，各當其分，逍遙一也，豈容勝負於其間哉！」（《逍遙遊注》）——正是由此出發，郭象以「冥然與造化為一」的精神氣質更新和改造了莊子「以神遇而不以目視」的虛靜說，將不食五穀吸風飲露的神人從虛無縹緲的「姑射之山」拉回現實的世界，以「俯仰萬機而淡然自若」的姿態自由地行走於出世與入世之間，從而解決了自正始以來就存在的名教與自然之爭，使士人們領悟到一條精神超脫之路，在心物平衡中確定了徘徊於真、俗之間的理想人格。當然，郭象所提出的「適性逍遙」也總伴隨著質疑，譬如支遁就曾提出過「夫桀、跖以殘害為性，若適性以為得，彼亦逍遙矣」的嚴厲質問（〔梁〕慧皎：《高僧傳・四・支遁傳》），筆者認為，此種質問固然警覺到了將莊子「無待逍遙」庸俗化而含有慫恿人們任性妄為放縱情慾的傾向，但如果將這種「適性逍遙」的權利或自由進行否定或剝奪的話，那麼，作為在嚴酷現實環境中生存的傳統士人，不但不能獲得他們作為個體存在於理想與現實夾縫中的一點「自由」空間，而且將進一步淪為專制權力下待宰割的羔羊。很顯然，這種基於「性惡論」的質疑和批判，固然不乏卓見，但卻難免以偏概全，缺乏對人性的起碼寬容，更沒有充分估計到此種高揚個體人格的呼喚，乃是對當時衝擊舊的社會理性結構的感性旋律的呼應。

　　總之，「引莊入玄」的郭象哲學在歷史上佔有重要地位：「如果說，阮、嵇玄學的功績，主要在為古代中國樹立了自覺的審美主體，一個有足夠能力去鑒賞美（主要是藝術美）的獨立人格；那麼，郭象玄學的貢獻，就在為古代中國發現了現實的審美對象——生機流蕩自得自放的自然萬物的意象。……他不但懂得從萬物中拔出能與主體相契相感之物，形成獨立自足、無繫無累

的意象——審美對象，而且要求主體『提挈萬物，使復歸自動之性』，即是說，要求主體以感悟工夫從中悟出生命本體，以我之生命生機，投入萬物生命生機之流，求得兩者之冥合，這就叫『獨化於玄冥之境』，由此獲致物情我情、兩情俱暢的怡悅，即是體道的悟悅，也是高度的審美怡悅。……在後世，經過佛教禪宗和宋明理學的進一步弘揚，由郭象所開闢現世逍遙之境，愈來愈為士人所鍾愛，在中國歷史上愈來愈深入人心。郭象的逍遙義，無論是就傳統美學而言，還是就總體文化而言，在歷史上都是值得格外重視的。」〔註15〕此種「創作主體的人本藝術思維範式及其營構的審美文本所充溢的個性意識、人道意識等人文主義精神，乃是古今文學在審美現代性上的最本質的最潛隱的互通點」〔註16〕；下面，筆者將對徐志摩與郭象之間存在的此種「最本質的最潛隱的互通點」展開嘗試性的論述。

二、「物各盡其性」與「物任其性」：徐志摩與郭象哲學觀念的相似

「五四」時期因儒家理學道統的崩潰而產生的個性解放思潮，與魏晉時期因君權神授信仰體系的坍塌而導致個體感性意識覺醒的玄學思潮，具有極為類似的發生機制。但由於時代大背景的相異，又存在著極大的不同。概言之，魏晉玄學被隨後傳入東土的大乘佛教消融而步入「空無」一途，其在現實面前找不到出路的高蹈玄想，最終被兼顧個體存在意義與追尋人生終極依據的「身心性命之學」——宋明理學所取代。宋明儒家所體現出來的胸中悠然、灑落自在的聖賢氣象，不但涵蓋了玄學家所追求的身心逍遙之境，而且具備玄學家所不具備的憂樂圓融、博施濟眾的道義擔當，其歷史意義不容抹煞。然而物極必反，其對現實政治倫常制度的維護，隨著封建專制體制的固化而日趨僵化，形成一套駕臨於個體存在之上的無所不在的嚴酷「天理」體系，終於在「五四」時期迎來了對它的全面反抗與廢黜之高潮。但「打倒」並非全部推倒，表面反叛的激烈姿態，並未妨礙人們在轉身之際對傳統投入眷念深情的一瞥，「五四」啟蒙精英們「對魏晉六朝的文章和人格多所推崇，王國維、魯迅、宗白華和朱光潛都是如此。雖然他們每個人的情況都是複雜的，但又都用魏晉飄逸、解脫的自由人格來填充西方美學所追求的審美人生

〔註15〕汪裕雄：《意象探源》，北京：人民出版社，2013年，第292～293頁。
〔註16〕朱德發：《古今文學在審美現代性上的互通點》，《朱德發文集》（第十卷），第69頁。

和人格。」〔註17〕而徐志摩的出現，挾西洋浪漫主義的新風，彷彿使得一股專屬於魏晉名士風流的清逸之氣復現於世。其為人也，「有六朝人的瀟灑，而無六朝人的怪誕」〔註18〕；其為文也，「富於飛騰的想像，每七彩繽紛，如天花亂墜」〔註19〕；其才性筆調，由此最大程度地契合了六朝散文的鋪排繁彩：〔註20〕綴滿雋語的豔逸才藻、縱情山水的玄想冥思、浪跡煙霞的吟詩清談……而本乎自然的率性而動、衝破樊籬的以情抗理，無不與魏晉名士的精神氣質如出一轍。歷史總是驚人地相似，在同樣動盪不安且普泛著痛苦憂患的「五四」時期，個體感性意識覺醒的主旋律，比魏晉時代有過之而無不及，而啟蒙與新生的呼喚，個體身心安頓的渴求，也比任何時候都要來得更為迫切與強烈。正是在這樣的背景下，古典詩哲們對「天人合一」境界的追尋，對本體人格的探索，依然無意識間參與了徐志摩人生哲學的自我建構。

　　徐志摩的人生哲學，處處體現著對生命本體存在的追問和探尋；譬如他說：「不能在我生命裏實現人之所以為人，我對不起自己。在為人的生活裏不能實現我之所以為我，我對不起生命。」（徐志摩：《「話」》）——這無疑是比魏晉時期「寧作我」更為莊嚴鄭重的之於生命本體的承諾，秉承新時代的精神，其茁壯成長的詩心的靈苗，沐浴著西方人文主義的輝光，煥發的卻是傳統古典哲學的思辨智慧。在「自由、博愛、民主、平等」等西方舶來品的掩映下，不僅其「物各盡其性」的自然觀與郭象「物仟其性」自然觀有著驚人的暗合，而且其「物之所以為物的本義是在實現他天賦的品性，實現內部精力所要求的特異的格調」等內在理路與思辨脈絡，也可看成是郭象闡而未明的美學革命在新時期的延伸與發展。這在最能體現徐志摩哲思的散文《「話」》中充分體現出來。譬如，當郭象說：「夫大小雖殊，而放於自得之場，則物任其性，事稱其能，各當其分，逍遙一也」，徐志摩則指出：「自然最大的教訓，尤在『凡物各盡其性』的現象。玫瑰是玫瑰，海棠是海棠，魚是魚，鳥是鳥，野草是野草，流水是流水；各有各的特性，各有各的效用，各有各的意義。」（徐志摩：《「話」》）當郭象說：「若各據其性分，物冥其極，則形大未為有

〔註17〕汝信、王德勝主編：《美學的歷史：世紀中國美學學術進程》（增訂本），第 327 頁。
〔註18〕梁實秋：《徐志摩與新月》，舒玲娥編：《雲遊：朋友心中的徐志摩》，第 36 頁。
〔註19〕司馬長風：《中國新文學史》（上卷），香港昭明出版社，1980 年，第 182 頁。
〔註20〕相關論述詳參本書第七章，此處不贅。

餘，形小不為不足。……苟足於天然，而安其性命，故雖天地未足為壽，而與我並生，萬物未足為異，而與我同得」，徐志摩則說：「一莖草有他的嫵媚，一塊石子也有他的特點，……所有的生命只是個性的表現。只要在有生的期間內，將天賦可能的個性儘量的實現，就是造化旨意的完成。」（徐志摩：《「話」》）當郭象說：「若以性足為大，則天下之足未有過於秋毫也；若性足者為非大，則雖大山亦可稱小矣。故曰『天下莫大於秋毫之末，而大山為小』。大山為小，則天下無大矣。秋毫為大，則天下無小也。無小無大，無壽無夭，是以蟪蛄不羨大椿而欣然自得，斥鷃不貴天池，而榮願以足」，徐志摩則說：「懂了物各盡其性的意義再來觀察宇宙的事物，實在沒有一件東西不是美的，一葉一花是美的不必說，就是毒性的蟲，比如蠍子，比如螞蟻，都是美的」（徐志摩：《「話」》）；當郭象總結萬物的「性分」都是自然生成的，人的性分也各有等差，所謂「天性所受，各有本分，不可逃，亦不可加」，在「性分」面前，只有「各安其分」才能獲得逍遙遊的自由境界時，徐志摩則結合時代的語境對「各安其分」的命題有了哲理上的進一步提升，提出「各安其分」正是為了實現生命本體「天賦的品性」與「內部精力所要求的特異的格調」：「我們的一生不成材不礙事：材是有用的意思；不成器也不礙事，器也是有用的意思。生活卻不可不成品，不成格，品格就是個性的外現，是對於生命本體，不是對於其餘的標準，例如社會家庭——直接擔負的責任；橡樹不是榆樹，翠鳥不是鴿子，各有各的特異的品格。在造化的觀點看來，橡樹不是為櫃子衣架而生，鴿子也不是為我們愛吃五香鴿子而存，這是他們偶然的用或被利用，物之所以為物的本義是在實現他天賦的品性，實現內部精力所要求的特異的格調。我們生命裏所包涵的活力，也不問你在世上做將，做相，做資本家，做勞動者，做國會議員，做大學教授，而只要求一種特異品格的表現，獨一的，自成一體的，不可以第二類相比稱的，猶之一樹上沒有兩張絕對相同的葉子，我們四萬萬人裏也沒有兩個相同的鼻子。」（徐志摩：《「話」》）更有意思的是，與郭象相似，徐志摩也提出了「大小之辯」：「每天太陽從東方的地平上升，漸漸的放光，漸漸的放彩，漸漸的驅散了黑夜，掃蕩了滿天沉悶的雲霧，霎刻間臨照四方，光滿大地；這是何等的景象？夏夜的星空，張著無量數光芒閃爍的神眼，襯出浩渺無極的穹蒼，這是何等的偉大景象？大海的濤聲不住的在呼嘯起落，這是何等偉大奧妙的景象？高山頂上一體的純白，不見一些雜色，只有天氣飛舞著，雲彩變幻著，這又是何等

高尚純粹的景象？小而言之，就是地上一棵極賤的草花，他在春風與豔陽中搖曳著，自有一種莊嚴愉快的神情，無怪詩人見了，甚至內感『非涕淚所能宣洩的情緒』。宛茨渥士說的自然『大力回容，有鎮馴矯飭之功』，這是我們的真教育。」（徐志摩：《「話」》）——「誰謂古今殊，異代可同調」，徐志摩上述觀念恰似古代詩哲的現代感性表述。郭象所謂的「物任其性，事稱其能」，借用現代的話來說，就是指自然界的每一件事物（包括人）都有不可替代的獨特性，只要能實現自我本性所擁有的美，就能「各美其美，美人之美，美美與共，天下大同」（費孝通語）；而郭象所謂「各當其分，逍遙一也」，借用現代的話來說則是：每個人都擁有在不損害他人的前提下追求自己生活方式的權利；其「物任其性」的「適性」理想，與傳統道家希望營造一個「暢乎物宜，適乎民願」的萬物皆得適性、和諧並生的美好和諧世界的理想可謂一脈相承，所謂「忘懷至道，息智自然，將造化而同工，與天地而合德者，故能恣萬物之性分，順百姓之所為，大小咸得，飛沈不喪，利澤潛被，物皆自然，上如標枝，民如野鹿」（《莊子集釋・天運》）；「聖人順天地之道，因萬物之性，任其所適，通其逆順，使群異各得其方，壽夭咸盡其分也」（《文子・道原》）——皆是對這一理想社會的生動概述，此種對「物全理順，莫不自得」之「至德之世」（嵇康：《難自然好學論》）的嚮往所蘊含的萬物遂其天性的「適性逍遙」理念，後來自然延伸到審美領域，化作謝靈運在《遊名山志》中沉浸於自然山水的「性分之所適」與蘇軾「隨物賦形」的「行雲流水」和「文體自然」的「姿態橫生」，融入清代袁宏道「各任其性」、「率性而行」而倡導「獨抒性靈」的藝術主張，也成為新文學運動中性靈詩學的養分。可以說，從莊子到郭象到謝靈運，再從蘇軾到袁宏道到徐志摩，其與人格境界相輔相成的藝術精神，儘管因文化大背景的差異而同中有異，但對自然萬物的內在根本體認則根本一致。借用葉維廉先生的話來說就是：「人只是萬象中之一體，是有限的，不應視為萬物的主宰者，更不應視為宇宙萬象秩序的賦給者。要重現物我無礙、自由興發的原真狀態，首先要瞭解到人在萬物運作中原有的位置，人既然只是萬千存在物之一，我們沒有理由給人以特權去類分、分解天機。『鳧脛雖短，續之則憂；鶴脛雖長，斷之則悲』。物各具其性，各得其所，我們應任其自然自發，我們怎能以此為主，以彼為賓呢？我們怎能以『我』的觀念強加在別的存在體上，以『我』的觀點為正確的觀點，甚至是唯一正確的觀點呢？『彼是（此）莫得其偶，謂之道樞，樞始得其環中，以應無窮……

是以……和之以是非，體乎天鈞，是為兩行』。」〔註21〕循著這一理路，庶幾可以直窺徐志摩人生哲學的終極底蘊。譬如他那受啟發於西方民主思想的個體「獨立宣言」:「我是一個不可教訓的個人主義者。這並不高深，這只是說我只知道個人，只認得清個人，只信得過個人。我信德謨克拉西的意義只是普通的個人主義；在各個人自覺和意識與自覺的努力中函有真純德謨克拉西的精神；我要求每一朵花實現它可能的色香，我也要求各個人實現他可能的色香。」(徐志摩:《列寧忌日──談革命》)──剔去時代色彩極濃的「德莫克拉西」(民主)這一西式概念的攙雜，所謂的「我要求每一朵花實現它可能的色香，我也要求各個人實現他可能的色香」，依然不過是「物各盡其性」的審美內涵在政治領域的延伸。也正是此種審美信念，使得詩人在清晰地預見暴力革命可能褫奪個體自由的年代，始終不渝地堅持其個體性靈追求的審美權利。其審美信念正在於:每個人的自盡其性，乃是人與萬物共創共生而各正性命的天道總體秩序得以全副生成的具體步驟，前者也是後者的分殊性顯現方式。

　　近代西方那種追求「合理的生活方式」的人文思想，對於曾留學英美的「五四」一代知識精英們的吸引力是不言而喻的，譬如同為徐志摩好友的金岳霖後來就曾這樣歸納指出過:「生活方式的本質是按照被給予的或被分配的角色去發揮作用。一個活著的人應該朝著按照活著的人的本質去生活或去努力。亞里士多德就是向著亞里士多德性而生活或努力的。」〔註22〕──這種「活得像個人」或按照「人的本質去生活」就是「盡性」的現代人文主義思想，對徐志摩的影響同樣顯而易見。在《「話」》之文本中，他旗幟鮮明地闡明:「整個的宇宙，只是不斷的創造；所有的生命，只是個性的表現」，而「品格就是個性的外現，是對於生命本體……直接擔負的責任。」誠如王東東指出:西方「建立在承認個人具有無限價值的基礎上的民主」思想對徐志摩的個體本位主義思想的形成是深刻的，「徐志摩對個人的無限價值和獨特性的信仰，很顯然也達到了一種『宗教的深奧』。」〔註23〕但這種不乏銳見的論述依

〔註21〕葉維廉:《重涉禪悟在宋代思域中的靈動神思》，《中國詩學》，北京:人民文學出版社，2006年，第112頁。
〔註22〕劉培育編，王路等譯:《道·自然與人──金岳霖英文論著全譯》，生活·讀書·新知三聯書店，2005年，第148頁。
〔註23〕王東東:《重評徐志摩:民主詩學的可能與限度》，《中國現代文學研究叢刊》2017年第5期。

然忽略了滲透於其中的東方道禪宗教的「玄虛性」元素。所謂「玄虛性」，象徵生命不可測量的神聖內在性（所謂「窈兮冥兮，其中有精；其精甚真，其中有信」），包孕著無限的生命律動。所以在中國審美史上，虛靜被視為藝術創造的基本前提，「陶鈞文思，貴在虛靜，疏瀹五臟，澡雪精神」，這樣才能「規矩虛位，刻鏤無形」（劉勰：《文心雕龍·神思》），「精騖八極，心遊萬仞」而「情曈朧而彌鮮，物昭晰而互進」，才能「觀古今於須臾，撫四海於一瞬」（陸機：《文賦》），「登山則情滿於山，觀海則意溢於海，我才之多少，將與風雲而並驅矣。」（劉勰：《文心雕龍·神思》）──這一脈以「性靈」為內核的中國傳統詩性文化的源流，對於自幼濡染傳統文化的徐志摩來說同樣深契於心：「夫方寸靈臺，玄妙天一，芒芒乎，窈窈焉，律曆所不能契。然至於極，則以之為神聖」〔註24〕，由此出發，他早年即好「老莊浮妙之談」、「間作釋氏玄空之說」〔註25〕，留下了一篇堪稱其性靈文學思想發端的文言奇文──《說發篇一》。所謂「說發」，實際上就是「說機」〔註26〕。在古代，「機」又與「幾」通，最早見於《周易》。戰國末期《周易·繫辭》對其作出了重要注釋：「幾者，動之微」，「知幾其神乎，……君子見幾而作，不俟終日。」可見，「幾，就是宇宙間萬事萬物生發變易的微小徵兆與預先呈現出的端倪。而『知幾』，也就是體悟自然萬物化生化合的生機」〔註27〕。較早對其作出創造性闡釋的是道破萬物化生之玄機的老莊（如莊子曰：「萬物皆出於機，皆入於機」），但真正將其上升為文藝範疇的是陸機的天機應感論：「方天機之駿利，夫何紛而不理？思風發於胸臆，言泉流於唇齒。」（陸機：《文賦》）後來引申到哲學與審美領域，形成中國文藝美學的重要範疇──「傳神」。所謂「傳神」，「就是要求審美創作應『由形入神』、『神會物妙』，以體驗到蘊藉於自然萬物個體內部結構中的生命意旨之『神』與『幾』，天機俊發，由此以領悟到生命原初域『道』的變幻莫測、出神入化、不可言狀的微妙玄幽之美，天機自動，天籟自鳴，並通過對自然萬物物象的生動『寫照』，含蓄深邃地傳達出這種精神氣

〔註24〕徐志摩：《說發篇一》，陳建軍，徐志東編：《遠山：徐志摩佚作集》，第30頁。

〔註25〕徐志摩：《說發篇一》，陳建軍，徐志東編：《遠山：徐志摩佚作集》，第31頁。

〔註26〕「機」字的本義來源於「弩機」，弩是古代的一種強弓，「機」是弩上發箭的裝置。《說文解字》曰：「主發謂之機」，段玉裁注曰：「機之動，主於發。故主發者，皆為機」。由弩機延伸，「機」字泛指各種靈巧和關鍵的機械裝置。後被引申為事物變化的樞機、跡象與徵兆等。

〔註27〕李天道：《論中國文藝美學之「幾」範疇與「知幾」說》，《中國古代美學之自由精神》，北京：中央編譯出版社，2013年，第65頁。

韻與微妙之美。」〔註28〕對於徐志摩來說,「機」的「不可言狀的微妙玄幽」
同樣默存於心,他說:「夫機,隱微難見,參於天地,窺道之根,玄牝之門。
機之動,主於變,致理闡微,真原乃見,更名易位,道心是睎」。由此可見,
看似只是從文字訓詁學出發的說文解字,但卻涵蓋深邃,處處標舉了其深受
中國傳統老莊玄禪美學浸潤的文藝審美理想,將之視為其一生「性靈」文學
思想的發端,當不為過。

　　耐人尋味的是,文中還有與郭象類似的一段「注莊」奇文:「養心制物,
惟聖人能之;束心遠物,常人所可幾也。今人操物自染,而忘其真,視而可見
者,形與色也;聽而可聞者,名與聲也。形色之不遂,謀所以發之;名聲之不
至,謀所以發之,而獨忽於心。譬之斫根而求枝葉之茂,絕源而望流澤之長,
倍本喪元,烏可得哉?且夫得失之傾,真偽之際,直一息之間耳。黃帝遺玄
珠於赤水,離朱喫詬莫能索,而象罔得之。玄珠者,元知也,知味於內,匪可
求於形以外。使象罔者,明相妄也,一念之聰,而玄珠在抱。是玄珠固未嘗有
得失,而人自為其得失爾。悲夫!世人以形色名聲,為足以得彼之情。夫形
色名聲,果不足以得彼之情,在在以自蒙自惑,而卒無以自發也。」〔註29〕
關於《莊子·天地》中的這一段——「黃帝遊乎赤水之北,登乎崑崙之丘而南
望,還歸,遺其玄珠〔A〕。使知索之而不得〔B〕,使離朱索之而不得,使喫
詬索之而不得也〔C〕。乃使象罔,象罔得之。黃帝曰:『異哉!象罔乃可以得
之乎?』〔D〕」——郭象曾逐句注曰如下:「〔A〕:此寄明得真之所由。〔B〕:
言用知不足以得真。〔C〕:聰明喫詬,得知愈遠。〔D〕:明得真者非用心也,
象罔然即真也。」(《天地注》。按:以上字母為筆者所加)兩相對比之下,二
人「用知不足以得真」的觀念可謂如出一轍。當然,這樣的相似並非偶然的
孤例,譬如針對莊文「大聖之治天下也,搖盪民心,使之成教易俗,舉滅其賊
心而皆進其獨志。若性之自為,而民不知其所由然」,郭象曾注曰:「夫志各
有趣,不可相效,因其自搖而搖之,雖搖而非為;因其自蕩而蕩之,雖蕩而非
動。故賊心自滅,獨志自進,教成俗易,泛然無跡,履性而不知所由,皆云我
自然矣。」(《天地注》)而徐志摩文中同樣有一段與之相似的「嘗試論之」的
發揮:

〔註28〕 李天道:《論中國文藝美學之「幾」範疇與「知幾」說》,《中國古代美學之自
　　　　由精神》,第70～71頁。
〔註29〕 徐志摩:《說發篇一》,陳建軍,徐志東編:《遠山:徐志摩佚作集》,第31頁。

發之反為蒙，真之背為訛，悟之對為惑，性之敵為物。日月之明，浮雲蒙之；精神欲發，妖思過之；良心將見，欲氣塞之。失其元常，認賊為子，今人之病，在於蒙而不發，訛而不真，惑而不語（按：原文如此，但聯繫上下文來看，「語」疑為「悟」字之誤），匿物以遠性。所以致其然者，惟心之用。〔註30〕

──徐志摩這段也是圍繞「養心制物」而來，不過在後段有所發揮：今人如果「操物自染，而忘其真」，耳濡目染的都是「形色名聲」，就會「自蒙自惑，而卒無以自發」〔註31〕。所以接下來，徐志摩會繞過對「機」之義理的探詢直採本心：「惟機玄妙，索之毋形，是在求先天之知。何謂先天？謂心超於天地未生之先，出色遠相，晶瑩無染，能發此心，五賊毋礙。」〔註32〕──可以說，正是此種貫通古今的虛靈明覺之心，使得心存造化之機的中國詩哲能夠從「玄牝之門」中覓得「天地之根」，從鳶飛魚躍中覓得自然生機，從縱浪大化中悟出生生不息，從而「參天地之變，薈精一之神，以致知而明性」〔註33〕。

所謂「『天地有正氣，雜然賦流形』，陰陽多奇譎，才人變常情」，妙稟自然、出乎性情的中國傳統文人在走筆之時，「實際上是在以己之獨，作道之鳴，出己之氣，即道之動，從己之情，通道之緣。雖然詩詞文章及其作者無不是有限性的存在，但是筆觸所至，無非道機」，所謂「文到深處，道至反然。情於真時，詩成大籟。」〔註34〕由此亦可見，徐志摩看似出自「天啟」的藝術稟賦，實有著傳統心物交感的獨特風韻，它更多來自自然風物的浸潤與後天的涵養，而與西方所謂神賜的靈感論有著似同實異的內在區隔。

三、獨立個體的自生與自然秩序的重建：徐志摩與郭象政治思想的契通

從思想史的進程來看，郭象學說所作的哲理突破深具從道家「無為」轉

〔註30〕徐志摩：《說發篇一》，陳建軍，徐志東編：《遠山：徐志摩佚作集》，第28～30頁。

〔註31〕徐志摩：《說發篇一》，陳建軍，徐志東編：《遠山：徐志摩佚作集》，第28～30頁。

〔註32〕徐志摩：《說發篇一》，陳建軍，徐志東編：《遠山：徐志摩佚作集》，第28～30頁。

〔註33〕徐志摩：《說發篇一》，陳建軍，徐志東編：《遠山：徐志摩佚作集》，第28～30頁。

〔註34〕欒棟：《文學通化論》，北京：商務印書館，2017年，第40～41頁。

進儒家「有為」的深層積極因素，宋儒基於群己互動所提出的「理一分殊」命題儘管有著更複雜的內涵，一定程度上卻包蘊著對其「性分」說的內在延續（譬如朱熹在解釋太極與萬物的關係時就曾指出：「萬物之中，各有一太極，而小大之物，莫不各有一定之分也」）。但從其最終被大乘佛教消融所致的玄禪合流的「空無」一途來看，其在以儒家思想為主流的中國傳統文化語境中得不到重視幾乎是必然的。所以在魏晉玄學史上橫空出世、孤峰挺拔的郭象哲學，在支遁等人對之進行批判後就陷入了漫長的沈寂。近現代以來，郭象哲學重新得到了重視，但同時也一直伴隨著嚴厲的質疑——審美的心物交融固然可以建立一個單獨的完整的世界（所謂「獨化」），但卻難以處理現實良莠不齊的差等秩序，所以當郭象以其「性各有分」的「自性」原則來處理社會政治問題時，就難免予人以命定論的印象。郭象的某些論調，被認為是在「教唆」民眾逆來順受、安於其被統治卑賤地位的「混世主義」（李澤厚語）、「牧師哲學」（陳來語），也是對封建君主制度和門閥士族制度的公然辯護和鼓吹。

　　的確，按照其「獨化於玄冥之境」的原則，事物在本質上都是「自足其性」的，沒有大小高低、貴賤賢愚、先後尊卑之分，但他卻偏偏又說了那麼多類似為封建等級制度辯護的話，諸如「明乎尊卑先後之序，固有物之所不能無也」（《天道注》）、「天性所受，各有本分，不可逃亦不可加」（《養生主注》）、「雖復皁隸，尤不顧毀譽而自安其業，故知與不知，皆自若也」、「性各有分，故知者守知以待終，而愚者抱愚而至死，豈有能中易其性者也」（《齊物論注》）、「若夫任自然而居當，則賢愚襲情而貴賤履位，君臣上下，莫匪爾極，而天下無患矣」（《在宥注》），如此等等。如何看待郭象的個體主義本體論與其所置身其中的封建君主等級制度之間的這種自相矛盾呢？當代學者王江松認為，原因主要是郭象不能超越他所處的時代：「從郭象所處社會、時代環境而言，君主等級制度是一個堅固的事實，是任何人也繞不過去的，郭象不能不在自己的著作中對這個事實有所言說，況且，郭象還抱有一種以自己的哲學理論改造這一制度的雄心壯志，因此，他還要主動、積極地言說這一制度，所以他不惜也不得不破壞自己的個體主義本體論的純粹性而進入到這個非個體主義的現實世界之中。」〔註35〕從這種同情理解的立場出發，王江松為郭象飽受詬病的個體主義哲學進行了「辯誣」：「郭象固然不可能超越自己的時代，固然肯定了君主等級制度的合理性，但是第一，他並不是自覺地、有意

〔註35〕王江松：《郭象個體主義哲學的現代闡釋》，第 92～93 頁。

識地為當時現實的君主等級制度和門閥士族制度作辯護的，相反，他對當時
的專制君主『一怒則伏屍流血、一喜則軒冕塞路』的暴虐荒淫，對暴君『非徒
求恣其欲，復乃求名』的貪婪，對統治階級內部進行的使『舉國而輸之死地』
的權力鬥爭，對門閥士族『苦人之能』、『竭人之歡』的無度剝削，是深惡痛絕
的。縱觀《莊子注》全書，郭象是力圖用其個體主義本體論，用個性平等和個
性自由原則來改造君臣等級制度的，他理想的社會制度是：君主善於用臣（有
為）而放任臣去盡責親事（無為）；臣盡責親事（有為）而放任萬民各盡其性
（無為）；萬民亦是有為與無為的統一：各人率性自為，各盡其能，謂之有為，
但各人自足其得，不作非分之想，不去追求超出自己性分、能力的地位、財
富、權力、名望，又謂之無為。應該說，這一構想是郭象時代乃至整個古代社
會所能達到的最高理想；即使在現代民主社會，這一理想也未必已經得到完
全實現；即使在遙遠的未來，我們也不能否認、取消管理與被管理的相對分
工，只不過那時沒有天生的、終身不變的管理者與被管理者的區別而已。不
管郭象怎麼肯定君主官僚制度的必要性，但畢竟他堅持了個體主義本體論的
內核：萬民各盡其性是根，是本，是目的，而君主官僚制度是末，是方法，是
手段，應當以個性平等和個性自由原則來統轄和改造君主官僚制度。這是真
正的民本思想，即建立在每一個個人獨立自主性基礎上的以民為本，而孟子
的民本思想顯然不是這種以個體為本位的以民為本。」〔註36〕──王江松的
分析對筆者富有啟發，因為聯繫郭象的哲學與其所處時代的矛盾來看，正可
以釐清與之類似的徐志摩的個體主義哲學在現代政治語境中飽受爭議的種種
謎團。

　　與郭象一樣，徐志摩的個體自由理論與他所置身的現實政治環境頗多牴
牾之處。一方面，他把個人自由抬到至高無上的地位，反對任何現實政權對
個人的壓制，卻又對企圖推翻壓制人權的專制政權的暴力革命充滿疑懼乃至
反對（這不免使他陷入一種搖擺和茫然，「既不能完全一任感情收拾起良心來
對外說謊，又不能揭開了事實的真相對內說實話」。見《徐志摩全集》第 5 卷，
第 433 頁）；一方面，他秉持自由主義的立場左右開弓，既批判國民黨的專制
統治，也懷疑和駁詰當時成席捲之勢的馬克思列寧階級理論的「萬應散」功
能，卻在關切政治的同時又試圖躲開政治，轉身去求教「生活本體和大自然」
這「兩位最偉大的先生」。他的種種言論，和其他新月派文人一樣，由於不觸

〔註36〕王江松：《郭象個體主義哲學的現代闡釋》，第 92～93 頁。

動當時的現行政治制度，就曾被魯迅批判為政府的「諍友」和「奴才」。但他並不是自覺地、有意識地為當時的現實政權及各種專制制度作辯護的，相反，他對當時軍閥混戰局面下民不聊生的悲慘現實是憤怒譴責的，也深惡痛絕於資產階級盤剝窮苦工人的現象，甚至覺悟到「資本主義（在現在中國）是怎樣一個必要的作孽」，「我們社會生活問題有立即通盤籌畫趁早設施的迫切」（徐志摩：《南行雜記》）。綜觀徐志摩的大量言論，可以看出，他其實是力圖用其個體主義本體論，用個性平等和個性自由原則來改造當時的國民劣根性，從而達到矯正和改造當時社會制度的啟蒙目的。與郭象嚮往的理想制度相似，徐志摩是在企圖避開暴力革命的殘酷血污和非黑即白的政治站隊的同時，熱烈憧憬一個萬民自為而政府無為的理想社會，在這樣的社會裏，統治者被賦予的治權不過是民心與民性的自然引導而已。也正是在這樣的過程中，每一個人都能「養成與保持一個活潑無礙的心靈境地，利用天賦的身與心的能力，自覺的儘量發展生活的可能性」，最終實現他那「萬物各盡其性」的生命理想：「每一朵花實現它可能的色香」，「各個人實現他可能的色香。」一如他那充滿激情的純真的宣揚：「要使生命成為自覺的生活，不是機械的生存，是我們的理想。要從我們的日常經驗裏，得到培保心靈擴大人格的資養，是我們的理想。要使我們的心靈，不但消極的不受外物的拘束與壓迫，並且永遠在繼續的自動，趨向創作活潑無礙的境界，是我們的理想。使我們的精神生活，取得不可否認的實在，使我們生命的自覺心，像大雪天滾雪球一般的愈滾愈大，不但在生活裏能同化極偉大極深沉與極隱奧的情感，並且能領悟到大自然一草一木的精神，是我們的理想。使天賦我們靈肉兩部的勢力，盡性的發展，趨向最後的平衡與和諧，是我們的理想。」（徐志摩：《「話」》）——這種與西方現代接軌的人文啟蒙主義和個性解放思想，決不是對現行專制政治制度的依附和順從，也與傳統孟子以君主為本的民本思想有質的不同。〔註37〕

〔註37〕當然，孟子「民為貴，社稷次之，君為輕」的「民為貴」思想賦予給「民眾」一定的主體性，不完全等同於近現代啟蒙知識分子出於話語建構策略將其視為封建專制體制下的「臣民」的「事後追認」。但必須看到，孟子儒家思想體系中民本話語的理想建構與其所置身的「專制」話語之間存在著一定的二律背反：「當『民本』話語觸犯上層集團利益的時候，『以民為本』就會為『以君為本』所取代」，在「率土之濱，莫非王臣」的傳統語境中，不但「普通民眾的話語是『不在場』的，即便是在知識分子話語中，『民』也是被管理、被作為政治調解的對象，而不具有離開統治模式的獨立自主性，由此也是『第二性』的。總體而言『民』對國家、社會更多的是在盡義務，而缺乏現代意

　　──可以說，過去對徐志摩的種種誤解和攻訐即始於對他這種個體主義啟蒙內涵的認識不清。與新時期學界對郭象的「沉冤昭雪」和高度肯定相似，新時期的學界已經部分糾正了過去之於徐志摩（包括其他新月派文人）政治立場的那種偏頗評價，而更趨於公正客觀，如蘇明在《質疑與消解：從「歐遊漫錄」中看徐志摩蘇俄觀之轉變》中的說法就具有代表性：「徐志摩基於自由主義、個人主義價值理念對蘇俄烏托邦提出的質疑，在一定程度上消解了1920 年代中國人對蘇俄烏托邦的浪漫想像與革命衝動。其對中國政治道路、政治模式選擇的仔細考量，至今仍具有重要的現實意義。」〔註38〕又如譬如胡建軍在其《徐志摩與中西文化》一著中的辨析：「志摩雖然出於理想主義會同情社會主義，會稱列寧是偉大的，然而他強烈的自由主義、個人主義、改良主義思想又使他堅決反對階級鬥爭學說、暴力革命和專政理論，主張社會改良與社會調和，反對中國走俄國式道路。支持其理想和精神，反對其具體實現理想的路徑，這在徐志摩是再自然不過的。他和蔡元培一樣對共產主義的圖景是願意接受的，但他們反對激烈的階級鬥爭，反對無產階級專政侵犯個人權利和自由。……在他看來，俄國十月革命血腥代價換取的革命，前途還不確定能使人民幸福，只這代價就太大了。於是他告誡青年，『青年人不要輕易謳歌俄國革命，要知道俄國革命是人類史上最慘酷苦痛的一件事，有俄國人的英雄性才能忍耐到今天這日子。這不是鬧著玩的事情』。他反對馬克思的階級說的普遍性，『我個人是懷疑馬克思階級說的絕對性的』，志摩認為俄國革命勝利有他們特殊的背景，沒有普遍適應性。他認為當時中國並無壁壘分明的兩個階級，階級鬥爭的革命的背景是不存在的，他反對馬克思主義『側重的只是經濟的生活』，他認為有種種不同的革命，『難道就沒有比較平和比較犧牲小些的路徑不成』。志摩出於自由主義思想，更加反對俄國的『黨化教育』、『主義教育』，清楚表明自己的立場：『我們一般人頭腦也許是陳腐，在這年頭還來抱殘守闕似的爭什麼自由，尤其是知識的自由，思想的自由，但

義上的個人權利。到了近代，隨著啟蒙現代性被『譯介』到中國，一批有著西學背景的知識分子逐漸意識到了在從傳統到現代轉換中『人』的關鍵性作用。於是擁有話語權的近代知識分子重新塑造了有別於『臣民』的『國民』形象」。（羅崇宏：《近代以來中國「大眾」話語的生成與流變》，北京：社會科學文獻出版社，2019 年，第 34、38 頁。）──這種「國民形象」的自我塑造，從嚴復到梁啟超再到胡適與徐志摩等人，可謂一以貫之。

〔註38〕 蘇明：《質疑與消解：從〈歐遊漫錄〉看徐志摩蘇俄觀之轉變》，《南京大學學報（哲學‧人文科學‧社會科學）》2008 年 05 期。

我們是這麼回事，你有什麼法想！」志摩主張人民素質的逐步提高，教育與藝術的進步，到最終消滅貧窮、敵對和人性的弱點，實現幸福人生。歸根結底，志摩在對待俄國革命的態度上是建立在他獨立的判斷基礎上的，有最值得重視的意義。」〔註39〕──這種建立在獨立思考上的判斷之所以「有最值得重視的意義」，結合後來的歷史發展可以看得更為清楚：「由於中國歷史環境和鬥爭的需要，中國馬克思主義者在 30 年代強調反對個人主義和自由主義，同時提出了『個人是歷史的工具』的學說。這樣一來，未免對人的獨立性、人的個性解放有所忽視。中國本來是個小農國家，非常落後，這就使社會主義運動很容易受小農眼界的歪曲，導致行政權力支配社會和助長個人崇拜。近代人強調鬥爭，與天鬥、與地鬥、與封建勢力和帝國主義鬥，這當然是正確的。但後來馬克思主義者有一個傾向，把鬥爭只看成階級鬥爭，階級鬥爭就是政治鬥爭，政治鬥爭就是一切。這樣的觀念無形中代替了傳統的以倫理為中心的實踐理性的地位。如果說，理學家把『存天理，滅人慾』這樣的理性絕對化，那麼馬克思主義者則曾經有一種傾向，把政治鬥爭（階級鬥爭）、政治意識（階級意識）絕對化，把這些看成了唯一的價值標準。這樣就陷入了形而上學，最後導致了十年動亂的悲劇。人道原則被肆意地踐踏，社會主義被歪曲（至多是一個平均主義），李大釗、魯迅提出的價值新觀念，以人民的真正利益為基礎的價值體系被完全破壞了。這種悲劇不單純是一個理論上的問題，並且有其深刻的社會歷史原因。」〔註40〕──在馮契目光如炬洞徹歷史幽微的地方，筆者願意重申指出：過去郭象與徐志摩飽受質疑的個體主義哲學中諸如「性分」、「自性」、「各足於其性」（郭象）、「認識你自己」（徐志摩）等人文內涵，正是在這裡，顯示出了深遠的前瞻性意義。

殷周文化的早熟，是中國傳統形上學「內在─超越」特性確立的一個契機。「『天』『道』等中國哲學的原型觀念，實際上涵蓋了原始宗教的玄秘性。不是宗教之『神』，而是人類理性所能設想的『天』『道』，成了宇宙萬物、人類生命的本源，亦成了一切價值之源。原始儒道文化保存並修正了原始宗教『尊生』『重生』『報始返本』的情緒和『玄之又玄』的秘密，並分別將其哲學化了。」由此出發，「《周易》之『性與天道』的發展，《中庸》之『至誠者』盡己、盡人、盡物之性，參贊天地之化育，通過仁、誠去體悟、契合『天命』

〔註39〕胡建軍：《徐志摩與中西文化》，第 131～132 頁。
〔註40〕馮契：《人的自由和真善美》，上海：華東師範大學出版社，2016 年，第 98 頁。

『天道』流行之體，進而與天地相參之說，奠定了中國形上學的基礎。一方面，從天道之命向下貫注到人生，落實到現世，由此而彰顯了人的主體性；另一方面，由內在的本心出發，知性、知天，領會乃至體現天道，從盡己性出發，參贊天地之化育。總之，在天人的統一中擴充人性，實現人性。」〔註41〕考郭象將天地萬物自然性提升為宇宙本體的「性分」觀，實與《中庸》的「天命之為性，率性之為道」一脈貫通。徐復觀曾將之與西方近代「天賦人權」觀相聯繫，從而突破了宋明理學將其限定為人普遍地具有道德先驗之根據的範疇。他說：「生民的具萬理而無不善的命，同時也應該是在其生活上能有平等自由的命，亦即是政治上的天賦人權之命，假定有前者而無後者，則不僅不能在壓抑委頓之下，責人人從道德上去做聖賢，即便是聖賢自己，也應該從抑壓委頓之中，翻轉出來，使自己隨著天地萬物，皆在其份上能各得其所。」——這不正是郭象「性各有極」、「各足於其性」理論的延續嗎？從某種意義上說，服從並不等於忠誠，而是蘊含著轉化出主動性與積極性的可能：「聖賢為了拯救天下，為了『一人不出地獄，己即不出地獄』，而可以忍受抑壓委頓，但聖賢不僅不以抑壓委頓期望之於他人，並且也決不以抑壓委頓的本身為道德；否則即是奴隸的道德。奴隸的道德，歷史上常常成就了少數暴君的不道德，以造成罪惡的世界。所以人格的完成，同時必須人權的樹立。人格與人權，真正是相依為『命』而不可分離。從教化上立人格的命，同時必須從政治上立人權的命，這才是立性命之全，得性命之正，使前者有一真確的基礎，使後者有一真實的內容，於是生民的命才算真正站起來了。」〔註42〕——此誠「五四」時期胡適之「自由平等的國家不是一群奴隸建造得起來」的歷史回聲。由此可見，郭象所謂的「性各有極」、「天命不可逃」、「其理固當」等等，並不能簡單地看作是對封建統治階級秩序的維護，也不能狹隘地理解作「宿命論在處世原則上的具體化」，是對「神秘化的必然—命的主宰」的「強調」與肯定。〔註43〕誠如汪裕雄所指出：「是的，在郭象的《莊子注》中，完全看不到阮、嵇式的對名教憤激的抨擊，倒多能聽見他對『名教』的禮讚之聲，對儒家和孔丘的迴護之辭。然而這一切，並不曾勾銷郭象對儒家

〔註41〕郭齊勇：《中國哲學的特色》，北京：商務印書館，2020 年，第 4～5 頁。
〔註42〕徐復觀：《為生民立命》，蕭欣義編：《儒家政治思想與民主自由人權》，臺灣學生書局，1988 年，第 190 頁。
〔註43〕楊國榮：《中國哲學二十講》，北京：中華書局，2015 年，第 173 頁。

名教的重大保留和修正。他指出，禮義道德，不能作為外在名分強加於人，也不能為博取名聲而有意為之，它必須出自人的情性，『稱情直往』：『夫禮意者，必遊外以經內，守母以存子，稱情而直往也。若乃矜乎名聲，牽乎形制，則孝不任誠，慈不任實，父子兄弟，懷情相欺，豈禮之大意哉！』（《大宗師注》）就是說，他要求的『名教』，是容許情性自由，建立在情性自覺基礎上的名教，苟違斯義，即使先王遺教，也是不足恃的『陳跡』：『夫仁義，自是人情也。而三代以下，橫共囂囂，棄情逐跡，如將不及，不亦多憂乎！』（《駢拇注》）『詩禮者，先王之陳跡也，苟非其人，道不虛行，故夫儒者乃有用之為奸，則跡不足恃。』（《外物注》）郭象把自己理想中的名教與作為『陳跡』、被某些儒者『用之為奸』的名教對立起來，不無以前者否定後者之意。他對既有的儒家名教，是持批判態度的」〔註44〕。而關於郭象飽受誤解的「性分」觀念，康中乾的具體分析尤為警賅：「在一個社會裏，總會有不同的職業分工和差別，每個人也會有才智慧力上的差別，不承認這種差別是不對的。所以，社會需要使各種不同才能的人處在不同的社會地位和分工中，各自依其本性自然而然地工作和生活，這就是社會的和諧與統一。否則，社會非亂不可。這就叫『聖人未嘗獨異於世，必與時消息，故在皇為皇，在王為王，豈有背俗而用我哉？』（《天地注》）就叫『明乎尊卑先後之序，固有物之所不能無也』（《天道注》），就叫『治道先明，天不為棄賞罰也，但當不失其先後之序耳』（同上）。這是郭象為統治階級唱讚歌嗎？可以這麼認為。但要知道，這種尊卑貴賤之各安其位，的確是社會現實的需要。在郭象看來，尊卑貴賤各安其位這是有人『性』根據的，即『性各有分，故知者守知以待終，而愚者抱愚而至死，豈有能中易其性者也！』（《齊物論注》）這話講得有點絕對了，但理是通的。既然各人有自己的『質』、『性』，那各人就理應以自己的本『性』而存在和作為，這就是自然，就是天理。故『任之而自爾，則非偽也』。（同上）聖人之治理天下，其實並沒有也不可能變易人之本『性』，只是順著人之『性』而為之罷了，即『聖人之道，即用百姓之心耳。』（《天地注》）這就是聖人的『無為』之道。這，就是社會的『自然』存在。」〔註45〕當然，郭象的「性分」也並不能簡單理解為「位分」或「職分」（包括角色、職業、

〔註44〕 汪裕雄：《意象探源》，第 276～277 頁。
〔註45〕 康中乾：《從莊子到郭象——〈莊子〉與〈莊子注〉比較研究》，北京：人民出版社，2013 年，第 230～231 頁。

社會地位等），在這個問題上，陳贇有著更深入的辨析：「『正性』中的『性分』並不能僅僅理解為那種在社會政制系統中由人所建構的名分，它並不僅僅隸屬於『人爵』的範疇。相反，我們必須在『天爵』的層次上看待『性分』，『性分』意味著一種被給予的人的位格，雖然對人而言它是一種限制，但同時又是主體權能自由展開的畛域。在一個具體的現實社會裏，位分與職分人人不必相同，但人之所以為人之性分則並無不同，它是人相對於其他存在者而展現的類本質的特徵。性分所呈現的人之所以為人者，就其發端而言，不能不言及『天生』，但就其展開與實現而言，又不能不言及『人成』——『人成』意味著人自成其所得於天者，天生之而人成之，天道不為，生而不有，是故即便人之自成其性，亦無所待於天，更無所待於現象世界中的其他經驗性關係與條件。這就是在《齊物論注》中郭象將『無待』自由與『天地之正』在本體論的層面上關聯起來的原因所在：『故造物者無主，而物各自造，物各自造而無所待焉，此天地之正也。』無待的自由體驗唯有在『天地之正』的展開中才能獲得，『天地之正』要求物各自造、自本自根的自主性，頗類似於康德所說的自己為自己立法的自律，但與康德不同，康德的自由主體只是意志，是那種排除了情感維度的實踐理性，自己為自己立法的主體只負責道德判斷，卻不承擔道德的踐履。在《莊子》這裡，自由的品格固然關聯著人的自我立法、自本自根的存在方式，但這並不是自由的體驗之全部，自由的體驗必須與自由的根基一道被給予。人的自本自根的能力本身，如同物之自然一樣，並不是人與物的自身創造，只有通過某一更高的給予性，才能通達它。對於具體個人而言，自本自根的展開固然展開為個人的創造活動，但是就人類整體而言，人的這種自本自根的生存樣式本身卻是被給予的，雖然它的具體內容有待人來填充，但這種可以填充、可能填充的可能性本身又是被給予的。這種給予性本身顯示了天道的意義。一個人類的小孩被放置在狼群裏生活，被狼撫養，被『狼化』了，他可能並不會說人類的語言，然一旦經過社會化的學習，就能掌握人類的語言。然而，一匹幼狼若被放置在人群中，被當做人的孩子撫養，無論如何，它都不可能學會人類的語言，這就是天道給予的本性之限制。……因而，人的一切自由體驗必然伴隨著自由根基的體驗，一旦觸及這個根基，自由本身作為被給予性的真理與自由作為人的自我創造、自我立法的真理就會並行不悖地共同呈現。在這個意義上，自由並不完全是人

的作品，而是人與天地之正的諧振。或者說，自由並不是與各正性命的天道秩序的斷裂，而是一種連接，因而人的自由表現為充分尊重人的自主性前提下的天人之間的共鳴與協作。既然人的自律立法的體驗本身還不等同於自由之無待體驗的全部內容，那麼重要的便是，自律立法的體驗必須置放在天人之際的『邊際體驗』中才能得到充分理解。『正性』的實踐以盡其在己之性分而觸及在天之命，這固然是一種知命，但這種知命將命及其根源─天─保持在敬畏的邊界之外，因而還只是正命實踐之始，而不是正命實踐之終。唯有充分地展開正命的完整內涵，才能領會人類自由的真正本質。」〔註46〕──總之，郭象所謂的「性各有極」、「天命不可逃」、「其理固當」等等，並非通過預設人之心性差異而承認人之天性差異的不平等（所謂「天命所受，各有本分」），其從「獨化」等形而上的自然性情論高度來彌縫民眾心性在本體論上的差異的努力（所謂「各足其性」，「獨化於玄冥之境」等），恰恰是對傳統君主專制等級秩序從其內部作了一次徹底的消解。

　　頗值一提的是，郭象上述文本中堪稱對先秦莊子思想所作的「哥白尼式革命」的內在突破，雖然在漫長的歷史循環中宛如一縷游絲般飄渺無跡，但卻在近現代中國的哲學突破中獲得了歷史的迴響。譬如章太炎在其《齊物論釋》中的開宗明義：「齊物者，一往平等之談，詳其實義，非獨等視有情，無所優劣，蓋離言說相，離名字相，離心緣相，畢竟平等，乃合齊物之義。……齊其不齊，下士之鄙執；不齊而齊，上哲之玄談。自非滌除名相，其孰能於此。」〔註47〕──在章太炎看來，「萬物的自由和自然狀態即來自其存在的差異性，因而平等是對萬物差異性的正視和平視，將差異有意編排為某種等級性的秩序排列，或一味以某一模式或標準來規範萬物的差異性存在形態，則是囿於主觀片面的立場強加給萬物的一種下士之鄙執，是為『名相』『封執』所蔽，而非世界萬物本身應然之理，以之取代萬物間的差異性，更是從根本上取消了萬物間真正意義上的平等基礎。」〔註48〕此種借助萬物在唯識性上本無差別可言的佛教方法論，在現代性語境中使得其本來試圖達成的萬物自

〔註46〕陳贇：《自由之思：〈莊子‧逍遙遊〉的闡釋》，杭州：杭州大學出版社，2020年，第270～272頁。

〔註47〕章太炎：《齊物論釋》，《章太炎全集》（六），上海人民出版社，1986年，第61頁。

〔註48〕李振聲：《重溯新文學精神之源：中國新文學建構中的晚清思想學術因素》，上海人民出版社，2020年，第158頁。

在的平等似乎有變成虛無化平等的危險，但其對當時起源於西方正成為不容置疑、銳不可當的進化論、歷史目的論中所蘊含的虛妄性及奴役性「整體」力量，無疑又保持了充分的警覺、敏感與反抗，也呼應了當時隱然興起的「自由民主」思潮。從這個意義上說，章太炎「援佛釋莊」的《齊物論釋》雖然與郭象的「注莊」具有方法論及問題意識觸發的古今區隔，但兩者對萬物差異性存在本身意義的合法性所作的哲學上的辯護，卻是一致的。又譬如現代新儒家開山宗師熊十力晚年有云：「莊子曰：『天地與我並生，萬物與我齊一』，云云。莊子蓋悟到生命是全體性，充實圓滿，無在無不在。生命不是我之一身所獨有，是乃天地萬物共有之生命也。莊子之意只如此。其實，天地萬物共有之生命，即是我之一身獨有之生命，即是其各各獨有之生命。其字乃天地萬物之代詞。天地萬物各各獨有之生命，即是其共有之生命。奇哉生命！謂其是一，則一即是多；謂其是多，則多即是一。談理至此，無可復問矣。莊子於生命，高談天地萬物共有，而忽視每一物各有。其極大錯誤，略說有二：一、泛稱天地萬物共有，則生命將成為莽蕩無據；二、忽視天地萬物各各獨有生命，便陷入虛無主義否定萬有而不自知其謬。莊子確犯此過。」陳贇於此分析指出：「當莊子說『以我為鼠肝，以我為蟲臂』時，當老子說『以萬物為芻狗』時，熱情與願望都供奉給了某種在世界之外的實體，而最終喪失了對於人自身存在、對於個體的尊敬，喪失了成為人、成為獨特個體的意願；推廣而言，對於現象世界充滿厭倦，而把自身和現象作為某種祭祀品，奉獻給某種在現象之外人為構造的實體。所以，虛無主義的態度是『否定萬有』，而之所以否定萬有，是因為沉溺於某種人為構造的虛假實體中而不自知它的非真實性。晚年熊十力深刻意識到，只要忽視個體獨特的存在，就會走向萬有之外的存在設定，『對世界發生壞的觀想』，從而陷入虛無主義的深淵。」通過此種辯證認識，熊十力晚年扭轉了其早年在《新唯識論》中把現象領會為普遍本體的「即用顯體」的哲學認識，認為「『一切物各各自有之大生命，即是天地萬物共有之大生命。易言之，一切物各各自身之主公，即是天地萬物各各自身共有之主公。」顯然，在晚年熊十力這裡，個體，也即具有不同於他者性質的獨立存在者，得到了特別的關注。『各獨立體皆為組成群體之一分子，分子健全，群體方能健全。故就群體言，本不輕分子。」個體的健全在此成了群體完善的一個條件，當然，這並非說，個體的完善可以不放置在群體的共同生活中來實現，而是說，存在的特殊性應該獲得本體論意義上的尊

重。」〔註49〕──熊十力此種突破其早期古代哲學觀的思想轉變過程，與古代郭象之於莊子思想的突破過程無疑具有家族類似性，也明顯呼應了相去不遠的「五四」新文化運動「循思想自由原則，取兼容並包主義」的共同思想底線，此中透露出來的古今哲學衍變賡續的現代性意義無疑是意味深長且極為值得重視的。

反觀中國近現代史，不難發現，當旨在改變現實生活處境與命運的革命企圖以暴力手段推翻壓迫在人們頭上的「三座大山」時，卻不期然將個人當成了歷史的工具，人性被天道賦予的豐富內涵被簡單化約為階級性，「自由本身作為被給予性的真理與自由作為人的自我創造、自我立法的真理」被視為需要改造和剷除的世界觀，最後更片面地發展至企圖徹底「改造人性」，從而導致人性與「各正性命的天道秩序」的顯豁斷裂──這即是曠古浩劫「文革」的由來與形成。在文革中，被革命狂熱理念裏挾的人性的「平庸之惡」到處泛濫，令人觸目驚心，而這其中最根本的癥結，正被古時候的郭象一語道中：「夫天下之大患者，失我也。」（《胠篋注》）──如果每個人不是從「自性」出發，「各據其性」，「各足其性」，而是以自身之外的某種絕對普遍的「真理」作為依據，並由此去改變自己的自性，去「依附」和「獻身」於某種是非善惡的價值觀，讓自己與世界的關聯只停留於抽象符號的上面，從而陷入一個由「意識周遍計度刻畫」（章太炎語）而成的概念世界中，那就恰恰喪失了人之為人的天性，失去了人之為人的存在價值。須知，「理想的權威秩序在天道和人性中並不能找到確定的基礎，每個時代都只能根據生活節奏、器物形態以及觀念基礎等要素的變化，發展出行之有效的權威秩序來。權威秩序是尊重秩序的一個方面，當然並不意味著所有的權威能引生有效的尊重」，在一個開明的社會，理應形成這樣的「共識」：「認識到他人與自己一樣，擁有無限的主動性，故以平等的態度對待他人。雖有社會分工的不同、權威秩序的等差，但每個人都有其不可剝奪的高貴的可能。平等的態度是對人的內在本性中的高貴的尊重。奴役者蔑棄自己的高貴性，表面看似乎贏得了更高的榮耀，其實卻在這奴役的關聯中部分地失掉了自己的主動性。其表面上的尊榮，其實是外在的和可剝奪的。由於對自身的限度有充分的認識，所以能儘量避免將自己的習慣、信念和生活方式強加於人。經驗世界的無限決定了具體生活形

〔註49〕以上熊十力原文及相關引文均轉引自陳贇：《晚年熊十力的本體論轉變》，《儒家思想與中國之道》，杭州：浙江大學出版社，2016年，第257~258頁。

態的選擇的多樣。只要不逾越其應有的限度，就有相當程度的合理性。試圖將原本不具普遍性的東西（如某個特定時代的生活方式等）加以普遍化，假道義之名，行掠奪之實，恰恰是大亂的根源所在。」〔註 50〕由此反觀徐志摩在革命思潮風起雲湧的時代裏從「個人主義立場」出發而遭後世重重誤解與批判的種種言論，當能有一番新認識。

　　被稱為「啟蒙運動」的「五四」新文化運動，本身深受歐洲啟蒙運動的影響和浸潤，但相異的本土文化傳統，卻催生了與「啟蒙」相伴隨的「啟蒙反思」，所以「五四」新文化運動在完成反對舊傳統文化的任務後，即開始分化：這即是「五四運動」後社會主義民主理想思潮對「五四運動」中資產階級民主思潮的批判與揚棄，也是中國社會大規模接納馬克思主義的前兆。但在對中國本土移植西方資本主義思想主導新價值觀的反思和批判中，卻又容易走向另外一種「偏至」：無視中國本土傳統中與西方近現代自由民主思想同流合奏的前現代思想因素。徐志摩有些過去被反覆批判為反「馬列」的文字，今天再來冷靜地閱讀，就會發現，它其實是在「強調」：順應革命的潮流，但也不能失去自己的「自性」，更不能迷信階級鬥爭的「絕對性」（所謂「革命，至少它的第一步工程，當然是犧牲，我們為要完成更偉大的使命我們也當然應得忍受犧牲——但是一個條件我們得假定，就是：我們將來的犧牲　定是有意識的。為要避免無意識的犧牲，我們國民就不能再思想上解懶，苟且；我們一定得提起精神來，各個人憑他自己的力量，給現在提倡革命的人們的議論一個徹底的研究，給他們最有力量的口號一個嚴格的審查，給他們最叫響的主張一個不含糊的評判。」見徐志摩：《列寧忌日——談革命》）——這不但不是反對真正的革命，反而是對時代氛圍裏已經出現並趨於泛濫的「革命不會錯」、「造反有理」等極左思維和心理定勢的未雨綢繆的警惕和預防，也是對可能裹挾著「污穢和血」的革命怎樣才能更趨於純正和人性化的一種人文錚言。今人盡可以附和當年陳毅對他的指責，將其言論視為坐在書齋裏「懸想一種應該怎麼辦的姿態來否認由經驗而得來的革命教訓」〔註 51〕，視為一種典型的「自由主義派」懷疑反對革命的論調——但一種「偷換概念」的政治上的混淆，帶來的正是一種不易覺察的思想上的遮蔽。誠如徐復觀先生所

〔註 50〕楊立華：《一本與生生：理一元論綱要》，三聯書店，2018 年，第 168～171 頁。
〔註 51〕陳毅：《答徐志摩先生》，1926 年 2 月 4 日《京報》副刊。

指出：「若大多數人缺乏個體權利的政治自覺，以形成政治的主體性，則統治者因不感到客觀上有政治主體的存在與限制，將於不識不知之中幻想自己即是政治的主體（如『朕即國家』之類），於是由道德上的無限的責任之感，很容易一變而引起權力上的無限的支配的要求，而不接受民主政治上所應有的限定。」〔註52〕過去，由於特殊的國情和敵我分明的革命語境，主流話語長期認為資產階級個性解放思想（包括傳統士大夫個體主義情懷）與馬克思主義是不共戴天的死敵，但這其實是囿於意識形態的對立而人為造成的觀念上的壁障，在這方面，陳伯海有過較為深入的辨析：「有一種意見認為，重視個性意識與馬克思主義不相容，前者純屬資產階級，其實是出於誤解。資產階級確曾以『個性至上』為思想理論的底基，但馬克思主義也不否認人的個性。馬克思本人有關『全人類徹底解放』的理想中，即含有『個性全面發展』的要求在內，從他將『每個人的自由發展是一切人的自由發展的條件』寫進《共產黨宣言》，作為未來共產主義社會的主要標記，可以清晰地看出這一思路。而我們在談論馬克思主義的幾大組成部分時，往往忽略了它的人文核心，有意無意地貶低和取消個性意識，甚且在『一心為公』、『大公無私』的口號下，將集體與個人分割開來並對立起來，便陷入了片面性。『大公無私』，作為革命者為人民利益不惜拋棄個人的一切的崇高思想境界的讚語，本來是無可厚非的，但這畢竟是對先進分子的要求，若即推廣為社會生活的普遍規範，則自有斟酌之餘地。按嚴格規定來說，『大公無私』主要適用於社會主義的財產關係，因為社會主義就是要用生產資料公有制來逐步取代私有制，完全意義上的社會主義（還不包括我們今天初級階段的社會主義），確實是不存在私有財產的。可是，問題一旦轉入分配的領域，情況就不大一樣。『按勞分配』默認勞動者個人對自己的勞動力擁有一定的自主權，所以他才能用等量勞動來換取等量報酬，這就不是『大公無私』，而是『大公有私』了。人際關係上，個人和集體是矛盾的統一，兩者利益在通常情況下應該取得協調，因而『人人為我，我為人人』的口號，要比『大公無私』來得更準確些。至於把個人從屬集體的要求進一步擴展到人的精神生活方面，限制和扼殺人的個性、愛好、獨立思考與主動進取心，使人成為『馴服工具』，更是弊害無窮。試問，人人以『工具』自居，怎樣能發揮主體的作用呢？『工具』式的人民和共產黨員，

〔註52〕徐復觀：《儒家政治思想的構造及其轉進》，《學術與政治之間》，九州出版社，2014年，第56頁。

是無從抵制『文化大革命』，也難以肩負起創造性地建設社會主義現代化國家的宏大使命的。所以說，否定個性並不符合馬克思主義，它只是傳統心態的延續和翻版。」〔註53〕──短短一席話，已經將20世紀中國悲劇頓挫的思想癥結交代清楚：培養獨立人格的「五四」思想啟蒙運動，在革命對資本主義私有制消極因素的過激抵制中受到曲解，乃至在革命「大公無私」的崇高口號下被打壓，失去被正確引導的辯證對待，正為傳統專制主義在文革中「借屍還魂」埋下了伏筆。人類歷史證明，沒有反思、不重視個人自由的革命，無論它當初有多麼神聖堂皇的理由和多麼迫切的現實原因，最終往往弔詭地走向它的反面，造成目的與手段之間的價值悖謬：「追隨革命的個人，通過革命獲得了神聖感，但『以階級鬥爭為綱』的核心革命手段，決定了個人並不可能因此獲得非階級的神聖性。」〔註54〕當依附於階級屬性的個人神聖性隨著革命熱潮的消退而終結，即暴露了非階級的個人神聖性在世俗化生活的浪潮裏所遭遇的不幸。由此反觀徐志摩的個體主義思想，無疑是在其強烈預感到一場前所未有的激進思潮即將來臨、即將淹沒和沖毀一箇舊體秩序之際，湧現於其「良知」深處的一道理智清明的人文主義思想的閃電！

走筆至此，不妨將徐志摩與同樣深受莊子影響且雙峰並峙於「五四」詩壇的郭沫若之間作一個有意味的比照。不同於徐志摩的高蹈隱逸和耽於玄想，郭沫若「總是積極地追逐著時代的大潮流，積極地做政治的先鋒，不惜犧牲自己超然獨立的個性適應政治和時代的需求，最後終於失去個性而走到了莊子哲學的反面──被『物』所奴役，被外在環境、制度、觀念所控制和支配，完全喪失了自我。他的悲劇是莊子在現代社會的悲劇，也是中國知識分子在國家語境和現代語境下的悲劇。」〔註55〕當世俗的榮辱與命運的沉浮隨著那個特殊時代的遠逝而成為過眼雲煙，我們可以清晰地看到，如果說徐志摩與郭沫若的共同悲劇都是「莊子在現代社會的悲劇」，那麼，郭沫若的悲劇正在於逐漸背離了莊子的自由精神，而喪失了本真的自我。正是因為與自然萬物「獨化」共存的人文內涵相對匱乏，其在早期自我膨脹的個人主義迷夢破滅後走向對外界的反抗也就成了某種必然（這也正是表面上崇尚浪漫主義的創

〔註53〕陳伯海：《中國文化研究》，《陳伯海文集》（第四卷），上海社會科學院出版社，2015年，第116～117頁。

〔註54〕胡傳吉：《未完成的現代性：20世紀中國文學思想史論》，廣州：中山大學出版社，2019年，第182頁。

〔註55〕劉劍梅：《莊子的現代命運》，北京：商務印書館，2012年，第59頁。

造社諸君最後大都變成了無產階級文學急先鋒的原因），當他最終作為「真理的戰士」而成為政治意識形態的合格載體時，卻不得不承受主體人格在存在意義上的失落。而徐志摩的悲劇恰恰在於將莊子的自由精神貫徹得過於徹底，受到西方啟蒙思潮的觸發，他身上無意中與批判性繼承莊子的郭象所承載的「自性」與「獨化」等理念同構的自由主義品質，恰恰使得他與那個特殊時代的激進革命主潮處於一種深刻的牴牾之中。換言之，其個體覺醒的「良知」無以對抗現代民族國家宏大敘事所表達的「真理」〔註56〕，其作為一種獨特的文化現象在獲得矚目的同時，遭到政治意識形態的歷史批判也就成了必然，而由此導致的評價上的兩極反差，也使他成了中國現代文學史上極受爭議的詩人。

　　如果說，在「五四」新文化運動中，遙接嵇康悲涼慷慨精神風範的是激越反叛的魯迅，那麼，遙應郭象「名教即自然」玄學關切的非徐志摩莫屬。其從人格自我到人倫社會再到天地自然的人文啟蒙內涵，明顯不同於「越名教而任自然」的極端激進一途，而體現出郭象玄學主體性人格本體論中的某些思想特徵。〔註57〕由此出發，徐志摩看似與當時革命主潮相矛盾的種種言論，其實正可以統一於其對以獨立個體為核心的一種古典式天然自發性政治秩序的追求之中。所謂古典式天然自發性政治秩序，借用郭象的話來說，具有兩個方面的特徵：「其一。『外不資於道』，個體的存在並不依賴於道，而是自得，也即自己建立自己的過程。自然本性就表現在個體自己建立自己的活動中。在此，自然秩序表現為秩序的自生性，它不是外在於秩序的形而上學造

〔註56〕誠如陳贇所指出，在現代民族國家的宏大敘事語境中，「民族國家的敘事與歷史進步的話語結合在一起，共同塑造了現代中國的『國民』認同，個人的存在就是以這樣的方式被編織進歷史正當性的敘事中，只有與歷史前進的方向與時代的潮流相一致，個人的存在意義才具有無可置疑的『歷時正確性』，否則便是『歷史的不正確』。換言之，人的存在意義的最終審判被交付給了由各種特定的話語範疇組織構建而成的歷史意識，『歷史』的審判取代了個人的內在良知決斷，而這種『歷史』決斷在中國現代性歷史主義意識中不僅被各種意識的書寫所重重圍裹，而且又以『眾所同認』的『公理』的姿態而呈現，在這種情況下，個人的良知無以對抗歷史敘述所表達的『真理』。」（陳贇：《困境中的中國現代性意識》，上海：華東師範大學出版社，2005年，第166～167頁。）

〔註57〕徐志摩不拘於禮俗的情愛追求固然有沖決羅網的激進一面，但追求愛情成功之後，卻又顯得傳統意味十足，甚至抱定殉愛的決心；筆者認為，此種往往被論者忽視的「悖反」之處，正體現了他與郭象類似的「名教即自然」的思想。

物主所能締造。」「其二，『內不由於己』，個體自己建立自己的活動並非我之有意為之，秩序超出了主體的測度範圍，具有內在的未決性。在其本性上，它是一個自發性的過程，主動參與這種秩序，卻不能也不必對於秩序本身具有清晰的意識。在此，自然秩序就是自發性的秩序。因此，郭象強調，『自生耳，非我生也。我既不能生物，物亦不能生我，則我自然矣。自然而然，謂之天然。天然耳，非為也，故以天言之。以天言之，所以明其自然也』。在自然秩序中，個體各行其事，各各自爾，更為重要的是，個體建立自己、參與秩序的過程，是一個自然而然的、非人為過程，它具有不可預測、計劃的特徵，正是在這個意義上，自然的秩序就是天然的自發性秩序。」〔註58〕也許，《晉書·志·第十七章》中的一句話，正可以很好地傳達上述那種古典式天然自發性政治秩序（「自然無為」）的追求：「君治以道，臣輔克忠，萬物咸遂其性，則和氣應，休徵效，國以安。」

　　然而，個體的獨化需要一個「放於自得之場」而使其主體的自為得以成為現實的公共空間，但郭象和徐志摩所置身的急劇動盪的時代卻使這種公共空間遺憾地付諸闕如，所以最終，無論是郭象以《莊子注》為依託的個體哲學理論，還是徐志摩以「性靈自由」為核心的啟蒙追求，都無一例外地在黑暗動盪的現實面前徹底「失敗」了，歷史似乎無情地嘲弄了他們。但在現實面前遭遇「失敗」的哲學觀念或作為「理念的感性顯現」的審美主義並不等於就沒有存在的價值。誠如王江松指出：「人們固然可以利用郭象理論上的弱點對他的自性說、逍遙說作一種消極的理解，說他用自性逍遙為現實的不平等辯護，或者用現實的不平等去附會他的自性逍遙說，但從哲學理論上說，從思想邏輯上說，從自性逍遙說推不出這些結論來，因為郭象並沒有設定一個最高標準來衡量、劃分各物自性的貴賤、高低、上下，各物在其自性範圍內是『上天下地，唯我獨尊』的，是不需要也不能夠與他物相比較的。由此我們可以對自性逍遙作出積極的解釋，推出郭象本人不一定意識到的、自己沒有說出的，但按其理論的深層可能性是可以而且應該由我們後來人說出來的結論：每個人都有其獨特的、不可取代的價值和不可剝奪的尊嚴；人們在內在的能力、素質和外在的地位、成就上是有區別、不平等的，但就人人有其

〔註58〕陳贇：《從「民族—國家」到「天下」：「天下」思想的未來遺產》，《天下或天地之間：中國思想的古典視域》，上海：上海書店出版社，2007年，第95～96頁。

獨立性、自立性、自為性而言，他們又是平等的，人人都可以為提高自己的能力、素質和外在的地位、成就而努力；每個人都不能輕視、鄙棄自己，也不能被他人輕視、鄙棄，也不能去輕視、鄙棄他人，因為每個人是每個人自己的目的，而永遠不能當成別人可以利用的工具和手段。郭象實際上差不多早於康德 1500 年之久，提出了『人是目的』的光輝思想。歷代統治者固然可以利用郭象思想的表層結構，從靜態的、既定的、穩固的角度和方面出發，要求被統治者安於自己的性分、樂天知命、逆來順受，但被統治者也完全可以利用郭象思想的深層結構，從絕對獨立的『自性』出發否定統治者對自己生活的干預和控制，反對統治者對自己的壓迫和奴役，還可以從讚美變化日新的獨化論的角度出發，改變自己在『相因相濟』結構中相對劣勢的地位。這就正如現代人對於個人主義、個性主義、個體平等主義、自由主義也可以作兩種解釋一樣：所謂強者可以用這種理論為其優勢地位、既得利益辯護，但所謂弱者也完全可以利用這種理論來伸張自己的權利和要求，改變自己的社會地位。對郭象的種種批評大體上是從一個極端作出來的，因而是偏執而不公正的。」〔註59〕──同樣，距離郭象 1600 餘年的徐志摩，受到西方個性解放思想的觸發，也秉承康德「人是目的」的啟蒙思想，實際上說出了其「本人不一定意識到的、自己沒有說出的，但按其理論的深層可能性是可以而且應該由我們後來人說出來的結論」，一種之於自由獨立人格的追求。人們或許可以利用他的縱情山水來批判他的逃避現實，通過他的追求自我實現的個體主義哲學來抨擊他對不平等現實制度的依附和順從，或者在他對民眾的痛苦表示充分的同情時也認為那不過是一種居「資產階級」地位而表施捨的地主式的「仁慈」，然而，從徐志摩以「理念的感性顯現」為特徵的大量言論來看，從其企圖啟蒙大眾的啟蒙說裏，推不出上述結論來。當然，如同郭象哲學的侷限一樣，面對殘酷黑暗、積重難返的現實，徐志摩不能從理論上解決他的個體主義本體論與現實社會的矛盾，但又不能迴避他所置身的社會現實，於是他只好在歷史已經提供給他的現成等級制度中竭盡全力地用個體主義來改造這一模式，或者說，儘量使現存等級制度模式容納其個體主義的啟蒙內涵。由此，「和風細雨」的改良革命願望吻合了他「自尋救度」的個體主義「救國」方案：「不承認已成的一切是不受一切束縛的意思，並不是與現實宣戰」，「而是要通過『自尋救度』的方式來超越現實矛盾。也就是說，每個人應該

〔註59〕王江松：《郭象個體主義哲學的現代闡釋》，第 95～96 頁。

通過多種方式來克服自身的弱點，剷除劣根，實現自我完善，並隨之完善整個社會。」這無疑「是一個觀念上的更新。因為社會的完善最終還有待於個人的完善，換言之，不健全的個人是造成不健全的社會的深層原因。」〔註60〕徐志摩這種個體主義改造方案，與郭象對「天下明王」的期盼相似，也引出了其「好人政府」的主張：「唯一的希望，就在領袖社會的人，早早的覺悟，利用他們的表率地位，排斥外來的誘惑，轉變自殺的方向，否則前途只是黑暗與陷阱」（徐志摩：《羅素又來說話了》），這也是他崇拜和「恭維」英國自由民主政治的內在動機。那種褫奪個體自性和人的合理性存在的未來烏托邦神話在他這裡找不到它的語境，歷史進步主義以及與其聯姻的激進革命意識成了其現代性批判思想中的對象，從而具備了極為超前的啟蒙意義。然而，他基於個體性靈出發的自我救度方案，在積重難返千鈞一髮的動盪現實局面下明顯是緩不濟急的（在軍閥橫行的 20 世紀中國更是無異於與虎謀皮），不僅無力洞穿「立國」先於「新民」的現代歷史大勢，也無意中讓「個人的解放」之「末」凌駕於「現代民族國家建構」之「本」這一現代啟蒙核心關切之上；由此出發，其終生奉行不渝且視為「真諦」的個體啟蒙理念所導致的希冀「聖君賢相之施行仁政」（陳獨秀語）的政治「單純信仰」，也就類似於康德所謂的不願擺脫「自己加之於自己之上的不成熟狀態」，在專制主義根深蒂固而民眾配合以盲動之慣性的集體無意識的國度中，注定找不到生根的土壤，也注定是一個無法完成的「心性審美烏托邦」。

　　這樣一個未完成的心性審美烏托邦，也包蘊著在現代性光照下日益褪色的玄學的內涵。穆木天在其《徐志摩論：他的思想與藝術》一文中曾頗有洞見地指出：「由於同中國社會之矛盾，他感到：『實際生活的牽掣可以劫去我們靈性所需要的閑暇，積成一種壓迫。』……他不斷地作他的『靈魂的冒險』，『要在這忽忽變動的聲色的世界裏，贖出幾個永久不變原則的憑證來。』（《海灘上種花》）可是，他的玄學的追求，是終沒有完成的答案！」「詩心是一種神往，徐志摩對於詩歌的見解，是深具著神秘主義的色彩了。詩人徐志摩，對於詩歌，是一個星象學者，一個點金術者，一個預言者的態度。可是，現在的世界已不是玄學的時代了。而特別是現在中國又呈現了紊亂的局面，整理這種局面，玄學又是無力。現實的社會狀態，使詩人志摩找不出詩的營養來了。於是，在《秋》裏，他又說：『跟著這種種症候還有一個驚心的現象，是

〔註60〕毛迅：《徐志摩論稿》，第 66 頁。

一般創作活動的消沉，這也是當然的結果。因為文藝創作活動的條件是和平有秩序的社會常態，常態的生活，以及理想主義的根據。我們現在卻只有混亂，變態，以及精神生活的破產。』由此可以看出徐志摩的詩作生活之幻滅，是由於玄學世界之幻滅了。」〔註61〕——這種個體哲學「幻滅」的悲劇，也正是中國近現代未完成的審美現代性所導致的個人神聖性問題懸而未決的時代性悲劇，它源於嚴酷的現代性生存境遇對生命內在本質要求與精神性生活的取消：近現代以來，隨著古典天下世界在西方現代性逼入下的整體破裂，一種「奠基於進步——進化的價值觀念以及它所衍生的歷史主義敘事」，「把人類活動引入到先進——落後或文野之辨的邏輯中，一方面它鼓吹征伐——擴張——戰爭——競爭的現代性態度，另一方面它又通過邏輯的法則替代真實的歷史進程，這兩點都成為遮蔽存在者自性的方式。」「政治秩序的本性與政治生活的德性在科學主義所包圍的現代，都被納入到觀念的層面來理解，主義話語成為現代政治傳統中位居底層的東西，它一方面利用群眾運動，另一方面通過服從與信仰的宗教德性，把政治生活引向抽象名詞建立起來的語言圖像中。這一方面導致了主義話語中啟蒙態度與信仰德性的緊張，另一方面又以政治的理念遮蔽了政治存在以及個人的日常政治感覺，於是，政治生活的道路在現代中國不是求助於主義烏托邦，就是轉向政治實驗的態度，而這兩者都包含著無視個人的當下性存在及某日常生活的巨大風險，以至於使得政治生活成為脫離了具體的個人而展開的話語政治工程。」〔註62〕「事實上，當1917～1918年《新青年》的『打孔家店』、文學革命、家庭倫理批判逐漸激發出人性批判的高潮時，啟蒙思想家們也曾獲得重新調整價值評估座標的機會。從審視人的需要及其滿足需要的方式和能力出發，他們確有可能超出意識形態層面，恰當釐定信仰、知識、意識形態各自的價值、作用範圍及其相互關係，從而初步為現代中國社會建構一個比較完整的價值系統。然而，這種可能性最終還是被1918年後的嚴峻時勢以及啟蒙思想家內心的救世焦灼所湮沒。1919年後，不管個別思想家如何堅執價值評估的餘脈，以《新青年》為核心的啟蒙陣營實際上已經被新的政治革命洪流和他們自身的社會改造熱情所征

〔註61〕穆木天：《徐志摩論：他的思想與藝術》，韓石山、朵漁編：《徐志摩評說八十年》，第219、225頁。

〔註62〕陳贇：《從「民族——國家」到「天下」：「天下」思想的未來遺產》，《天下或天地之間：中國思想的古典視域》，第106頁。

服。」〔註63〕救亡的迫切情勢，壓倒了一切啟蒙的人文精神，再加之啟蒙者對人與社會國家之間的「公、私」之辨缺乏應有的警醒，於是「五四」初期以個體啟蒙為取向的價值觀念逐漸被以集體主義為導向的價值觀念所壓倒，本來作為保證「自由」而設計的「民主」和「人本」思想，最終成為民族主義崛起的拐杖和工具。熊十力先生曾卓有見識地論證過的「玄學為體、科學為用」的宏大人文抱負更是無從說起。〔註64〕徐志摩與郭象一樣生不逢時，只能依然在歷史已經現成地提供的權力等級制中擴展其個體主義哲學內涵。所以，在新的時期，如果只抓住他思想言論中的某些表層結構作類似「依附體制」、「安時順命」、「消極逃避」的片面理解，而無視他思想深層結構中從啟蒙大眾立場出發、從個體絕對獨立的「自性」出發否定反抗專制統治的積極內涵，無視他在具體存在的否定性與個體存在的永恆性之間尋求精神獨立自足的個

〔註63〕毛丹：《文化變遷與價值重建運動》，許紀霖、陳凱達主編：《中國現代化史：第1卷1800～1949》，上海三聯書店，1995年，第322頁。

〔註64〕熊十力曾說：「科學尚析觀，得宇宙之分殊，而一切如量，即名其所得為科學真理。玄學尚證會，得宇宙之渾全，而一切如理，即名其所得為玄學真理。實則就真理本身言，無所謂科學的與玄學的這般名字，唯依學者窮究之方便故，則學問不限一途，而或得其全，或得其分，由此假說有科學之真理與玄學之真理，於義無妨。」由此出發，他認為「玄學存在的本體界是體，科學存在的現象界是用」，「從體用關係來講，有體必有用。大用流行，從而表現出客觀的存在事物，即經驗世界，才使科學真理具有可能，所以科學真理都是玄學真理的內涵。因此，科學家不應該輕視或反對玄學，哲學家更不宜置本體論於不顧。可以說，除去本體論無哲學立足地。更進一步，熊十力認為西方科學所本的西方哲學，源自希臘哲學，其根本也在於向外求知，發展到現代，哲學更由於認識到自我權能之後，更趨於征服和利用外在的自然。這與中國哲學返本求全仍然不能相比。要言之，中國哲學中的玄學真理要高於西方哲學科學真理。他說：『西洋雖有形上學，要從思辨上著力，只是意想之境，實無當於本隱之顯，則謂之無形上學可也。形上學非證會不足言，捨大《易》將何求？西洋學術推顯則有之，猶未能推顯以至隱也。彼無本隱之顯之學，則其不能推顯至隱，無足怪者。然今後科學日進，推顯至極終不明其所以然者，或不求隱而不得。中國自昔有本隱之顯之學，得西學而觀其會通，將來可發明者何限？是在吾人努力而已。』在分析了科學真理與玄學真理相互關係及內在的本質之後，熊十力提出了自己的中國文化建設之路。這就是以玄學（中國哲學）為本、為主，來吸取西方科學之用、之長，而徹底改變西洋現代發展之路，走中國自己的現代化的道路。」（以上均引自徐建勇：《現代性與新儒家》，人民出版社，2019年，第196～197頁。）——熊十力這番超卓深遠的認識，猶如空谷獅吼，本應振聾發聵，但由於內外交困的時局，終於流為時代的空響，爾後更隨著政權的更迭而淪為流亡海外的一縷遊魂，直到上世紀末才在新儒家思想的復興中為人們所重新認識。

體正當性追求，就會繼續過去對他偏執而不公正的評價。當社會矛盾不再是積重難返而是大為緩和，當各種階級矛盾並不是惡化到非要通過一種「全盤解決」的暴力革命手段方能奏效的和平改革年代，當革命的真正理想──「使個人的自由發展成為一切人的自由發展的條件」這一任務依然沒有完成，而曾被救亡和革命所中斷的個體啟蒙成為新時期亟待補充、完成的重大課題時，郭象與徐志摩式個體主義哲學內涵的積極意義就充分地彰顯出來。

當然，近現代中國啟蒙陷入「個體被整體吞併」的錯位困境，並不能完全歸結為民族國民性中個體獨立思想的缺位，必須看到，儘管「啟蒙這種『以最大限度地實現主體自由的社會改造方案』從沒被完美實施過」，但在近現代中國內憂外患的處境中，卻很大程度上是為「救亡」所催生的，「『救亡』的合法性就內在於『啟蒙』的危機論述之中，而『革命』不過是『啟蒙』理念雖深入人心但卻在實踐中受阻而產生的一種激進形式。」〔註65〕就此而言，在那個急風暴雨般的時代，徐志摩那種追求自我實現的個體主義，儘管「跳著濺著」性靈的浪花，但卻整體上流露出未能融入時代主潮的搖擺與茫然，其在一個時期陷入沈寂乃至遺忘也是必然的。然而歷史也是公正的，其「跳著濺著」的一道細小而清淺的「生命水」（朱自清語）之所以能夠屢屢頑強地穿透歷史堅硬的河床而汩汩流淌，在新時期形成噴珠濺玉的溶溶之川，獲得一份似乎本不應由他獲得的禮遇與榮光，實則是因為這其中注有傳統哲學活水的源遠流長，能夠反射出先哲偉大思想千年不墜的閃光。

如果說，歷史上的郭象學說是莊子思想中未來得及全面開展的個性主義思想的發展，是中國歷史上「最為完整、最為系統的個體主義哲學」，「是被主流的整體主義文化所壓抑的個體主義、個性主義和個人主義文化潛流（這種文化只在較短暫的歷史時段裏，而且只是在社會分裂和混亂之際才能公開顯露並得到發展）的總代表」〔註66〕，那麼，我們也可以說，「五四」時期在中西文化交匯互溶潮流中誕生的徐志摩的個體主義哲學思想，同樣是對郭象個體主義哲學在新時代的發揚和光大。西方平等、自由、民主、博愛等思想，並沒有使他全盤西化，而是激活了他身上那些被壓抑而處於沉睡狀態的「傳

〔註65〕趙牧：《「新啟蒙」及其限度──「八十年代」話語的來源、建構及革命重述》，葉祝弟、杜運泉主編：《現代化與化現代──新文化運動百年價值重估》，上海：上海三聯書店，2019年，第400頁。

〔註66〕王江松：《郭象個體主義哲學的現代闡釋》，北京：中國社會科學出版社，2008年。

統」異質性，從而使其個體審美主義在新時期煥發出蓬勃的生機和活力。儘管，其個體主義哲學不可避免地存在歷史的侷限（如同郭象哲學一樣），但這種侷限，並不能掩蓋其潛藏的超越時代的光輝。誠如當代學者所言：「（徐志摩）關於人的存在意義的探究，是一種既實在又飄然，既深邃又非常態的人生企盼。這是其精神色澤永不淡退且有著幽遠的持續性活力的原因。」〔註67〕

四、才性與玄理：徐志摩與郭象審美觀比較略論

孤獨作為個體存在實踐結構的本質特徵，意味著任何一個獨一無二的實踐者都有他人無法觸及的存在。「個體在把自己領受為我時乃是將自己領受為超越性及孤獨。我可以盡可能地與他人一致，減少自己行動的個人特徵，但這只能降低我作為孤獨的孤獨性（The degree of solitude），而不能取消我是孤獨的這一事實。」〔註68〕由此出發，儘管個人存在的邊界與生俱來地與他人的存在邊界產生根深蒂固的交集，形成群居的社會，但由於「孤獨只有在我的超越性被消滅時才能取消」的不可取消性，結果實際上產生了海德格爾在《存在與時間》中所預見的「獨在」於「共在」中的存在現象：「他人只能在一種共在中而且只能為一種共在而不在。獨在是共在的一種殘缺樣式，獨在的可能性就是共在的證明。」〔註69〕──作為一個卓絕千古的哲學命題，郭象獨創的「獨化」說無疑有相似的涵蘊，所謂「是以涉有物之域，雖復罔兩，未有不獨化於玄冥者也。」（《齊物論注》）「『玄』者深遠也，『冥』者幽昏也；『玄冥』者，幽深、深邃貌，指一種幽深奧妙的境或境界、境域。『獨化於玄冥之境』，就是說事物的『獨化』是一種微妙幽深的默契之貌，玄遠幽微，言之不盡，惟意會爾。」〔註70〕這樣一種玄思妙想、靜思默參，遠溯莊子的「獨與天地精神相往來」，近承以阮、嵇為代表的竹林玄學的「越名任心」，一方面使得士人們於情理中對峙的矛盾心理結構消融在人與自然、心與物、形與神、意與象的自由轉換中，從而推動了魏晉山水美學的發展；一方面也直接

〔註67〕吳希華、宋玉華：《獨步的文學人：解讀徐志摩》，北京：中國文聯出版社，2006年，第133～134頁。

〔註68〕參閱王曉華：《回到個體的哲學》，桂林：灕江出版社，2012年，第188～190頁。

〔註69〕〔德〕海德格爾：《存在與時間》，陳嘉映、王慶節譯，商務印書館，2020年，第148頁。

〔註70〕曲經緯：《莊禪擺渡：〈莊子注〉與玄學美學》，第89頁。

影響了東晉以降佛門對其「獨化」哲學範疇「有—無」性內在結構的引申與發揮（譬如僧肇就通過對「非有非無」之「空」性的闡發來論證事物的「真幻不二」），從而極大地推動了佛教傳入東土時與本土老莊玄學思潮相融合摩蕩的進程。其潛移默化的浸潤對中國傳統士人精神結構的形塑和藝術人格的養成有著巨大的影響。

「山川之美，古來共談」——這一衍化自遠古農耕生活素樸觀念的人與自然的親和感，是不必非要等到「莊老告退」而「山水方滋」的魏晉時代的。然而，將自然山水視為獨立的審美對象，從而成為物我契合時精神怡悅的心靈放達之所，卻自晉人始：「清響擬絲竹」、「常聞清吹空」、「希聲奏群籟」、「群籟雖參差，適我莫非新」……，如此等等，無不是在「仰觀宇宙之大，俯察品類之盛」的「遊目騁懷」中「極視聽之娛」。正是在這一過程中，郭象的出現有著特殊的意義：「從自然風物感悟天地間生機鬱勃的生命流蕩，同時舒展自己的情性而得到審美滿足，這種方式，是郭象首先以明確的哲學語言加以肯定。而肯定這種觀物方式也就是肯定了萬物生機與個體生機相感應的雙向關係，這種肯定，無疑對山水遊賞成為中國文人的重要審美方式，有決定性的意義。」〔註71〕如果說在郭象那裡，美與自由的追求還只是停留於一種理念的訴求與邏輯的推演（郭象並沒有留下遊賞山水的詩文），那麼在同時代及後世傳統士人那裡，一種「無心玄應，唯感是從」的審美體驗與一種「獨化於玄冥之境」的審美境界，則在他們縱情山水和沉湎自然的過程中通過一種心境的描述得到了淋漓盡致的呈現。其「理念的感性顯現」，世世相續，代代相傳；其心靈的妙音逸響，越千年而不絕，在中國傳統藝術領域獲得了深遠的共鳴。

具體就徐志摩而言，山水是他的創作元素，萬千風物激發著他的意緒，大自然的意象賦予他的詩歌以超凡脫俗的韻致和高遠，他的心靈「從自然與生活本體接受直接的靈感，像小鹿似的活潑，野鳥似的歡欣」；他的聯想「特別容易受著萬物的感應，一縷風吹來，剎那間就會在心之湖上激起文采飛閃的珠漣」〔註72〕。應該說，在中國天人合一的文化傳統中，虛以待物、「應物斯感」的物感傳統，是最能對應於徐志摩藝術創作實踐中自謂的「剎那間的靈通」狀態的：在心物的交感與主客體的雙向交流中，「凡物色之感於外，與

〔註71〕汪裕雄：《意象探源》，第 288、280 頁。
〔註72〕馬力：《中國現代風景散文史》（上），北京：中國社會科學出版社，2011 年，第 120 頁。

喜怒哀樂之感動中者，兩相薄而發為歌詠，如風水相遭，自然成文；如泉石相舂，自然成響」（紀昀：《清豔堂詩序》），自然的天籟孕育了徐志摩優美和諧的精神，賦予了他詩歌神秘的意蘊和廣泛的旨趣。穆木天曾這樣評價徐志摩的詩歌理念：「他所反映的生命現象之不可思議是大自然之奧秘。詩心是一種神往。徐志摩對於詩歌的見解，是深具著神秘主義的色彩了。」〔註73〕的確，徐志摩對於生命和宇宙頗具神秘性的認識，在《「話」》中他說：「但憑科學的常識，便可以知道這整個的宇宙，只是一團活潑的呼吸，一體普遍的生命，一個奧妙靈動的整體」，「這無窮性便是生命與宇宙的通性」；他又認為「自然界的種種事物，不論其細如潤石，黑如碳，明如秋月，皆孕有甚深之意義，皆含有不可理解之神秘，皆成為神秘之象徵」（徐志摩：《鬼話》），由此，自然界的種種現象：「星光的閃動，草葉上露珠的顫動，花鬚在微風中的搖動，雷雨中雲空的變動，大海中波濤的洶湧……」（徐志摩：《自剖》），皆成為觸動他感性的情景；而「瀑吼、松濤、鳥語、雷聲」是他感官的「教師」（徐志摩：《雨後虹》），他詩心的靈苗「隨春草怒生，沐日月光輝」；他和諧的靈魂「聽自然音樂，啜古今不朽」，「精魂騰躍，滿想化入音波」（徐志摩：《康橋再會吧》）；他仰望天際的每一朵星光，「飲咽它們的美如同音樂，奇妙的韻味通流到內臟與百骸」（徐志摩：《愛的靈感》）；他漫步在康河靜穆的晚景裏，聽「和緩的鐘聲」解釋「新秋涼緒，旅人別意」，而水皐間「輕挑靜寞」的「魚躍蟲嘯」（徐志摩：《康橋再會吧》），亦成為詩人神異性感覺中的一種。一份「無心玄應，唯感是從」的感性審美表述常常不期然誕生在他的筆下：他愛那遠離塵囂的「蜜甜」的黃昏，斜倚著橋欄細數「螺鈿的波紋」，在暫忽的淡淡悄悦中感覺「青苔涼透了心坎」的玄妙（徐志摩：《我所知道的康橋》），亦喜歡玩味那「鈍盒透出的紫靄紅暈」，在「手剔生苔碑碣」時「細數松針幾枚」，不期然間陷入沉思的「默境」（徐志摩：《默境》）；他愛那輕柔的暝色中微茫的遠山，常忍不住用詩意的筆調去描摹那夕陽霞光中夢幻般變化的色調（徐志摩：《我所知道的康橋》），亦喜歡在喧鬧的市街上尋訪「弔古」的所在，在夕陽的「墓壚間」徘徊，「想像已往的韶光，溫慰心靈的幽獨」（徐志摩：《契訶夫的墓園》）……

〔註73〕穆木天：《徐志摩論：他的思想與藝術》，韓石山、朵漁編：《徐志摩評說八十年》，第 225 頁。

郭象曾把莊子的審美心理狀態創造性地概括為「凝神自得」：「夫體神居靈而窮理極妙者，雖靜默閒堂之裏，而玄同四海之表，故乘兩儀而御六棄，同人群而驅萬物。苟無物而不順，則浮雲斯乘矣；無形而不載，則飛龍斯御矣。遺身而自得，雖淡然而不待，坐忘行忘，忘而為之，故行若曳枯木，止若聚死灰，事以云其神凝也。其神凝，則不凝者自得矣。」（《逍遙遊注》）當代學者於此曾有頗為精闢的闡釋：所謂「行若曳枯木，止若聚死灰」，是指「主體進入凝神靜默的心理狀態，則可以體悟萬物內在的精神變化，自得萬物的『性分』而『窮理極妙』。」這種「超越現象的直覺認識，從審美發生上說，則與審美主體的『無心玄應』絲絲相扣。『凝神』則『無心』，『玄應』則『自得』。」〔註74〕——無獨有偶，「凝神自得」的藝術審美心理活動，也在徐志摩的詩文中體現得淋漓盡致。譬如其散文代表作《我所知道的康橋》中的一段：

> 克萊亞並沒有那樣體面的襯托，它也不比廬山棲賢寺旁的觀音橋，上瞰五老的奇峰，下臨深潭與飛瀑；它只是怯伶伶的一座三環洞的小橋，它那橋洞間也只掩映著細紋的波瀾與婆娑的樹影，它那橋上櫛比的小穿蘭與蘭節頂上雙雙的白石球，也只是村姑子頭上不誇張的香草與野花一類的裝飾；但你凝神的看著，更凝神的看著，你再反省你的心境，看還有一絲屑的俗念沾滯不？只要你審美的本能不曾汩滅時，這是你的機會實現純粹美感的神奇！（徐志摩：《我所知道的康橋》）

此種「凝神自得」，使得詩人時常進入凝神靜默的心理狀態，體悟萬物內在的精神變化，進而自得萬物的「性分」而「窮理極妙」。譬如康橋優美的建築帶給他的如畫圖般的印象與音樂般的韻感：

> 康橋的「Backs」自有它的特長，這不容易用一二個狀詞來概括，它那脫盡塵埃的一種清澈秀逸的意境可說是超出了畫圖而化生了音樂的神味。再沒有比這一群建築更調諧更勻稱的了！論畫，可比的許只有柯羅（Corot）的田野；論音樂，可比的許只有肖班（Chopin）的夜曲。就這，也不能給你依稀的印象，它給你的美感簡直是神靈性的一種。

〔註74〕劉好運：《魏晉經學與詩學‧中編‧魏晉詩學論》，北京：中華書局，2018年，第703～705頁。

譬如看晨來炊煙升起的妙景：

> 這早起是看炊煙的時辰：朝霧漸漸的升起，揭開了這灰蒼蒼的
> 天幕（最好是微霞後的光景），遠近的炊煙，成絲的、成縷的、成卷
> 的、輕快的、遲重的、濃灰的、淡青的、慘白的，在靜定的朝氣裏
> 漸漸的上騰，漸漸的不見，彷彿是朝來人們的祈禱，參差的曀入了
> 天聽。朝陽是難得見的，這初春的天氣。但它來時是起早人莫大的
> 愉快。頃刻間這田野添深了顏色，一層輕紗似的金粉糝上了這草，
> 這樹，這通道，這莊舍。頃刻間這周遭彌漫了清晨富麗的溫柔。頃
> 刻間你的心懷也分潤了白天誕生的光榮。「春」！這勝利的晴空彷彿
> 在你的耳邊私語。「春」！你那快活的靈魂也彷彿在那裡迴響。

在種種不期而至的審美境界中，詩人遊心萬物，心與物冥，「無心玄應，
唯感是從」，真正消解了如柏格森所說的「『在自然和我們之間，在我們自己
和自己之間，橫隔著一層帷幕』的現象，在由『跡』（現象）和『無跡』（本
體）的審美過程中，使人與自然、直覺與本體達到一種妙合無垠的審美境
界。」〔註75〕

作為一個「將自然化合於其靈情」（于賡虞語）的詩人，徐志摩曾在日記
中如此透露自己的心聲：「孤獨之於創造性的頭腦，猶如春風之於色彩斑斕的
混沌萬物。它們本質上並不相同，卻以各自的方式，使頭腦和萬物最具活力，
充滿了生命的朝氣」；「深刻的孤獨中產生的思想，就像陽光照在一顆多菱的
寶石上，靈魂的奧秘瞬間即以可感覺的形式，呈現出難以想像的壯麗。」（徐
志摩：《翡冷翠日記四頁·英文日記殘稿》，傅光明譯）而「幽玄」作為一種審
美體驗在作為其「生命過程特殊解釋系統」的文學創作文本中則無處不在，
那些微妙幽雅的自然風韻，無論是清雅秀絕的景色，還是飄渺傳神的月亮，
蘊藏在若即若離的心物之間，生成於審美視野的變幻之際，總是使得詩人在
有無虛實間深深玩味於事物的形與影，不期然間湧現「妙性無寄，天真朗然」
的靈幻感、通透感：「偶步山後，發現一水潭浮紅漲綠，儼然織錦，陽光自林
隙來，附麗其上，益增娟媚。」「案上插了一支花便不寂寞。最宜人是月移花
影上窗紗。」（徐志摩：《眉軒瑣語》）「昨夜二更時分與適之遠眺著靜僻的湖
與堤與印在波光裏的堤影，清絕秀絕媚絕，真是理想的美人，隨她怎樣的姿
態妙，也比擬不得的絕色。我們便想出去拿舟玩月；拿一支輕如秋葉的小舟，

〔註75〕劉好運：《魏晉經學與詩學·中編·魏晉詩學論》，第703～705頁。

悄悄的滑上了夜湖的柔胸；拿一支輕如蘆梗的小槳，幽幽的拍著她光潤，蜜糯的芳容；挑破她霧縠似的夢殼，扁著身子偷偷的挨了進去，也好分嘗她貪飲月光醉了的妙趣！」（徐志摩：《西湖記》）「清晨的晴爽，不曾消醒我初起時睡態；但夢思卻半被曉風吹斷。我闔緊眼簾內視，只見一斑斑消殘的顏色，一似晚霞的餘緒，留戀地膠附在天邊。廊前的馬櫻、紫荊、藤蘿、青翠的葉與鮮紅的花，都將他們的妙影映印在水汀上，幻出幽媚的情態無數；我的臂上與胸前，亦滿綴了綠蔭的斜紋。」（徐志摩：《北戴河海濱的幻想》）……凡此種種難以描畫的朦朧恍惚的自然妙態，與飄忽不定難以捕捉的「美的餘情」共同構合成的神秘幽玄美感，俱是詩人的心靈與「自然萬物深深契合後產生的剎那間審美感興的最純粹的表現」〔註 76〕，往往包裹著「物哀」、「寂」等不可言傳的美之情趣。

　　從某種意義上說，「與自然的神秘互相接觸映像時造成的直覺靈感」以及對宇宙萬物的「同情」〔註 77〕，正是其藝術審美中「玄感」產生的關鍵。這不僅僅是一種藝術態度，一種審美境界，更是人的一種存在方式。它有關靈魂的超越與心靈的安寄，有關作為知情意的人與萬物世界如何融為一體的內在存在狀態。面對時間的永恆流逝與人間的際遇興衰，詩人同樣以類似古典詩哲的去本歸性、性合於冥來行消解，心靈在自然的遨遊中「泛乎若不繫之舟」：「想像已往的韶光，慰藉心靈的幽獨。在墓墟間，在晚風中，在山一邊，在水一角，慕古人情，懷舊光華；像是朵朵出岫的白雲，輕沾斜陽的彩色，冉冉的卷，款款的舒，風動時動，風止時止。」（徐志摩：《契訶夫的墓園》）在弔古的幽思中「憧悟光陰的實在；……想像它是緩漸的流水，想像它是倒懸的急湍，想像它是足跡的尾閭，……認識它那無顧戀的冷酷，它那無限量的破壞的饞欲：桑田變滄海，紅粉變骷髏，青梗變枯柴，帝國變迷夢，夢變煙，火變灰，石變砂，玫瑰變泥，一切的紛爭消納在無聲的墓窟裏……」那「饅形的一塊黃土」——「墳」——外加「蔓草、涼風、白楊、青鱗等等的附帶」會激起他思考死亡「無窮的意趣」：「死彷彿有附著或有實質的一個現象，墳墓只是一個美麗的虛無。在這靜定的意境裏，光陰彷彿止息了波動，你自己的思感收斂了震悸，那時你的性靈便可感到最純淨的安慰，你再不要什麼。遠

〔註 76〕〔日〕大西克禮：《幽玄‧物哀‧寂：日本美學三大關鍵詞研究》，王向遠譯，上海譯文出版社，2017 年，第 51 頁。
〔註 77〕宗白華：《新詩略談》，《美學散步》，第 289 頁。

有一個原因為什麼我不愛想死是為死的對象就是最惱人不過的生，死只是終止生，不是解決生，更不是消滅生，只是增劇生的複雜，並不清理它的糾紛。墳的意象卻不暗示你什麼對舉或比稱的實體，它沒有遠親，也沒有近鄰，它只是它，包涵一切，覆蓋一切，調融一切的一個美的虛無。」（徐志摩：《契訶夫的墓園》）——由此，他總在對存在的思考中強調對個體生命的關懷，在生命短暫的感悟中表達對存在的深情眷戀：

> 一天的繁星，我放平在船上看星，沉沉的宇宙，我們的生命究竟是個什麼東西？我又摸著了我的傷痕。星光呀，仁慈些，不要張著這樣譏諷的眼，倍增我的難受！（徐志摩：《西湖記》）

> 「生命是悠久的」，但花開只是朝露與晚霞間的一段插話。殷勤是夕陽的顧盼，為花事的榮悴關心。可憐這心頭的一撮土，更有誰來憑弔？

> 我如何能遺忘你那永訣時的神情！竟許就那一度，在生死的邊沿，你容許我懷抱你那生命的本真；在生死的邊沿你容許我親吻你那性靈的奧隱，在生死的邊沿，你容許我唔啜你那妙眼的神輝。那眼，那眼！愛的純粹的精靈迸裂在神異的剎那間！你去了，但你是永遠留著。從你的死，我才初次會悟到生。會悟到生死間一種幽玄的絲縷。世界是黑暗的，但我卻永久存儲著你的不死的靈光。

> 最辛苦是那些在黑茫茫的天地間尋求光熱的生靈。可憐的秋蛾，他永遠不能忘情於火焰。在泥草間化生，在黑暗裏飛行，抖擻著翅羽上的金粉——它的願望是在萬萬里外的一顆星。那是我。見著光就感到激奮，見著光就顧不得粉脆的軀體，見著光就滿身充滿著悲慘的神異，殉獻的奇麗——到火焰的底裏去實現生命的意義。

> （徐志摩：《死城（北京的一晚）》）

——凡此種種超驗衝動，與魏晉士人的本乎自然率性而動的心靈體悟是高度一致的，其審美體驗也極為類似於郭象的「物我交感而到達的物我冥合之境」，它「起於現世事物，歸於現世事物，一點也沒有脫離當下的審美對象；它所得的形而上體道悟悅，並非超越紅塵的精神滿足，而是在紅塵中，在習見的山水草木上發現生命自由生展而得到的自由感、解放感。它是現世

的，又確確實實是超越的、形而上的。」〔註78〕

徐志摩的所有文字，都是在追求個人心靈的獨白。他曾自白說：「我是一隻沒籠頭的野馬，我從來不曾站定過。我人是在這社會裏活著，我卻不是這社會裏的一個，像是有離魂病似的，我這軀殼的動靜是一件事，我那夢魂的去處又是一件事。我是一個傻子，我曾經妄想在這流動的生裏發現一些不變的價值，在這打謊的世上尋出一些不磨滅的真，在我這靈魂的冒險是生命核心裏的意義；我永遠在無形的經驗的巉岩上爬著。」（徐志摩：《迎上前去》）為了使自己生命核心裏的意義——靈魂的冒險的隱秘歷程得到最赤誠的袒露，徐志摩總是不知疲倦地通過運用通感、比喻、排比、象徵、對偶、迴環、複迭等各種手法，來盡情地展現自己「在無形的經驗的巉岩上爬著」、在「顯夢」與「隱義」間交錯輾轉的感性世界，這就是為什麼他詩文中的排比比喻手法堪稱人類文學創作史上之最的原因（王亞明語）。「想像的活動是宇宙的創造的起點。但只有少數有『完全想像』或『絕對想像』的才能創造完全的宇宙」（徐志摩：《湯麥士哈代》）——這種心靈世界的沉浸使得他的詩文處處透露出「名心退盡道心生，如夢如仙句偶成，天籟自鳴天趣足，好詩不過自人情」的本真襟懷，時常達到「鳥啼花落，皆與神通」的靈性境界。其處處自由飛揚的幻想天性無時不想折斷現實有形無形繩索的捆縛，在輕盈的飛揚中給一種心理的臆想披上了一層詩意的光環。無疑，文學需要擺脫俗諦的想像，把人類的思想引向更廣闊的天地，但過度的逸揚也隱含著一種「失根」的危險。儘管詩人有過自我警醒，但卻難以抵抗一種超現實的磁場所產生的消解性振盪，可以說，正是在一種妄想的執念與幻象的膨脹中，詩人最終帶著一種茫然、夢幻的姿態，在一種義無反顧、偏執的決絕中走向了天外。這種超越世俗和個體侷限的超驗衝動，正是生命以情感運動的方式完成的徹底的個體化過程，與傳統莊玄生命倫理學內在情感本體無限擴張的特徵有本質上的相似。從這個意義上說，徐志摩的人生哲學包括其審美理想存在一定的弱點，清醒的批判與反思總體上包裹在一種無力改變現狀的近似「耽無滯空溺寂」（熊十力語）的苦悶與彷徨裏，誠如一位當代哲人所指出：「自由如果只是象徵、願望、想像，只是巫師的念咒、詩人的抒情，那便只是鎖閉在心意內部的可憐的、虛幻的『自由』。真正的自由必須是具有客觀有效性的偉大行動力

〔註78〕汪裕雄：《意象探源》，第 282 頁。

量。這種力量之所以自由，正在於它符合或掌握了客觀規律。只有這樣，它才是一種『造型』──改造對象的普遍力量」〔註79〕。那種鎖閉在心意內部的「虛幻的自由」往往會被陽剛進取、奮發踔厲的時代主潮所吞沒，成為一種異質性存在。所以，無論是魏晉時期的郭象哲學，還是「五四」時期的徐志摩的審美理想，最終都不可避免地滑向莊禪空無一途，就並不是偶然的。

　　當然，「鎖閉在心意內部的虛幻的自由」也可以作為一種文藝審美意識活動的起點。「五四」時期，時代的風雲之外，從幽微的角度抒發情志而形成的清幽玄遠詩風大量出現，成為一種似乎有悖於主潮的現象，但其實與詩人們「五四」退潮後苦悶彷徨的心境息息相關：「首先，幽微玄遠中有某種積極的價值取向。幽微玄遠當然意味著與現實保持一定距離，但在他們這裡絕不是背離，而是在一定距離上面對現實，且與時代精神進程同向，只不過鏡頭把現實作為背景推後、淡化、略顯朦朧而已。這樣，推到前景醒目入耳的則是詩人心靈的影像──悵惘、幽思的憧憬」；「其次，詩人心靈被推到前景顯影，意味著對作為背景的現實的某種超越，而進入對宇宙人生的幽思玄想。這樣的詩似對現實人生無多大直接影響，然而它所融涵的哲思及人類某些普遍的情感、志趣，卻可以直接涵養人的人格，引導對美好人生的熱愛與追求。它所傳達的某些審美感受具有無可否認的普遍性和持久性。這也應該視作對現實人生的積極價值。以上是這類詩的積極面，另一面則是消極的。這主要不在於詩中某些陰柔情調，而在於某種低徊和孤芳自賞的生命情調，對某些事物如死亡的不正確理解，以及一定程度希圖逃避苦難人生而撲向夢境及母親的消極心理。而這些問題的根源則是作為知識分子和民主主義者心靈的脆弱和人生觀的朦朧。」〔註80〕──應該說，徐志摩清幽玄遠的部分詩歌也有這樣的二重性，其精神含蘊，與宗白華、廢名、冰心等人在「豐厚的古典文化特別是老莊禪道思維方式基礎上」接納泰戈爾式的博愛信念和冥想風格，接納歌德的泛神論和英國浪漫主義詩人與自然冥合的超然意境等等，並無二致。只不過其古典情結比一般「五四」作家來得更綿遠深邃，更純粹徹底。在他的身上，遠不只是用詩的鏡頭使現實淡化朦朧而凸顯一種悵惘微妙的心靈影像，而更多是在對宇宙自然的幽思玄想中體現出對現實的某種超越性，其融

〔註79〕李澤厚：《美學四講》，《美學三書》，安徽文藝出版社，1999 年，第 482～483
　　　　頁。
〔註80〕張富貴等：《中國現代詩歌史論》，吉林教育出版社，1995 年，第 244～245 頁。

涵的「感美感戀最純粹的一剎那」的「神秘性的感覺」（徐志摩：《曼殊斐兒》），是人類某些普遍的哲思情感。順便說一句，正是徐志摩頗具神秘性的傳統詩學觀和玄性思維，使得他對法國十九世紀波德萊爾的象徵主義詩學一見傾心，從而以莊子理念對其神秘詩學觀念進行了創造性的闡釋，較早完成了象徵主義詩學在本土的「變異」（相關論述詳見本章附錄篇第三節）。

結語：從「玄覽」到「妙悟」的東方美學神韻

湯用彤先生在論說郭象時曾有一妙語：「聖人無心，獨化於玄冥之境，其骨子裏是非常浪漫的」〔註81〕，這一帶有現代性色彩的解說用來反觀徐志摩也是非常貼切的。如果單從浮漾於詩人文字表面的飛揚的才情來看，那恣肆奇幻的想像力所織就的無邊風月、穠麗雕琢的修辭熱情予人的鮮明感性衝擊、鋪排繁彩的排比句式所形成的汨汨滔滔的逼人氣勢，確乎是現代浪漫主義的特色，與其遊學異域時所薰染的「奇異的月色」脫不了干係。然而，稍加留意，卻可以發現其遊目騁懷於自然風光時無所不在的幽思、玄覽與冥想，正與氤氳著幽玄性與神秘性的東方悠遠人文時空中「天人合一」的自然主義相契合，由此形成的獨特抒情韻致，使他的文字自然凝含著「山精水華的魅惑，日月星辰的光澤，花草樹木的靈性，風煙雨雪的幻感，歷史傳說的淳味」〔註82〕……「凡斯種種，感蕩心靈」（鍾嶸：《詩品·序》）——不期然間暈染成其現代性華麗唯美表象下深一層的東方美學神韻。誠如陳伯海先生指出：「通過虛靜、神思、興會諸環節，審美感興活動的功能也正是要將審美主體的心靈逐步提升到與周遭物象的內在神理相貫通的境界，這樣的物我同一實即『天人合一』，因為其間貫串著個體小生命與宇宙大生命的交感共振，而個體生命便也在這向著『天人合一』境界的復歸里找到了自己的精神家園。由此看來，審美是一種超越，同時也是還原：超越功利的自我，還原於本真的自我；超越主客二分，還原於天人合一。這並不意味著我們要否定和取消功利性活動和在功利活動中採取主客二分態勢的必要性，只是說，感性論詩學為我們開拓了一條由審美以超越自我並復歸於『天人合一』的道路值得重視，

〔註81〕湯用彤：《魏晉玄學論稿》，上海：上海古籍出版社，2019 年，第 240～241頁。
〔註82〕馬力：《中國現代風景散文史》（上），第 113 頁。

它集中體現了東方民族的生命意識和詩性智慧。」〔註83〕可以說，徐志摩骨子裏的「浪漫」，正深深浸潤著「獨化於玄冥之境」的東方民族詩性玄思色彩。——從這個意義上來說，浸潤古典玄想氣質的徐志摩與西方浪漫主義（包括更早的靈知主義和後來的唯美象徵主義）之間乃是一場沒有時間的遭遇。當世俗化進程無情地掃蕩自然的神秘與神聖，人與整個宇宙秩序的斷裂也就成為玄學主義與浪漫主義的共同形上背景，古典詩意的流風餘韻，不期然在悲風滿目的現代性世界中化作浪漫的奇詭，化作現代人性靈深處渴望獲得救贖的顫慄。於是，「世界必須浪漫化」成為它們的共同特徵，在浪漫玄想的心靈律動中，幽咽的流水能夠在心弦上奏出完整的音調，卑賤的草花被賜予神聖的意義，尋常的事物被賦予神秘的模樣，已知的對象被給予未知的信任，有限的世界被賦予無限的想像。於是我們看到，「不是神聖的上帝，不是外在自然和內在理性，而是以夢為馬的自我靈魂成為藝術探索和哲學探索的中心」〔註84〕，其共同目標都是「注神性入災異叢生的粗糙世界，建構一個烏托邦式的城邦，向詭異的造物神索回詩意的正義。」〔註85〕

　　中國文學的妙諦，並不在於西方邏各斯式的偶然與必然的統一，而在於「散點和合處的靈機觸發」，它以「大道氤氳為根本、以化感通變為指歸」，通過「『會通適要』的與道俱化」，達成的是「唯道集虛的空谷有聲」〔註86〕。所以，文化比較研究作為啟蔽性的開顯，只能尋求化感通變的散點透視，而不宜作執而不化的「坐實」。事實上，「幽玄」作為一種美學，「神思」作為一種思維活動，不僅存在於魏晉玄學和西方近代浪漫主義詩學之中，也存在於古今中外一切富有心靈思致和情感底蘊的文學作品中。概言之，它們可歸結為「一種詩性原質，一種天人合一、神人相悅、靈肉互蘊且協調感性、理智與神性的精神」〔註87〕，也可歸結為一種具有普遍性特徵的審美範疇：「神與物遊」（劉勰語）。——就此意義而言，那種認為中國傳統文化哲學的根本特徵是「實用理性」，而與西方浪漫主義的超越性和神秘性必然發生牴牾的觀點無疑是片面的，它忽視了傳統道玄禪與西方浪漫主義的深層關聯。

〔註83〕陳伯海：《中國詩學之現代觀》，上海古籍出版社，2019年，第101頁。
〔註84〕胡繼華：《浪漫的靈知》，北京：北京大學出版社，2016年，第425頁。
〔註85〕胡繼華：《浪漫的靈知》，第9頁。
〔註86〕欒棟：《文學通化論》，第42～43頁。
〔註87〕胡繼華：《浪漫的靈知》，第169頁。

　　縱觀中國幾千年的審美傳統，正可以「神與物遊」一語概括其「民族特色」，「其根本特徵是因情順性、自然而然、心源與造化之間的互相觸發、互相感會。也正由於此，中國美學特別強調創作者遇景起興、即目興懷，強調無心偶合、不期然而然，去與物優游，以心擊之，在順情任性的構成態勢中隨大化氤氳流轉，與宇宙生命息息相通，隨著心中物、物中心的相互構成，最終趨於天地古今群體自我一體貫通，一脈相通，以實現心源與造化的大融合。」〔註88〕自從老子以「玄鑒」首倡恍惚而又真實的「道」之存在，中經莊子「以神遇而不以目視，官知止而神欲行」、「目擊而道存」的獨特思致，即開啟了華夏美學心物觀照的審美之門；及至阮籍的「清虛寥廓，則神物來集；飄遙恍惚，則洞幽貫冥」（《清思賦》）、嵇康的「目送歸鴻，手揮五弦。俯仰自得，遊心太玄」（《新秀才公穆入軍贈詩》），無不是老莊哲學「主體虛靜，玄覽萬物」說的玄風揚播。流風所及，遍被兩晉：諸如陸機的「佇中區以玄覽，頤情志於典墳。遵四時以歎逝，瞻萬物而思紛」（《文賦》）；衛夫人的「通靈感物」（《筆陣圖》）；王羲之的「凝神靜思」（《王右軍題衛夫人筆陣圖後》）；孫綽的「馳神變之揮霍，忽有而如無」、「渾萬象以冥觀」（《遊天臺山賦並序》）；陶淵明的「稟神智以藏照」（《感士不遇賦並序》）；郭象的「無心玄應，唯感之從，泛乎若不繫之舟」、「窅然喪之，而遊心於絕冥之境」、「蕩然無纖芥於胸中」（《莊子注》）；宗炳的「應會神感，神超理得」、「萬趣融其神思」（《畫山水序》），如此等等。神思說一路繽紛蕩漾，結穴於劉勰《文心雕龍》的《神思》篇：「寂然思慮，思接千載；悄焉動容、視通萬里」。此時作為審美範疇出現的「玄覽」、「神思」、「遊心」、「獨化」、「涵泳」、「玩味」等等，無不是心與物在想像中的迴旋往復，也是老莊「玄鑒」、「遊心」審美內涵的深度展開。但最終，華夏美學的審美主體借助禪宗的「妙悟」而化解了形神、心物、主客、彼我、內外的界限，從以往的「以我之心，求無象於窅冥恍惚之間」、「澄思之渺慮，以無身入乎其中而涵泳玩樂之」而進入「性靈與相淶而俱化，乃真實為吾有而外物不能奪」的超然頓悟之境界。可以說，從「玄覽」（「玄鑒」）到「神思」（「獨化」、「玄應」）再到「妙悟」，這大體上是中國傳統美學「神與物遊」審美心路的全部展開過程。

　　上面，主要揭示了徐志摩與郭象審美心理活動的相似過程，也即行走在

〔註88〕李天道：《中國傳統文藝美學的現代轉化》，北京：中國書籍出版社，2018年，第122頁。

傳統審美路上的「玄覽」、「神思」、「遊心」、「獨化」、「涵泳」、「玩味」等過程，至於「妙悟」之境，當然存在，也是徐志摩審美心路從「玄覽」到「神思」發展的必然歸趨──以「妙悟」為基本精神的禪宗，本就胎息於老莊哲學以及繼承其義理而闡發之的魏晉玄學──特別是其代表人物郭象近乎般若空觀而不即不離、不落兩邊的「跡」與「冥」之中。但這已明顯超出本文範疇，相關論述，只有留待下章（第六章：《性靈深處的妙悟──徐志摩的佛禪思想與文學實踐》）的進一步鋪衍與展開了。

附錄：在「美」與「真」之間──「科玄論戰」視域下徐志摩與魯迅關於「音樂」的論爭及其餘響

> 晚清以降的現代中國，隨著宋明以來天理道統觀的崩潰，形成了一個「諸種世界觀復興的時代」（李大釗）；由於世界觀本身包含著個人氣質等不同的主觀傾向，也就造就了一個相爭互持、百家爭鳴的時代。魯迅與徐志摩之間濺起的這朵小小的浪花，歸根結底是世界觀在文藝觀上的碰撞。
>
> ──題記

引論：玄學的沉默與歷史的餘響

在中國哲學史上，魏晉玄學向來被視為「不切實際」的「玄遠之學」，在儒家意識佔據正統地位的傳統語境中屢遭貶抑，但仍然以其對審美境界的形而上追求與對個體精神領域的另類關切而與儒、釋、道分庭抗禮，佔據一席重要而獨特的地位。誠如李澤厚先生指出，融易、莊、屈為一體的魏晉玄學思潮所深具的「敏捷的才思、深微的論辯、美麗的言辭、真切的感情」，包括其對「宇宙的流變、自然的道、人的本體存在的深刻感受和探詢」，在供歷代文人學士「獨善其身」時津津樂道和反覆詠味之際，也潛深一度地參與著他們心靈情理的本體建構。〔註89〕但在近代，隨著古典天下世界在西方現代性逼入下的整體破裂，個人的生存處境在現代政治性的「總體動員」中發生了深刻的變化，「政治不再是古典思想所向往的個人以自身的方式正其性命的過程」，而是被納入一個「圍繞著民族─國家的主權想像而被建構起來的」公

〔註89〕李澤厚：《華夏美學·美學四講》，北京：生活·讀書·新知三聯書店，2008年，第141、146頁。

共空間，於是，伴隨著「作為總體性境域的天下」的整體退隱，「民族─國家認同本身總是不可避免地面臨淪為一種由國家開採的對個人控制的方式的命運」〔註90〕，這恰恰使得個人從那種「各正性命」的過程中抽離和「脫嵌」出來。「政治的觀念與國家的觀念就分別以自己的方式達成對個體生命的支配與使用。而天下觀所開啟的人性的最高可能性，卻很忽略了。」由此出發，中國近代歷史在從傳統天下到現代民族國家這一不可逆轉的整體轉型過程中，「向著古典的『中國性』回歸的現代性姿態，在某種意義上又是在拒絕古典的『中國性』」〔註91〕。人們普遍尋求行動的指南而排斥靜觀的玄理，否認天人合一的感應以及美學價值，將其視為封建迷信加以批判。——這正是包括儒道玄禪為主幹的中國傳統文化在 20 世紀遭遇被整體廢黜命運的歷史文化背景。

在現代，不但「五四」時期以「人生觀與科學論戰」激起的影響深遠的「科玄論戰」最終以科學派取得壓倒性的勝利而告終，賽先生（科學）與德先生（民主）的口號響徹一時，而且本土文化傳統中「天人合一」、「聖俗一體」、「適性逍遙」等形上超越層面也被一筆勾銷。隨著革命的勝利，成為執政黨領袖的毛澤東在其著名的《矛盾論》中對「玄學」更是一錘定音：「形而上學，亦稱玄學。這種思想，無論在中國，在歐洲，在一個很長的歷史時間內，是屬於唯心論的宇宙觀，並在人民的思想中佔了統治的地位」，「所謂形而上學的或庸俗進化論的宇宙觀，就是用孤立的、靜止的和片面的觀點去看世界。」〔註92〕這種政治定性，隨著一個撥亂反正新時代的來臨，在學術界率先得到了回應。湯一介先生在其名著《郭象與魏晉玄學》中不無針鋒相對地指出：「在中西哲學史上，把『形而上學』看做僅僅是一種『孤立的、靜止和片面的觀點去看世界』本身就是一種『孤立的、靜止的和片面的』看問題的方法。……在中國最早出現的『形而上』一詞是《周易‧繫詞》『形而上者謂之道，形而下者謂之器』，這裡的『形而上者謂之道』的『道』是說『道』是無形無象的，『形而下者謂之器』的『器』是有形有象的，大概與『孤立的、靜止的和片面的』沒有什麼直接關係。到 20 世紀 20 年代有所謂

〔註90〕陳贇：《從「民族─國家」到「天下」：「天下」思想的未來遺產》，《天下或天地之間：中國思想的古典視域》，第 106 頁。

〔註91〕陳贇：《天下或天地之間：中國思想的古典視域》，第 109 頁。

〔註92〕《毛澤東選集》（第 1 卷），北京：人民出版社，1991 年，第 300 頁。

『科玄論戰』，又稱『科學與人生觀論戰』，這裡的『玄學』是指『人生觀』，目的是要對抗西方一統天下的科學，而傳承中國傳統文化，又稱它為『新宋學』，這裡的功過是非可以討論，但不能把當時所謂的『玄學派』的觀點都看作是『孤立的、靜止和片面的』。如果這樣說，那麼所謂『科學派』認為『科學』可以解決人類的一切問題，不是也是『孤立的、靜止和片面的』了嗎？所以研究哲學是不能簡單化，只靠自己下定義就了事的，這樣就會成為教條主義。」〔註93〕——這種激濁揚清的表態，具有鮮明的思想解放意義，把玄學從被廢黜的命運裏解救了出來，對恢復曾被潑墨得面目全非的玄學的本來面目功不可沒。

在新時期，當人們從革命狂熱的浪漫主義的退潮中醒來，面對曾被革命的狂熱裏挾的「平庸的惡」的到處泛濫，以及以儒道玄禪為主體的民族傳統價值體系的破碎不堪，普遍痛切地意識到：朝向現代生存過程中最根柢的「中國問題」，依然是人性的危機與生命意義的危機。然而，究竟該重構怎樣的形而上價值體系，才能在世界民族之林中爭取到「人」的資格？由此出發，探尋生命本體意義的玄學重新引起了人們的關切。伴隨玄學研究這　現象的升溫，現代思想史上影響深遠的「科玄論戰」也重新納入人們的視野，過去被定性為反面和落後的玄學派得到了充分的同情和重評。在文學研究領域，作家作品中與天人合一傳統相銜接的古典物感傳統包括虛靜、應感、神思等美感特點也被重新發現和挖掘，受到應有的重視和深入的探討。但遺憾的是，以筆者有限的目力所及，在生前即有「玄想詩人」之稱的徐志摩的研究領域，除了穆木天作於徐逝世後不久的《徐志摩論：他的思想與藝術》一文對其玄學思想略有論及之外，基本上是付諸闕如的。穆文在當時即指出其思想實際上是一種「玄學的追求」，可謂獨具隻眼，但受到科玄論戰餘緒的影響，同樣有簡單化否定的傾向。——這也正是筆者在此不揣淺陋，而嘗試將徐志摩曾引發魯迅駁詰之玄想個案放置在時代「科玄論戰」語境中略作論述的動因。

一、「此中有真意，欲辨已忘言」：「音樂」事件的回放

作為現代文化轉型中對傳統文化弊端洞察最深的思想者，魯迅對阻礙中國現代轉型的病理精神症候和傳統文化心理遺留以及由此凸顯的人格現象的

〔註93〕湯一介：《郭象與魏晉玄學》（增訂本），北京：中國人民大學出版社，2016年，第43～44頁。

抨擊，從來不遺餘力。聯繫當時的時代背景來看，他對以留學精英為代表的新月派種種看似偏頗的抨擊，確實屢屢擊中要害。並且，魯迅是把他們當成可以對話者才這樣去諷刺的，不夠分量的對手或不具有典型意味的「對象」，魯迅一般是不屑於出手的。但何謂知識分子人格的獨立？欲對此作出超乎歷史表象的闡釋，顯然不能僅僅著眼於外部的政治環境，而應進一步深入到思想觀念本身的歷史演變之中。很多時候，「舊」的並不一定是落後的，「新」的也並不一定就代表進步和真理。在傳統文化的遺留中，向來有所謂需要揚棄的「糟粕」和需要繼承的「精華」之分，但在這樣的判然兩分中，還有許多超越時代的無意識積澱的文化心理結構，卻是需要辯證對待的。那向現代轉型過程中的摩羅式崇高之美固然是陽剛向上的，但那「心應蟲鳥，情感林泉」的古典式和諧之美卻不一定是虛幻和沒落的。在因文化立場所導致的審美趣味的歧異中，魯迅的屢屢出手，在今天看來，有些難免是帶有價值取向的判斷，是值得商榷甚至不無以偏概全的。傳統本身並非凝固不變，並非一個等待理性宰制的對象，而是不同時代裏處於流動狀態的混合物，傳統的反叛者往往並不能擺脫傳統的制約。當魯迅試圖通過從強力意志進化而來的戰鬥的唯物主義姿態確立其反傳統的價值—信仰體系時，往往無意中忽略了在現代化進程中如何創造性地轉換傳統文化的問題。本文擇取的「音樂」文化事件，就是這樣一個值得剖析的個案。

　　與徐志摩同時代的梁遇春，曾以頗為傳神的筆調寫下對其印象的觀感：「回想起志摩先生，我記得最清楚的是他那雙銀灰色的眸子，……彷彿含有無窮情調的眼睛，……好像時時刻刻都在驚奇著。人世的悲歡，自然的美景，以及日常的瑣事，他都覺得是那麼有興致，就是說出悲哀的話時，也不是垂頭喪氣，厭倦於一切了，卻是發現了一朵『惡之花』，在那兒驚奇著。」〔註94〕但當詩人在現實中真的發現一朵「惡之花」而忍不住將之撚出以「炫示」眾人時，有人欣賞，卻也有人反感。那是 1924 年 11 月，徐志摩有次譯出法國波德萊爾《惡之花》集中的一首《死屍》，靈感突現，信筆加了一篇「序」：

　　　　我不僅會聽有音的樂，我也聽無音的樂（其實也有音就是你聽
　　不見）。我直認我是一個乾脆的 mystic（按即神秘主義者），為什麼
　　不？我深信宇宙的底質，人生的底質，一切有形的事物與無形的思

〔註94〕梁遇春：《Kissing the Fire（吻火）》，辛堯編：《吻著人生之火——梁遇春勵志文選》，中華工商聯合出版社，2014 年，第 152 頁。

想的底質──只是音樂，絕妙的音樂。天上的星，水裏泅的乳白鴨，樹林裏冒出的煙，朋友的信，戰場上的炮，墳堆裏的鬼磷，巷口那隻石獅子，我昨夜的夢，……無一不是音樂做成的，無一不是音樂，你就把我送進瘋人院去，我還是咬定牙齦認帳的。是的，都是音樂──莊周說的天籟地籟人籟，全是的。你聽不著就該怨你自己的耳輪太笨，或是皮粗，別怨我。你能數一二三四能雇洋車能做白話新詩或是能整理國故的那一點子機靈兒真是細小有限的可憐哪──生命大著，天地大著，你的性靈大著。（徐志摩：《譯〈死屍「Une charogne」〉序》）

　　文章發表在 1924 年 12 月 1 日《語絲》的第三期上，正是魯迅參與創辦、也頗為關愛的一家刊物。他老先生看不慣這類宣揚「神秘主義」的論調，也就駕馭其傑出之嬉笑怒罵術，寫了一篇諷刺文章，題為《「音樂」？》。魯迅妙趣橫生地「笑罵」道：「咦，玲瓏零星邦滂砰瑭的小雀兒呵，你總依然是不管甚麼地方都飛到，而且照例來唧唧啾啾地叫，輕飄飄地跳麼？」這隻唧唧啾啾叫輕飄飄跳地「小雀兒」，便是徐志摩的精魂所化了。針對徐志摩「你聽不著就該怨自己的耳輪太笨，或是皮粗」的話，魯迅故意裝出一副憨態可掬的樣子：「我這時立即疑心自己皮粗，用左手一摸右胳膊，的確並不滑；再一摸耳輪，卻摸不出笨也與否。然而皮是粗定了，不幸而拊不留手的竟不是我的皮，還能聽到什麼莊周先生所指教的天籟地籟和人籟。」最戲謔的還是其中一篇「仿徐志摩文」：

　　　　慈悲而殘忍的金蒼蠅，展開馥郁的安琪兒的黃翅，唵，頡利，彌縛諦彌諦，從荊芥蘿蔔打埩洴洋的彤海裏起來。Br──rrr tatata tahi tal 無終始的金剛石天堂的嬌嫋鬼茉莂，蘸著半分之一的北斗的藍血，將翠綠的懺悔寫在腐爛的鸚哥伯伯的狗肺上！你不懂麼？咄！吁，我將死矣！婀娜漣漪的天狼的香而穢惡的光明的利鏃，射中了塌鼻阿牛的妖豔光滑蓬鬆而冰冷的禿頭，一匹黶黮歡愉的瘦螳螂飛去了。哈，我不死矣！無終……

　　本來，對於詩人冥想出神時偶現的靈光，人們無論是欣賞，還是反感，都屬正常，但如此「惡搞」，不免令人難堪。當一年後，魯迅之弟周作人要徐志摩給《語絲》寫點東西，徐志摩在回信中就表示「不敢隨口答應」，原因正是因為「我如其投稿不致再遭《語絲》同人的嫌（上回的耳朵！）」（徐志摩致

周作人，1926 年 1 月 26 日）可見，魯迅的那篇戲謔文章多少在他心理上投下了陰影，但他始終沒有回口。事實上，魯迅所諷刺的「神秘主義」，是徐志摩藝術觀念中極有個性的一種範疇，「其核心的觀念乃是：1. 詩意詩情不僅由字義體現，更重要的是由詩的整體音節形成的音樂美感去感染讀者。2. 突出詩人想像力的作用，宇宙萬物，大千世界，都可以在詩人想像羽翅起飛中形成絕妙的魅力，進而形成鮮明節奏的音樂美感。」〔註 95〕他也正是常常藉此而鼓動想像力的翅膀，在詩歌中營造有別於現實世界的唯美的藝術境界。彷彿是預感到來自現實周遭的嘲諷的命運，徐志摩曾在其《曼殊菲兒》一文中如此寫道：「神秘性的感覺，當然不是普遍性的經驗，也不是常有的經驗。凡事只講實際的人，當然嘲諷神秘主義，當然不能相信科學可解釋的神經作用會發生科學所不能解釋的神秘感覺，但世上『可為知之者道不可與不知者言』的事正多著哩！」同樣的態度也體現在徐志摩與中國傳統固有「人化文評」（錢鍾書語）相類似的文學批評觀上。出於對「五四」時期西方科學主義之於中國文學批評影響的反思與質疑，徐志摩反對機械的分析而推崇個性化的「整體領悟」，強調讀者與作品之間心靈的感應與精神的契合。他說：「能完全領略一首詩或是一篇戲曲，是一個精神的快樂，一個不期然的發現」，「分析的看藝術，多少是殺風景的：綜合的看法才對。」（徐志摩：《濟慈的夜鶯歌》）所以他曾自嘲，在藝術鑒賞方面，「我真有點兒迷信」——這顯然是要和科學化批評劃清界限。對他來說，西方「分析性批評家」所持的「無法解釋的美讓我惱怒」的態度無疑是可笑的。〔註 96〕可見，對於來自魯迅的極盡嬉笑怒罵之能事，徐志摩沉默的背後，正暗藏幾分「道不同不相為謀」的意味。而魯迅事後的態度呢？用他自己的話說則是：「我更不喜歡徐志摩那樣的詩，而他偏愛各處投稿，《語絲》一出版，他也就來了，有人贊成他，登了出來，我就做了一篇雜感，和他開了一通玩笑，使他不能來，他也果然不來了。」（魯迅：《我和語絲的始終》）

可見，表面辛辣無比的嘲弄，並非魯迅所謂「開了一通玩笑」那樣稀鬆平常，而是源於彼此文藝理念的潛在衝突。晚清以降的現代中國，隨著宋明

〔註 95〕趙遐秋：《徐志摩全集·序文》，趙遐秋、曾慶瑞、潘百生編：《徐志摩全集》（5 卷本）。

〔註 96〕參閱龔剛：《中國現代詩學中的性靈派——論徐志摩的詩學思想與詩論風格》，《現代中文學刊》2017 年 01 期。

以來天理道統觀的崩潰，形成了一個「諸種世界觀復興的時代」（李大釗語）；由於世界觀本身包含著個人氣質等不同的主觀傾向，也就造就了一個相爭互持、百家爭鳴的時代。魯迅與徐志摩之間濺起的這朵小小的浪花，歸根結底是世界觀在文藝觀上的碰撞。可以說，正是徐志摩這樣的「對手」和他身上凸顯的具有典型意味的文化心理，才激發了魯迅「絕妙」的靈感與「鬥志」。但與魯迅批判朱光潛的「靜穆」說已得到足夠的學理上的梳理不同，多年來，就筆者目力所及，這場沒有對話者的衝突（徐志摩並沒有公開回應）並沒有得到應有的重視和正確的解讀，大多輕描淡寫地將之看作不合時宜的神秘主義遭到了理所應當的調侃，順帶隔靴搔癢地讚頌一下魯迅的現實主義情懷，而沒有看出這其實是一個傳統與現代對峙的微型個案，猶如影響深遠的「科玄論戰」一樣，蘊有理性與感性、視覺審美範式與聽覺審美範式、現實主義與審美情懷對話的深層意涵。胡曉明在《真詩的現代性：七十年前朱光潛與魯迅關於「曲終人不見」的爭論及其餘響》一文中曾這樣評價朱魯之爭：「爭論的另一方的觀點，除了作為魯迅『金律』的腳注，幾乎就這樣被遮蓋了。成者為王敗者寇，由於爭論的一方代表了時代進步主流，實際上另一方是已落了話語權的下風，所以朱光潛想要表達的觀點，格於時勢，其實並沒有真正展開。今天再認識此一爭論，如果不是簡單維護魯迅以及左聯文藝觀的正確，也不是簡單地做翻案文章，首先應該求取歷史的待發之覆。」〔註97〕同樣，在「音樂」之爭中，徐志摩曾被魯迅「深揭猛批」的觀點，格於時事，其實也並沒有得到真正展開。本文的目的，正是在試圖補充他們之間沒有展開的對話過程的同時，試圖指出「對話雙方」的得與失。

二、一個音樂的靈魂：徐志摩玄妙詩意下的傾聽姿態

學者劉士林指出：「由於中國古典文化的博大精深，以及文化傳播過程中的種種偶然因素，這就使得某些詩人或哲人的思想源流變得非常複雜，如何確定其核心思想也往往因為眾說紛紜而困難重重。這就需要從思想鬥爭的角度予以澄清，其邏輯根據在於：在思想鬥爭中，被其論敵予以深揭猛批的，一定就是被批判者最核心的思想內容。」〔註98〕──有鑑於此，在展開論述之前，有必要先梳理一下徐志摩那深受傳統詩性文化濡染的詩學理念。

〔註97〕 胡曉明：《真詩的現代性：七十年前朱光潛與魯迅關於「曲終人不見」的爭論及其餘響》，《江海學刊》2006 年 03 期。
〔註98〕 劉士林：《中國詩性文化》，海口：海南出版社，2006 年，第 495 頁。

　　受到雪萊名作《為詩辯護》的啟發，徐志摩曾多次就詩人們創作中的審美狀態打過一個「風吹弦琴」的譬喻：活潑無礙的心靈境界就像一張繃緊的弦琴，掛在松林的中間，感受大氣小大塊慢的動盪，發出高低緩急同情的音調。所以當代學人曾指出：「他的詩的發生學，往往歸因於玄秘的不可究詰的靈感上，這正是雪萊所秉承的西方詩學一個源遠流長的觀念系列的餘緒。」〔註99〕但於「玄秘的不可究詰的靈感上」，傳統文化對他的影響正不容忽視。由老子發其端、莊子續其緒的陰陽兩氣化生萬物的思想，曾認為天地萬物與人類是一個有著內在和諧統一關係的生命整體，哲人們似乎在天地動靜、晝夜往復、四時輪迴、生死綿延這些「宇宙裏最深微的結構形式」中領悟出「天地運行的大道」（宗白華語），在「四時迭起，萬物循生……一清一濁，陰陽調和，流光其聲」中聆聽出一種和諧的節律和美妙的宇宙樂章。故老子曰：「大音希聲」；而莊子更進一步說：「視乎冥冥，聽乎無聲。冥冥之中，獨見曉焉；無聲之中，獨聞和焉。」這種天人合一之論，經過魏晉玄學的洗禮，從哲人們超凡脫俗的神秘感應裏下落凡塵士人的心靈，由此積澱為中華民族傳統文化深層心理模式中具有發生學前提意義的「物感」傳統，所謂「氣之動人，物之感人。故搖盪性情，形諸歌舞」，傳統士人從自然風物感悟天地間生機鬱勃的生命流蕩而舒展自己的情性時，其藝術靈感正取決於「主客體生命之氣的同頻共振，物我經由雙向的往復交流，而獲無聲的節奏韻律感」。〔註100〕「一個充滿音樂情趣的宇宙（時空合一體），是中國詩人、畫家追求的境界。」〔註101〕徐志摩也是如此，對於自然的「無聲之樂」，他不但「聽之以心」，而且「聽之以氣」，他似乎正是奉莊子的「聽乎無聲」的提示為宗旨，聞「人籟」，聞「地籟」，聞「天籟」，在「群籟雖參差」中「適我莫非新」。自然界的種種事物，「星光的閃動，草葉上露珠的顫動，花鬚在微風中的搖動，雷雨中雲空的變動，大海中波濤的洶湧」……，皆成為觸動他感性的情景；而「瀑吼、松濤、鳥語、雷聲」是他感官的「教師」（徐志摩：《雨後虹》），他詩心的靈苗「隨春草怒生，沐日月光輝」；他和諧的靈魂「聽自然音樂，啜古今不朽」，「精魂騰躍，滿想化入音波」（徐志摩：《康橋再會吧》）；他仰望天際的每一朵星光，「飲咽它們的美如同｜音樂，奇妙的韻味通流｜到內臟與百骸」（徐

〔註99〕江弱水：《一種天教歌唱的鳥——徐志摩片論》，《文本的肉身》，第97頁。

〔註100〕汪裕雄：《意象探源》，第291～292頁。

〔註101〕宗白華：《藝境》，北京大學出版社，1987年，第209頁。

志摩：《愛的靈感——奉適之》）；他漫步在康河靜穆的晚景裏，「在星光下聽水聲，聽近村晚鐘聲，聽河畔倦牛努草聲」（徐志摩：《我所知道的康橋》），而水草間「輕挑靜寞」的「魚躍蟲嘯」（徐志摩：《康橋再會吧》），亦成為詩人神秘性感覺中的一種。自然的音籟時刻觸動著他心靈的琴弦，使他經常於「無聲之中獨聞和」，感覺「本來萬籟靜定後聲音感動的力量就特強」：「在這靜溫中，聽出宇宙進行的聲息，黑夜的脈搏與呼吸，聽出無數的夢魂的匆忙蹤跡；也聽出我自己的幻想，感受了神秘的衝動，在蠢動他久斂的習翮，準備飛出他沉悶的巢居，飛出這沈寂的環境，去尋訪黑夜的奇觀，去尋訪更玄奧的秘密——聽呀，他已經沙沙的飛出雲外去了！」（徐志摩：《夜》）自然的音籟激發著他創造的靈感，提升著他創造時的激情，當晚風吹拂他漫步時孤獨的身形，他靈海裏竟會「嘯響著偉大的波濤，｜應和更偉大的脈搏，更偉大的靈潮！」（徐志摩：《天國的消息》）

　　這種生生不息的宇宙旋律及生命節奏啟示著的心靈境界，也使得一種有意味的形式——音樂——成為徐志摩藝術審美追求的核心觀念，對於徐志摩來說，傾聽大自然是激活心靈自由審美活動的獨特方式，當他「以不己的心性去體味，去感受永恆的意義，其對象就不是經驗之物。」〔註102〕這也正如當代學者在探討聽覺審美範式的重要性時所指出的：

　　　　傾聽的激情狀態，令傾聽這一行為本身也擁有了某些藝術性況味。為此我們有理由說，傾聽較觀看更能逼進文學藝術的深處，於其中搭設起盡可能廣闊的共鳴空間。再則，後者又因困於具體形象的在場，所以始終無法如前者一樣，在感受對象時可以隨意超越對象的制約，儘量用自己的想像去豐富甚或創造它的存在。老子云：「大象無形。」因此，對於「大象」來說，視覺是派不上用場的，惟有憑藉聽覺的捕捉。「大象」乃不受時空所限的真理性在場，它不但是無形的，亦是沉默的。因為無形，則拒絕了視覺的抵達；因為沉默，卻為聽覺提供了可能。須知，沉默並不是真正的無聲，它是心靈回聲的一種特殊表達，正需要主體的傾心聆聽。所以，沉默的時刻根本就不是聲音缺席的時刻，而恰恰是等待傾聽的時刻。〔註103〕

〔註102〕劉小楓：《詩化哲學》，第316頁。

〔註103〕轉引自路文彬：《凝視與傾聽——試論中國當代文學中的視聽審美範式問題》，《海南師範學院學報（社會科學版）》2003年01期。

　　然而就在徐志摩這隻新月下的夜鶯等待傾聽的時刻，耳際卻傳來了魯迅那「大抵震悚的怪鴟的真的惡聲」。從魯迅「腐爛的鶯哥伯伯的狗肺」等激憤語可以看出，徐志摩這番高蹈於現實之上的神秘主義論，無異是高蹈於時代苦難之上的沒心沒肺之論。但在魯迅嬉笑怒罵的背後，因文化立場而導致的審美情趣的迥異還是彰顯出來：直面慘淡現實的魯迅無法接納象徵主義詩境中一個自足的魅幻世界，也無法容忍對此神秘悠遠世界的諦聽姿態。魯迅對徐志摩諦聽姿態的嘲諷，「在一定程度上已同魯迅對歷史傳統的盲視有關，而這種盲視正源自視覺認知範式之於聽覺認知範式的先天『失聰』；結果，聲音缺席下的所有場景，因為回應的不在無不時時催生著魯迅作為觀者的自我中心感。再則，現代性目光的打量壓根就洞見不了中國傳統文化的聽覺魅力，兩種不同認知範式在那個時刻的遭遇，產生的結果只能是誤會重重，而此種誤會有時就是以某種幻覺的方式出現的。當魯迅已經諦聽不到（他也無心諦聽）遙遠傳統的歷史回聲時，這其實就意味著視覺進取衝動和聽覺歸屬傾向為敵的正式開始。」〔註104〕正是因了視覺理性，魯迅能針對當時社會肌理的病相看出諸多病灶，從而開出療救的藥方；但反過來看，聽覺維度的現代性失聰卻導致了他的失誤，特別是當他把時代性症候完全歸咎於傳統文化的濡染，就導致了其審美的獨斷：不僅難以理解老莊哲學「萬物負陰而抱陽，沖氣以為和」所蘊含的洞見，體悟不到在作為人的存在方式的「自然」狀態中，那種向著活潑的、流動的、氤氳著氣的無名質樸性世界敞開時「玄之又玄，眾妙之門」的幽玄世界，而且排斥與之一脈相承的澄明幽深的音樂境界，從根本上否定神秘主義對世界和宇宙的審美化運思方式（魯迅對老莊的一再嘲弄也可見一斑）。

　　「中國人向不執迷宇宙之實體，而視空間為一種沖虛綿渺的意境」，這一空間「淵然而深，悠然而遠，一虛無縹緲之景象也……空間宛如心源，其積氣雖若甚微，及其靈境顯現，則眩萬象以統攝之，障覆盡斷……實者虛之，最為吾民族心智之特性，據此靈性以玄覽萬象」〔註105〕。傳統文學藝術的核心觀念正在於：性情本於自然，氣韻乃是天地生機的流注；所謂生氣、氣勢、氣韻、氣脈，乃是傳統藝術作品的靈魂。傳統詩學的妙諦也正在於：「談理玄

〔註104〕路文彬：《現代性幻象》，《視覺文化與中國文學的現代性失聰》，合肥：安徽教育出版社，2008 年，第 135～136 頁。

〔註105〕方東美：《方東美集》，黃克劍等編，北京群言出版社，1993 年，第 368 頁。

微，有鬼神不能思，造化不能秘者」（胡應麟：《詩藪》），所以「幽渺以為理，想像以為事，恍惚以為情」；「其寄託在可言不可言之間，其指歸在可解不可解之會，言在此而意在彼，端倪而離形象，絕議論而窮思維，引人於冥漠恍惚之境」（葉燮：《原詩》）。這在魯迅的作品中基本上付之闕如，但在徐志摩的作品中卻得到了極大的傳承。借用當代學者的話說，徐志摩只是在強調：「現存的事物僅僅是宇宙無限廣大、神奇之生命存在的象徵，人類不應以現象為滿足，而應在自己的生命感性中時時聆聽宇宙的神秘而又親切的啟示」〔註106〕，所謂「此中有真意，欲辨已忘言」，他只是以自己的心靈去體悟、貼近、想像世界的本質和意義，當他將這種內在的交響和律動轉化為其詩歌中的「音色」，便達成了新詩史上一種高度的音樂成就。事實上，「音樂的基本任務不在反映客觀事物，而在於走向一種最深刻的主體性的觀念性的內在自我。我們若習慣上從可見的、可理解的角度分析音樂作品內容的存在方式，音樂是沒有內容的一個完全空洞無形的自我。但，音樂是有內容的，只是不是造型藝術和詩歌中的那種意義的內容。純粹音樂的內容是抽象的，偏於形式的情感體驗，由此，音樂的審美創造是一種不斷內傾的尋覓自我情感體驗的過程。」〔註107〕對於徐志摩而言，音樂「形式即內容」的藝術抽象性中往往寓有感召人心的結構，「止足以跡象性靈的抒情的動盪，沉思的迂迴的輪廓，以及天良的俄然的激發」（徐志摩：《波特萊的散文詩》），而這點，恰恰是執著於現實主義的魯迅所不承認的。由此，這場諷刺在義正辭嚴的現實主義立場下，掩蓋的恰恰是置於中國現代文學語境時，西方形而上學中視覺霸權長期壓制聽覺審美範式的一個「微型」個案。正如 D・M・列文指出：

> 正如我們所知，在感官之國中，視覺是最高統治者，這個全景
> 凝視的極權主義帝國──我們感官能力最大程度物化與整體化的
> 結果，繼續擴張著其形而上學的霸權：它的本體論、它的知識和真
> 理範式、整體可見性以及絕對清晰性的清一色領域。這種統治特權
> 幾乎完全遮蔽了視覺同聽覺之間歷史鬥爭的所有跡象，產生了一系
> 列供奉於視覺範式的哲學文本。〔註108〕

〔註106〕毛峰：《神秘主義詩學》，生活・讀書・新知三聯書店，1998 年，第 76 頁。
〔註107〕楊柏嶺：《唐宋詞的藝術特徵及美學史地位》，北京：中華書局，2020 年，第 39 頁。
〔註108〕轉引自路文彬：《視覺文化與中國文學的現代性失聰》，第 41 頁。

　　這也就可以解釋，當海德格爾企圖拋棄統治西方兩千多年的形而上理性思辨體系而重返蘇格拉底以前的原真狀態時，他所強調的「傾聽的概念」，竟然又與中國先秦時代的哲人莊子的傾聽「天籟」殊途同歸。事實上，海德格爾所提出的「使自己的內心蘊有神性的尺度，從而使人生在世富有內在的依持和歸向」，與中國哲人講的「蘊內體道」是一個意思，「都是要求終有一死的感性個體通過一種內在的直觀體驗，把握住超絕的道。」〔註 109〕由此可見，徐志摩在興之所至中提及「莊周說的天籟地籟人籟」，並非故作玄虛的佯裝，而是心有靈犀。他之所以招致來自魯迅的批判，確實是不合時宜（譬如將「戰場上的炮，墳堆裏的鬼磷」也視作音樂，而無視在炮火下喪生的生命，難免會引起魯迅的反感）。如果換了一個環境，在「普遍奔忙於營造的時代，強調傾聽這種內在的直觀體驗，當然切中時弊。追求外在過多，人就變得越發輕佻，越發沒有虔敬感，越發沒有蘊實的內在，以為那是可有可無的東西，從而整個世界便會越發輕狂。唯有當人在內心中蘊有神聖的東西，蘊有必須小心恭護的東西，蘊有天意神道的東西，人生才有依持，靈魂才不至於空虛；歷史社會的人也才能與自己的自然環境相互為友，相互惠愛，生活的世界才會是一個溫和恬適的樂園。」〔註 110〕

三、「美」與「真」：在「可愛」與「可信」之間

　　在魯迅諷刺徐志摩的音樂神秘主義論之前，他們之間曾有過一次隱性的「交鋒」，那正是魯迅作「擬古的新打油詩」《我的失戀》中透露出來的消息。對於這首詩的創作動機，魯迅在《我和語絲的始終》一文中說得很清楚：「不過是三段打油詩，題作《我的失戀》，是看見當時『阿呀阿唷，我要死了』之類的失戀詩盛行，故意做一首用『由她去罷』收場的東西，開開玩笑的。這詩後來又添了一段，登在《語絲》上，再後來就收在《野草》中。」那麼，魯迅開的是誰的玩笑呢？詩中「贈我百蝶巾」和「贈我雙燕圖」二句透露了「玄機」：當時林徽因曾贈送過百蝶巾、雙燕圖給徐志摩，詩中的「我」即徐志摩，「她」指林徽因。詩中不斷出現的「想去尋找」意指徐志摩當時苦追林徽因。最後一句「我的所愛在豪家」意指林徽因已嫁給了梁啟超的兒子梁思成。但這首詩的深意並不是和徐志摩「開開玩笑」那樣簡單：當魯迅以

〔註 109〕劉小楓：《詩化哲學》，第 316 頁。
〔註 110〕劉小楓：《詩化哲學》，第 316 頁。

「貓頭鷹」、「冰糖葫蘆」、「發汗藥」與「赤練蛇」這些頗為驚心怵目的事物來反襯那些一貫顯得高雅優美的「百蝶巾」、「雙燕圖」、「金索表」與「玫瑰花」時，其對徐志摩視戀愛為神聖態度的奚落嘲弄意味，以及消解一切「優雅高貴浪漫」的傳統審美價值而「重新估價一切」的現代性革命姿態已經不言而喻。正是在這裡，魯迅欲以「真」為傳統的「美」祛魅，從而建立起「一種與現代生活和現代體驗血肉相連的『真實』作為現代意義上的文學的核心價值。」〔註111〕

現代社會是一個「祛魅」的世界。「現代性有一個基本的特徵就是對現世真實人生的肯定。韋伯將此一社會變化特徵稱為世界的『祛魅』。即隨著神秘的宗教圖景的瓦解，隨著理性的深入人心，社會對於超越的存在的懷疑，對於非現實人生的精神性事物崇拜的消解。政與教分，利與義分，美與真分。用魯迅的話來說，拒絕瞞和騙，直面慘淡的人生。所以，文藝只不過是發牢騷，傾吐真實人生的苦痛。那麼，凡是與真實人生相分離的，都不可信。」〔註112〕當魯迅後來針對徐志摩「你聽不著就該怨自己的耳輪太笨，或是皮粗」的話故意裝出一副憨態可掬的樣子進行反諷時，無疑顯示了反諷的力量與「常識」的勝利。但這種「常識」的勝利在審美領域中卻是錯位的，打個粗淺的比方，當徐志摩發出「花是美的」這一由衷感歎時，魯迅出面阻止的意圖卻是：花是紅的。在此，事實的「實然」領域與價值的「應然」領域產生了糾纏。魯迅所持的是一種「現實語言符號」，而徐志摩所持的是一種「審美語言符號」。二者的本質區別在於，「現實語言符號是獨白的語言，具有主體性，而審美語言符號是交談的語言，具有主體間性。現實語言符號活動把世界當作客體，語言符號成為主體對世界的命名，這實際上是一種獨白。現實語言符號脫離了存在的本原，成為主體運用於客體的工具，打斷了人與世界的交流，遮蔽了存在的意義」；而「審美語言符號不是主體與客體之間的工具，不是現實經驗的表達，而是人與世界的交談，是自我主體與世界主體之間的對話」，「在審美語言符號展開的對話中，我向世界傾訴自己的心聲，那是自我在解除了現實語言符號枷鎖後的自由心聲；我也傾聽世界的呼喚，那是世界在解除了現實語言符號枷鎖後的自由呼喚。我把自己的自由告訴世界，世界把自己的

〔註111〕張潔宇：《民國時期新詩論稿》，廣州：花城出版社，2019年，第5頁。
〔註112〕胡曉明：《真詩的現代性：七十年前朱光潛與魯迅關於「曲終人不見」的爭論及其餘響》，《江海學刊》2006年03期。

自由呼聲告訴我，雙方互相溝通，而成為一體，形成自由的體驗。這就是審美的境界。」〔註113〕但這種以不確切的方式與世界打交道的恍兮惚兮般流動不滯的混融性所蘊含的原初性詩性所指，這種沉浸於「傾訴」和「傾聽」的物我一體的「忘我」境界，被魯迅不耐煩地打斷了。「作為那個時代最重要的文化啟蒙者之一，魯迅動用的理性依然屬於視覺理性，儘管在他的視域裏從不存在法國啟蒙運動領袖強烈期許的光明，他僅相信『惟黑暗與虛無乃是實有』，但他也依然無以規避視覺理性固有的盲區。他的悲觀並不是不向前看，而恰是因為向前看的結果。……歷史傳統的合理性就此終結，轉而變成處處與現實作對的羈絆。由於在歷史傳統那裡找不到支持，所以魯迅收穫了前所未有的孤獨（此孤獨無疑與他的自我中心感相關），這種孤獨又回過頭來時刻加劇著他之於歷史傳統的怨恨。和 18 世紀法國啟蒙知識分子不一樣的是，魯迅因為歷史傳統認知上的障礙，注定了他對自我認知的迷悟。其文本中大量反諷修辭的運用，已然是自我懷疑的充分明證。至於其中的調侃意味，則不過是自我高度緊張心理的暫時無奈放鬆，它說明魯迅在有意無意地同現實做著妥協。反諷同時也是魯迅和現實保持疏離關係的唯一有效方式。由徹底的懷疑招致的虛無主義情緒，在魯迅那裡指向的是對未來信心的喪失。苦悶與彷徨的現代性焦慮不只關乎其個我意識的誕生，最主要的是，這一個我由於出身的缺席始終無法找到自己於現實中的位屬。現實和歷史的斷裂提供的是一處懸空的境遇。此種欲進不能，欲退不得的尷尬處境從根本上制約著魯迅關於現實的認知」，「也正是源於對歷史傳統的『失聰』，所以魯迅勸誡中國青年少讀甚至不讀中國典籍，理由是『我看中國書，總覺得就沉靜下去，與實人生離開』。視覺中心主義思維惹致的躁動情緒一直攪擾著魯迅的心境，迫使他根本無法聆聽、領會包蘊在中國典籍中的深廣靜默。實際情形倒是，當視覺與此種靜默遭逢時，視覺只會因為一無所獲而變得更加急切和不安，進而遷怒於此種靜默。」〔註114〕──如果說由此可以總結他對朱光潛「靜穆」說不滿的動機所在，那麼，對於徐志摩由此種「深廣靜默」而滋生的唯美的逸樂，其心態又何嘗不是如此？當然，魯迅能夠在陶潛標榜的淡泊表象下發現其「金剛怒目」的真實心聲，無疑是根據其長久彷徨和無聲處吶喊的現實體

〔註113〕楊春時：《作為第一哲學的美學──存在、現象與審美》，北京：人民出版社，
　　　　2015 年，第 290～291 頁。
〔註114〕路文彬：《視覺文化與中國文學的現代性失聰》，第 135、136、140 頁。

驗，此種「激情之於魯迅，並非是附和左翼浪漫主義所追求的狂熱政治化效果；他毋寧希望喚起抒情傳統中被現代文人所忽視的一脈：清堅決絕，『發奮以抒情』。」〔註 115〕但魯迅似乎忘記了審美心理的產生往往是事物脫去了實際生活的「真相」才得以可能的。正如蘇軾詩曰：「廬山煙雨浙江潮，未到千般恨不消，及至到來無一物，廬山煙雨浙江潮。」未見到的美景，總是恨不能相見，但見到之後，原來不過如此。「這是因為『看』消除了距離，也就取消了距離產生的審美期待與張力。」按照西方學者麥克盧漢的劃分，人類社會生活從感官角度可以分為文明前期的「聽覺空間」文化和文明後期的「視覺空間」文化兩大類。「如果說，『聽』的一代主要發展了思維能力，想像豐富，美夢很多，很容易發展為理想主義者；那麼，『看』的一代於此有著本質的不同。『看』的一代主要發展的是視覺水平與直觀能力，與對象間距離消失，因此他們從小就沒有什麼『神秘感』；同時也就缺乏『想像力』和理性思維能力，不用想，一切都一目了然。也不用相信什麼，因為見多識廣。這也正是康德所謂越是成熟的民族越缺乏對道德律的信仰的原因。因而他們更易成為經驗主義者，或缺乏深沉的感情和思想，缺乏理想主義氣息的實用主義者。這就是由於心靈趨向的不同所致。」〔註 116〕正是在古典主義的聽覺文化中，主體的聽覺所產生的幻想和覺悟，使得「內心的意象」或「思維的形式」，成為區別於文明時代「目擊而道存」式直覺澄明方式之外的　一個重要審美範疇，彌補著直觀所造成的缺憾。而對於倡導以明快、肯定、有力的形式來直撲現代啟蒙目標的魯迅來說，古典的美學文藝觀，無論是溫和感傷、圓融明淨的中庸主義，還是清虛沖淡、玄遠遁世的莊禪情懷，均無益於嚴峻的現實，也見棄於其革命的批判的反思的文藝觀。這種觀念固然有助於衝破傳統的桎梏，但不免帶有明顯的功利性。尤其在藝術領域中，當理性之光照亮一切幽暗的場景，而將美學對象還原為認識對象時，就不免走向了「以真滅美」，出現徐志摩曾指出過的那種現象：「問言天文者月何似，使即量鏡而望月則向之婆挲者今圻侈為谷骸，為岩髏，向之靈動者今僵寂如石溝如敗椽，向嫵媚流盼如少女，今皺頹醜首如老婦，予我慰使我愛者今駭我視惑我思，向之神秘，向

〔註 115〕〔美〕王德威：《史詩時代的抒情聲音：二十世紀中期的中國知識分子與藝術家》，第 91 頁。

〔註 116〕劉士林：《闡釋與批判：當代文化危機中的異化與危機》，濟南：山東文藝出版社，1999 年，第 246 頁。

之美，今變為科學之事實，幻象消而美秘俱逝。以此視焚琴煮鶴，其煞風景為何似？」（徐志摩：《鬼話》）而在徐志摩看來，當詩意想像和審美感受受制於冷漠的物質定律時，詩人的任務，恰恰是要用藝術來為逾越其合理限度的「科學的祛魅」解蔽，重新給自然賦魅，從而使「那在帷幕中隱藏著的神通」重新恢復「栩栩的生動」（徐志摩：《〈猛虎集〉序文》）。

　　從某種意義上來說，徐志摩的上述「音樂」論調，已肇啟中國現代象徵主義詩學的先聲。「詩的真妙處不在他的字義裏，卻在他的不可捉摸的音節裏」（徐志摩：《譯〈死屍「Une Charogne」〉序》），這樣的論述已經相當精準地傳達了象徵主義詩學中不無神秘主義色彩的音義諧和的美學追求。與徐志摩同時代且引為同調的詩人梁宗岱後來就曾對波德萊爾《惡之花》詩集中的詩歌（包括那首《死屍》）發表過極為類似的評論：「在波特萊爾每首詩後面，我們所發現的已經不是偶然或剎那的靈境，而是整個破裂的受苦的靈魂帶著它底對於永恆的迫切呼喚，並且正憑藉著這呼喚底結晶而飛昇到那萬籟皆天樂，呼吸皆清和的創造底宇宙：在那裡，臭腐化為神奇了；卑微變為崇高了；矛盾的，一致了；枯澀的，協調了；不完美的，完成了；不可言喻的，實行了。」在持象徵主義詩學本體意識的梁宗岱看來，這一切之所以可能，乃是因為「我們官能底任務不單在於教我們趨避利害以維護我們的肉體，而尤其在於與一個聲，色，光，影，香底世界接觸以娛悅，梳洗，和滋養我們的靈魂：同樣，外界底事物和我們相見亦有兩副面孔。當我們運用理性或意志去分析或揮使它們的時候，它們只是無數不相聯屬的無精彩無生氣的物品。可是當我們放棄了理性與意志的權威，把我們完全委託給事物底本性，讓我們底想像灌入物體，讓宇宙大氣透過我們心靈，因而構成一個深切的同情交流，物我之間同跳著一個脈搏，同擊著一個節奏的時候，站在我們面前的已經不是一粒細沙，一朵野花或一片碎瓦，而是一顆自由活潑的靈魂與我們的靈魂偶然的相遇：兩個相同的命運，在一剎那間，互相點頭，默契和微笑。」由此出發，梁宗岱得出了與徐志摩觀念幾乎一致的論調：「這大宇宙底親摯的呼聲，又不單是在春花底炫熳，流泉底歡笑，彩虹底靈幻，日月星辰底光華，或云雀底喜哥與夜鶯底哀曲裏可以聽見。即一口斷井，一隻田鼠，一堆腐草，一片碎瓦……一切最渺小，最卑微，最頹廢甚至猥褻的事物，倘若你有清澈的心耳去諦聽，玲瓏的心機去細認，無不隨在合奏著鈞天的妙樂，透露給你

一個深微的宇宙消息。」〔註 117〕與徐志摩相似，梁宗岱也用「形神兩忘」、「萬化冥合」這些老莊哲學思想來對波德萊爾的「契合」說作出創造性的闡釋，從而自覺不自覺地完成了象徵主義詩學本土化的「變異」；對於他們來說，「把詩提高到音樂底純粹的境界，正是一般象徵主義詩人在殊途中共同的傾向。」〔註 118〕

　　毫無疑問，徐志摩與梁宗岱所持的，都是一種詩性思維。正是在朦朧詩意所構築的審美世界中，一種空靈的想像和親切的聆聽，能夠使人的存在從沉淪的現實世界中超拔出來，反之，詩人的心靈一旦過於消耗於毫無詩意的日常生活中，就會「取消物質生產與精神生產的基本差異，並遺棄了詩人最本己的使命：即詩人本就應該以想像的方式來參與生活的歷史過程。這一轉換過程的總體特徵，即『從美向真』的讓渡，從此真、知識的原則，放逐了非功利的非實體的精神生產｜消費方式，一種技術的詩，也開始取代了自然的詩，這就使人類最古老的生命家園，變成了一個熙熙攘攘的當代超市。由於一切精神｜情感消費，都可以通過實體交換的方式來完成，所以精神與情感的本體性，也就被徹底葬送了。在現代主義詩歌中，一個突出特徵就是受西方語言哲學與文學本體論文藝思潮影響，在這種情況下，他們要把詩歌建設成一個獨立的、與人無關的符號世界。在這一工作中，他們使種種生命真實的體驗，不是經由想像力成為天空上的飛翼與陽光，而是經由符號實體化為可以進行分析的對象。當代詩歌語言的這種實體化方式，正是 80 年代後期以來當代文學藝術進入『實體交換』階段的萬里長征第一步。詩人已經死了，那麼精神世界發生任何事件，也都可能而且必然。因為生命的靈性已經不再群星閃爍了。」〔註 119〕由此可見，世俗功利的世界一旦侵蝕詩人的心靈，現實殘酷的真實難免會慢慢湮滅藝術心靈細膩的美的感觸，從而消解物質生產與精神生產的基本差異。日常生活的沉淪使現代人日益陷入煩與畏中，日漸喪失詩性之思和傾聽的精神生活，也將詩人純美飄逸的想像力緊緊拽回大地，從而遮蔽和遺忘了關於自身的本真存在。特別是在現今這個以電子媒介為中心的「視覺文化」時代，上述遮蔽和遺忘已經產生了一種嚴重的審美異化：「一

〔註 117〕梁宗岱：《象徵主義》，《詩與真》，北京：中央編譯出版社，2006 年，第 86～89 頁。

〔註 118〕梁宗岱：《詩與真二集》，北京，外國文學出版社，1984 年，第 19～20 頁。

〔註 119〕劉士林：《闡釋與批判：當代文化危機中的異化與危機》，第 287～288 頁。

是真實的世界被技術性的視覺現象更加完美地遮蔽，如影碟中的生活與人物，遠比生活世界中的一切更加可親可近。這就使個體更加願意放棄現實生活，而投身於大眾文化生產的視覺幻象中；二是使個體不再有其自然意義上的『封閉性』或『不可入性』，因為後者正是人的個性、本質力量再生產的最深根源。一旦這一封閉結構被完全打開，不僅個人生活將成為不可能，而且個體與他的存在本身也越來越疏遠。如在電腦網絡中爬行的自我，由於它不需要負任何現實的責任，所以其自我的精神結構，也就不可能再生產出來。」〔註120〕——現代詩歌發展的危機和詩人在現代社會的普遍遁逸也證實了這點。

　　詩人是一種超常的兒童。寫詩對他們來說，就是將一種童年時期對世界原初的審美幻象真實地再植入成年後的心態，從而一邊在與自然的嬉戲中釋放自己，一邊在心造的幻景中徹底地逃離複雜的現實。然而，詩人又是一個異常敏銳的孩子，他不可能永遠沉湎於這種審美的幻象而不醒來，一如嬰兒觸摸鏡子時會從「世界宛如一個母體」的原初感應中驚醒，總有意識到原來「鏡像」中的自我並不存在的時刻。於是，他日益清晰地發現「自我」與「鏡中自我」的對立，並自覺地朝向未來與現實的世界。這即是兒童向成人成長的過程，也即個體意識向主體化生成的過程。徐志摩也不例外。他嘗說：「我是一隻不羈的野駒，我往往縱容想像的猖狂，詭辯人生的現實；比如憑藉凹折的玻璃，覺察當前景色」（徐志摩：《我的祖母之死》），但不管他是如何與生俱來般恪守精神生命的純真信仰，如何虔誠地構築自己圓融明淨的審美世界，如何堅持對世界原初的詩性暢想而為浪漫主義作真實的辯護，面對來自周遭的冷嘲熱諷（如魯迅），面對現實以殘酷的真實對審美幻象的一再消解，在後期，他還是不得不收斂起早期高蹈的姿態，不得不採取一種在擠壓中退守的立場，「這種退守就是由承認人類童年時期詩性解讀世界的真實性，……轉化為追求心靈真實，甚至由追求對象的真實轉化為對追求個體主觀感覺的真誠」〔註121〕：

　　　　你們不能更多的責備。我覺得我已是滿頭的血水，能不低頭已算是好的。你們也不用提醒我這是什麼日子；不用告訴我這遍地的災荒，與現有的以及在隱伏中的更大的變亂，不用向我說正今天就有千萬人在大水裏和身子浸著，或是有千千萬人在極度的飢餓中叫

〔註120〕劉士林：《闡釋與批判：當代文化危機中的異化與危機》，第249頁。
〔註121〕劉成紀：《自然美的哲學基礎》，武漢大學出版社，2008年，第171頁。

救命；也不用勸告我說幾行有韻或無韻的詩句是救不活半條人命的；更不用指點我說我的思想是落伍或是我的韻腳是根據不合時宜的意識形態的……，這些，還有別的很多，我知道，我全知道；你們一說到只是叫我難受又難受。我再沒有別的話說，我只要你們記得有一種天教歌唱的鳥不到嘔血不住口，它的歌裏有它獨自知道的別一個世界的愉快，也有它獨自知道的悲哀與傷痛的鮮明；詩人也是一種癡鳥，他把他的柔軟的心窩緊抵著薔薇的花刺，口裏不住的唱著星月的光輝與人類的希望非到他的心血滴出來把白花染成大紅他不住口。他的痛苦與快樂是渾成的一片。（徐志摩：《〈猛虎集〉序文》）

──「在這裡，徐志摩提示了一種並不等同於社會現實而更基於個人生命的真確，以及伴隨這真確生命的『別一個世界』的愉快、悲哀和傷痛，心血敷彩，蚌病成珠，這是他樂於歌唱的『星月的光輝與人類的希望』，也是他樂於看到的『新詩』的品格。」〔註122〕然而，當一種辯護的真誠成為詩人捍衛審美世界和衡量對象審美價值的標準時，它其實只是努力在現實和夢境之間扯起了一道美麗的藝術的薄紗，不僅是科學的祛魅使「幻象消而美秘俱逝」，現實殘酷的真實也一再導致詩人審美情懷的「節節敗退」：

五卅事件發生時我正在意大利山中，採茉莉花編花籃兒玩，翡冷翠山中只見明星與流螢的交喚，花香與山色的溫存，俗氛是吹不到的。直到七月間到了倫敦，我才理會國內風光的慘淡，等得我趕回來時，設想中的激昂，又早變成了明日黃花，看得見的痕跡只有滿城黃牆上墨彩斑斕的「泣告」。……屠殺的事實不僅是在我住的城子裏發見，我有時竟覺得是我自己的靈府裏的一個慘象。殺死的不僅是青年們的生命，我自己的思想也彷彿遭著了致命的打擊，比是國務院前的斷肢殘肢，再也不能回復生動與連貫。（徐志摩：《自剖》）

──這樣，童真的詩意暢想與美學的浪漫主義在徐志摩的身上同樣體現出了它在現代必然會面臨的命運：它是美的，但它是不可信的。詩人後期已經意識到自己陷入了這樣一種自我懷疑，這樣的懷疑訓誡著詩人一直以來沉湎於詩意審美世界中的怡然自得，讓他重新開始「直面慘淡的現實」：「抬起

〔註122〕孟澤：《徐志摩 這世界彷彿常在等候著它的詩人》，《何所從來：早期新詩的自我詮釋》，第186頁。

頭居然又見到天了。眼睛睜開了心也跟著開始了跳動。嫩芽的青紫，勞苦社會的光與影，悲歡的圖案，一切的動，一切的靜，重複在我的眼前展開，有聲色與有情感的世界重複為我存在；這彷彿是為了要挽救一個曾經有單純信仰的流入懷疑的頹廢，那在帷幕中隱藏著的神通又在那裡栩栩的生動：顯示它的博大與精微，要他認清方向，再別錯走了路。」（徐志摩：《〈猛虎集〉序文》）——「一個曾經有單純信仰的流入懷疑的頹廢」，無疑是詩人最好的自省，而「復活」的說法也耐人尋味，意味著生命成長過程中理性覺醒的必然。事實上，上世紀 20 年代中國悲慘黑暗的社會現實使也他異常痛心：「天平的一頭，是那些毫無心肝的統治者，另一頭是那些默然受苦的民眾。這種情形，一定會導致即將來臨的滔滔災難。即使是那些知識階級的人士（他們是一幫毫無能力的人），也似乎疲塌到一個懨懨無神的地步；他們沒有勇氣去承擔任何責任，只是默然地希祈人性有一個徹底的改變。」（徐志摩致恩厚之信，1929 年 3 月 5 日）——這種在嚴酷的現實面前之於包括自己在內的少數知識精英精神狀態的痛切反省，無疑意味著對之前過於單純狀態的一個重大修正，代表脫離過去詩性的童真與幼稚而步入一種「成熟」。但需要注意的是，那栩栩生動的神通依然隱藏在帷幕後而不肯出來——詩人在渴望復活的同時，依然拒絕現實對「詩意自我」的真正消解，因為對於一個以詩為本真存在的詩人來說，這樣的消解無疑意味著自我異化與分裂的開始，一旦這種異化與分裂開始，本性的自我終將湮滅於理性的囚籠。——這也就可以看出，在功利與超功利之間，徐志摩後期努力尋求著理性與感性之間的平衡。極具隱喻意味的是，在寫下上述文字後不久，詩人即在一次偶然的空難中永遠地雲遊不歸——作為「世界的祛魅」的非人格化的「理性的卡里斯瑪」所發明的「一架鳥型的機器」，最終使這個「詩意的嬰兒」的主體夭折於一次形而上的審美衝動中！從這個意義上說，徐志摩空難事件，無疑構成了現代性與傳統詩性文化普遍衝突境況中一個具有深刻詩學悲劇意蘊的文化事件：當美的衝動試圖取消真實與幻覺之間的本體差異時，「無待」的自由最終難免受制於下墜的生物之本能，精神的解脫，最終弔詭地置換成了肉體的解脫！這似乎恰恰印證了魯迅批評那種耽溺於心造的幻影的審美主義時曾深刻指出的一個「可愛者不可信」的命題：「凡論文藝，虛懸了一個『極境』，是要陷入『絕境』的。」（魯迅：《「題未定」草七》）

　　另一方面，「可信者不可愛」。魯迅文學意識的起點，源於他對中國歷史

和現實深刻的洞察：主奴根性根深蒂固的中國幾千年的歷史，無非是「做穩了奴隸的時代」和「想做奴隸而不得的時代」，而且一直排著人肉的筵席，然而，沉睡鐵屋子裏的庸眾卻沒有覺醒的跡象，相反，還自知不自知地繼續參與這延續了四千年的吃人和被吃的「人肉筵席」。同時，作為覺醒的獨異的個人，卻發現空洞的吶喊最終也無力喚醒鐵屋子裏沉睡的人們，現實整體對個體的壓迫依然如無遠弗屆的「無物之陣」，於是，他只能「抉心自食」而作絕望的反抗。當他將矛頭對準了他認為造成奴性的傳統文化與政治秩序之後，唯一的選擇就是運用自己熟悉的文學實踐方式去展開那幾乎無望的「改造國民性」，這既是魯迅文學世界中「舉起投槍」的經典戰士形象誕生的原因，也是其以改造國民性為啟蒙目標的同時伴隨以精神界戰士的「復仇」為獨特內涵的文學世界的誕生。但也正是因為過度地關注現實，魯迅的內心缺乏詩意溫情的撫摸（那種天人合一的人與存在相契合的境界似乎被魯迅遺忘了），寂寞和苦悶以及太過於看透的虛無主義的纏繞，像一條大毒蛇纏住了他的靈魂，使他陷入極度的痛苦之中。而這極度的痛苦又反過來催使他採用更「敵意」的眼光去看待一切無益於毀壞這現實鐵屋子的種種現象，包括一切政治的改良主義和文學的閒適主義：「徘徊於有無生滅之間的文人，對於人生，既憚擾擾，又怕離去，懶於求生，又不樂死，實在太板，寂絕又太空，疲倦得要休息，而休息又太淒涼，所以又必須有一種撫慰，於是『只在此山中，雲深不知處』，或『笙歌歸院落，燈火下樓臺』之類，就為人稱道。」（魯迅：《「題未定」草七》）由此，無論是徐志摩脫離現實的玄想，還是後來朱光潛主張的靜穆美學，均在他的火力打擊射程之內。現實主義的態度既成就了魯迅的偉大深刻，也造就了他身上的諸多偏失和悲劇（譬如他過於否定傳統文化，將中國歷史看得過於黑暗，其否定式思維往往是「破大於立」，須知，文化是不能完全摧毀重建的）。其文學作品承擔了太多的政治重負，真實揭露的成分遠遠大於審美創造的元素（這點似與徐志摩反了過來）。用朱光潛先生後來的話說則是：「魯迅，他是中國最有才華最有學識的作者，但是我認為他的文學成就並未能與他的才華和學識相稱，這是中國文學的巨大損失。原因何在呢？我認為魯迅不幸把他的全部身心都投入了複雜的社會矛盾之中而不能自拔，誠如他自己所說的，他看見日本人砍中國人的頭就決定從事文學，以改造國民的精神。但文學其實並不具有這種偉大的功能。政治的目的應當用政治的手段去實現，而我們中國人從傳統上總是過分誇大文學的力量，統治者也因此

總是習慣於干預、摧殘文學，結果是既於政治改革無效，也妨礙了文學的自身發展。魯迅放棄小說創作而致力於雜文『投槍』，他在巨大的憤怒和痛苦中過早地去世，這無論如何也是中國文學的大損失。我們中國人似乎從來不懂得 Art for art，s sake（為藝術而藝術），但是把巨大的社會歷史使命賦予藝術是不可能也不應當的。」〔註123〕

四、「功利」和「超功利」審美的歷史反思

在充滿憂患的現實面前，耽於對往昔沉思的實際上傾向超脫，趨於浪漫；始終謀劃著如何攫取未來的實際上提倡反抗，趨於現實，但如果由此將徐志摩與魯迅的文藝觀念完全對立起來卻是簡單化的（譬如對現代性的批判和個性解放的提倡，二人是高度一致的）。在早年的《破惡聲論》中，魯迅曾充分肯定宗教的神秘性：能「充人心向上之需要」，使人「顧瞻百昌，審諦萬物，若無不有靈覺妙義焉」，並認為這種「靈覺妙義」與藝術精神是相通的：「此即詩歌也，即美妙也，今世冥通神軼之士所歸也。」他還指出：「顧吾中國，則夙以普崇萬物為文化本根……雖一卉木竹石，視之均函有神軼性靈，玄義在中，不同凡品，其所崇愛之溥博，世未見有其匹也。」（魯迅：《破惡聲論》）而在其《文化偏至論》中，魯迅則批判西方文明重「物質」而輕「靈明」，重「眾數」而輕「個人」，認為這一文化上的危機，可由「神思一派」為之療救，「匡糾流俗，屬如電霆，使天下群倫，為聞聲而搖盪」，由此，「鶩外者漸轉而趣內，淵思冥想之風作，自省抒情之意蘇，去現實之物質與自然之樊，以就其本有心靈之域」。其《摩羅詩力說》也指出：「麗（附）於文章能事者，猶有特殊之一用。蓋世界大文，無不能啟人生之（秘）機，而直語其事實法則，為科學所不能言者。所謂機，即人生之誠理（真理也）是已。此為誠理，微妙幽玄，不能假口於學子……」——可見，魯迅早年不但懂得神秘主義，而且極力推崇。在魯迅早年看來，神秘性的獲得，正來自於個體心靈豐富而深刻的「內曜」：一種「內部的生活」。就在批評徐志摩的神秘主義論調前後，「魯迅還曾致力於翻譯廚川白村的《苦悶的象徵》與《出了象牙之塔》，對其中建立在柏格森直覺主義和弗洛伊德精神分析學說之上的『廣義的象徵主義』予以特別的介紹，這不僅是魯迅文學觀念的重要基礎，而且幾乎『貫穿了魯迅的

〔註123〕轉引自宛小平：《美的爭論：朱光潛美學及其與美學的爭鳴》，北京：生活·讀書·新知三聯書店，2017年，第68～69頁。

一生』。所謂『廣義的象徵主義』的建立是以兩種文藝觀念為基礎的，首先是『指絕去了彼我之域，真是渾融冥和了的心境而言』，『以這樣的態度來觀物的時候，則雖是自然界的一草一木，報紙上的社會新聞，也都可以看作暗示無限，宣示人生的奧秘的有意義的實在』。其次是『餘裕』的文藝觀，『文藝的快感中，無關心是要素，……惟其離了實際生活的利害，這才能對於現實生活來凝視，靜觀，觀照，並且批評，味識。……惟其和自己的實際生活之間，存著或一餘裕和距離，才能夠對於作為現實的這場面，深深地感受，賞味』。這裡對於『渾融冥和的心境』與『無關心』的凝視靜觀的強調」〔註124〕，與前述徐志摩的審美觀念不但不相矛盾，反有暗合與相通之處（通過翻譯廚川白村，魯迅對於康德文藝無功利的觀念也是多少認同的）。但隨著對現實理解的加深，魯迅不會真正沉迷於象徵主義的神秘迷宮。「儘管他在早期論文中肯定了中國人的『敬天禮地』，並高呼『迷信可存』，但他的目的並不是提倡宗教，而是要反對『偽士』──那些對中西文化只有皮毛之見卻鼓吹『現代』的啟蒙者；他曾經用宇宙自然的現象來象徵文明的興衰，但這些也只是為了從側面或者反而來襯托人的精神；《野草》中的過客·求乞者·遊魂，與天地對話，在天地之間祈禱、詛咒、懺悔、彷徨，但並不融入神性的世界；他信奉進化論，卻並不相信未來，相信生命主義卻並不把自己置於『生命』的一側，他關心『生命』，卻只關心具體的人的『內部生命和生物生命』，未能將『生命』放到更廣闊的宇宙和世界中去思考」〔註125〕，從而，歷史「中間物」客觀處境中朝向現實的啟蒙話語和反抗絕望的主體意志，使魯迅厭惡一切風花雪月的小資情調以及與周遭沉重現實不相協調的優雅閒適：「一切作品，誠然大抵很致力於優美，要舞得『翩躚迴翔』，唱得『婉轉抑揚』，然而所感覺的範圍卻頗為狹窄，不免咀嚼身邊小小的悲歡，而且就看這小悲歡為全世界」（魯迅：《中國新文學大系·小說二集序》）；「飄渺的名園中，奇花盛開著，紅顏的靜女正在超然無事地逍遙，鶴唳一聲，白雲鬱然而起……。這自然使人神往的罷，然而我總記得我活在人間。」（魯迅：《一覺》）所以他與偏向於此道的徐志摩始終格格不入。

　　在新文學運動中，「文藝與革命」素來是一個聚訟紛紜的話題。上世紀20

〔註124〕許江：《魯迅與朱光潛「靜穆」觀分歧中的政治文化內涵》，《中國現代文學研究叢刊》2015年第9期。
〔註125〕馬新亞：《沈從文的文學觀》，第159～160頁。

年代，化名「冬芬」的董秋芳就曾公開致信魯迅探討文藝創作中「真」與「美」的範疇：「真與美是構成一件成功的藝術品的兩大要素。而構成這真與美至於最高等級，便是造成一件藝術品，使它含有最高級的藝術價值，那便非賴最高級的天才不可了。如果這個論斷可以否認，那我們為什麼稱頌荷馬、但丁、莎士比亞和歌德呢，我們也有觀察現象的眼，有運用文思的腦，有握管伸紙的手？」接著，他向魯迅坦率提出了自己的問題：「我覺得許多提倡革命文學的所謂革命文藝家，也許是把表現人生這句話誤解了。他們也許以為十九世紀以來的文藝，所表現的都是現實的人生，在那裡面，含有顯著的時代精神。文藝家自驚醒了所謂『象牙之塔』的夢以後，都應該跟著時代環境奔走；離開時代而創造文藝，便是獨善主義或貴族主義的文藝了。」說到這裡，董秋芳托出了自己的「質疑」：藝術家自身作為社會民眾之一員，「是不會拋棄社會的」，「在創造時，他們也許只顧到藝術的精細微妙，並沒想到如何激動民眾，予民眾以強烈的刺激，使他們血脈賁張，而從事於革命」，所以，「我們如果承認藝術有獨立的無限的價值，藝術家有完成藝術本身最終目的之必要，那麼我們便不能而且不應該撇開藝術價值去指責藝術家的態度，這和拿藝術家的現實行為去評斷他的藝術作品者一樣的可笑。波特來耳的詩並不因為他的狂放而稍減價值。淺薄者許要咒他為人群的蛇蠍，卻不知道他的厭棄人生，正是他的渴慕人生之反一面的表白。我們平常譏刺一個人，還須觀察到他的深處，否則便見得浮薄可鄙。至於拿了自己的似是而非的尺度，便無的放矢地攻一個忠於藝術的人，真的糊塗呢還是別有用意！這不過使我們覺得此刻現在的中國文藝界真不值一談，因為以批評成名而又是創造自許的所謂文藝家者，還是這樣地崇奉功利主義呵！」（魯迅：《文藝與革命》）這樣懇切深入而又坦率得咄咄逼人的問題，無疑是意味深長的——它彷彿要逼迫魯迅表態。因為，董秋芳也許有所不知的是，在藝術是否有獨立的無限的價值這個問題上，魯迅恰好借題發揮譏刺過徐志摩（對藝術獨立價值的否定正隱含在魯迅揶揄諷刺的態度中），並且也與他舉例的波德萊爾有關。於是，魯迅專門作了《文藝與革命》一文對「來信」予以認真「答覆」。其主要觀念可以提煉為兩點：一、文藝不能超越作家自身所處的時代：「超時代其實就是逃避，倘自己沒有正視現實的勇氣，又要掛革命的招牌，便自覺地或不自覺地必然地要走入那一條路的。身在現世，怎麼離去？這是和說自己用手提著耳朵，就可以離開地球者一樣地欺人。」二、革命文學也需要借助文藝，不能停留在口號

標語的層面：「一切文藝固是宣傳，而一切宣傳卻並非全是文藝，這正如一切花皆有色（我將白也算作色），而凡顏色未必都是花一樣。革命之所以於口號，標語，布告，電報，教科書……之外，要用文藝者，就因為它是文藝。」──魯迅一方面揭露了只停留於「宣傳」口號上的所謂空頭革命文學家，一方面又深入剖析了「革命」與「文藝」的辯證關係，應該說，在當時的情勢下，其觀念都是深刻且正確的。但魯迅在強調文學的革命作用時，對於文學的非功利性的一面卻是極為排斥的，他說：「文藝決不能獨自飛躍，若在這停滯的社會里居然滋長了，那倒是為這社會所容，已經離開了革命，其結果，不過多賣幾本刊物，或在大商店的刊物上掙得揭載稿子的機會罷了。」（魯迅：《文藝與革命》）──不難看出，魯迅革命立場先行的文藝觀中預設了一個「美」與「真」互相衝突的內在悖論。須知革命改變黑暗現狀的力量並不能構成否認文藝自身獨立審美價值的前提和理由；同樣，文藝自身也並不是只有產生改變現狀的「革命」作用才具有存在的價值。套用魯迅文中的話來說則是：一切革命固然少不了審美，但一切審美卻並非全是革命。──於此，不禁讓人頗為懷疑魯迅對於藝術中「美」與「真」的界限向來缺乏具體的甄別。

　　然而，魯迅是懂得藝術審美中「美」與「真」的區別的。其發表於 1925 年 1 月的《詩歌之敵》就曾指出：「詩歌不能憑仗了哲學和智力來認識，所以感情已經冰結的思想家，即對於詩人往往有謬誤的判斷和隔膜的揶揄。」他批評以幾何學的眼光去評價詩歌是「於詩美也一點不懂」，並進一步指出：「凡是科學底的人們，這樣的很不少，因為他們精細地研鑽著一點有限的視野，便決不能和博大的詩人的感得全人間世，而同時又領會天國之極樂和地獄之大苦惱的精神相通。」同時，魯迅還反對以道德倫理的眼光去看待「美的事物」：「倘我們賞識美的事物，而以倫理學的眼光來論動機，必求其『無所為』，則第一先得與生物離絕。柳陰下聽黃鸝鳴，我們感得天地間春氣橫溢，見流螢明滅於叢草裏，使人頓懷秋心。然而鸝鳴螢照是『為』什麼呢？毫不客氣，那都是所謂『不道德』的，都正在大『出風頭』，希圖覓得配偶。至於一切花，則簡直是植物的生殖機關了。雖然有許多披著美麗的外衣，而目的則專在受精，比人們的講神聖戀愛尤其露骨。即使清高如梅菊，也逃不出例外──而可憐的陶潛林逋，卻都不明白那些動機。」──但魯迅在正確指出審美時不應帶有道德倫理的眼光的同時，卻又表現出一種內在矛盾的態度。許蘇民先生曾於此分析指出：「人喜春而悲秋，與鸝鳴螢照，確實包含

發自生命內部的自然的合目的性的因素;但人在觀照鵙鳴螢照時,又確是一種不含任何目的的『無所為』的審美眼光,與鵙鳴螢照的求偶行為似不可混為一談。此外,晉朝的陶淵明鍾情於菊,宋朝的林逋以梅為『妻』、以鶴為『子』,也都是以『無所為』的審美眼光去看待事物的。所謂『無所為』,既有道德上的為行善而行善,也有審美上的為審美而審美,二者也不可混為一談。」〔註 126〕──可以說,在魯迅的身上,「真」與「美」的矛盾正是在這種內在的歧見中產生的,這也恰恰導致了那種「對於詩人往往有謬誤的判斷和隔膜的揶揄」的情形在他身上的出現。不是嗎?魯迅早年在肯定宗教的神秘性時,曾猛烈批評中國的士大夫「精神窒塞,惟膚薄之功利是尚,軀殼雖存,靈覺且失。於是昧人生有趣神軼之事,天物羅列,不關其心,自惟為稻粱折腰;則執己律人,以他人有信仰為大怪,舉喪師辱國之罪,悉以歸之」(魯迅:《破惡聲論》),但這種情形卻在他自己後來對持神秘論調的徐志摩的諷刺與指責中,呈現為一種與自己早年態度自相矛盾的反諷:當魯迅將自己這種不易覺察的自相矛盾的反諷解釋作實為「公仇」不是「私怨」時,何嘗不是他筆下的「以他人有信仰為大怪,舉喪師辱國之罪,悉以歸之」?所謂此一時也,彼一時也,當那種魯迅早年念茲在茲的「求之於士大夫,戛戛乎難得矣」的「萬物有靈論」在徐志摩身上出現時,深諳人間黑暗的魯迅已經不能容忍了。可見,對徐志摩的諷刺與否定,實際上構成了魯迅對自己身上曾存在過的精神狀態的自我諷刺與否定。這在當時的歷史環境中也是可以理解的。但拿我們今天的眼光來看,卻不能苛求那個年代的每個作家都去當「闖將」和「戰士」,也應當允許有些作家去進行靜觀與從自我意識出發的精神創造。

鑒於徐志摩在現代新詩史上有目共睹的巨大影響力,有必要進一步考察魯迅對其一貫持「酷評」背後的文藝觀念。李怡先生認為,魯迅對徐志摩的好惡在很大程度上取決於魯迅新詩觀念中的一個預設前提,那就是新詩必須脫離傳統詩歌溫柔敦厚、中和克制的美學規則的束縛。〔註 127〕在早年的《摩羅詩力說》中,魯迅即倡導「別求新聲於異邦」,呼喚持「美偉強力」、「立意在反抗、指歸在動作」的「精神界戰士」來破除傳統文化「污濁之平和」。對於傳統詩歌蘊藉溫柔理念的強大滲透力,魯迅亦曾痛詆:「化定俗移,轉為新懦,知前徵之至險,則爽然思歸其雌,而戰場在前,復自知不可避,於是運其

〔註 126〕許蘇民:《人文精神論》,北京:人民出版社,2011 年,第 336 頁。
〔註 127〕參閱李怡:《中國現代新詩與古典詩歌傳統》(增訂版),第 308 頁。

神思，創為理想之邦」（魯迅：《摩羅詩力說》）。此種觀念從他對《詩經》「強以無邪，即非人志」以及《楚辭》「感動後世，為力非強」等「褒中有貶」的評價中亦可見一斑。──在直面慘淡現實的魯迅看來，傳統文化心理結構的強大惰性，實為新時代國人「新懦」之際「運其神思」漠視現實自我欺騙的幕後推手──在一個血與火交織動盪的年代，魯迅並不希望人們一味沉浸於傳統文化集體無意識的感性空間，而提倡以一種「剛健、清新」的詩風使人們從情志搖盪的適意中陡然驚醒，從而徹底掃蕩充斥著纖弱氣息與幫閒氛圍的文壇，重整中華民族陷入危機的精神局面。他尖銳地指出：「中國的文人，對於人生，──至少是對於社會現象，向來就多沒有正視的勇氣」，「萬事閉眼睛，聊以自欺，而且欺人，那方法是：瞞和騙」，「用瞞和騙，造出奇妙的逃路來，而自以為正路。在這路上，就證明著國民性的怯弱，懶惰，而又巧滑。一天一天的滿足著，即一天一天的墮落著，但卻又覺得日見其光榮」，「由此也生出瞞和騙的文藝來，由這文藝，更令中國人更深地陷入瞞和騙的大澤中，甚而至於已經自己不覺得。世界日日改變，我們的作家取下假面，真誠地，深入地，大膽地看取人生並且寫出他的血和肉來的時候早到了；早就應該有一片嶄新的文場，早就應該有幾個兇猛的闖將！」（魯迅：《論睜了眼看》）──由此出發，以「文學的真實」反映「現實的真實」成為魯迅棄醫從文後的終身志業，他戰鬥式的雜文，正是為個人、為民眾、為民族歷史「立此存照」，以紀念時間流逝中淡淡的血痕，以對抗「忘卻的救主」；也是由此出發，「真」成為魯迅對當時新詩的第一要求：「呼喚血與火的，詠歎酒和女人的，歡賞幽林和秋月的，都要真的神往的心，否則一樣是空洞。」但魯迅由此「先驗立場」出發，難免攻其一點，不及其餘，譬如，他曾為汪靜之《蕙的風》辯護，抨擊所謂「含淚」的批評家，也曾熱烈讚揚反抗包辦婚姻的散文詩《愛情》是「血的蒸氣」，是「醒過來的人的真聲音」，但卻對徐志摩熱烈追求林徽因的舉動嗤之以鼻，斥之為「啊呀啊呀我要死了」的戀愛至上主義──難道平民的愛情是愛情，而「有錢階級的公子哥兒」的愛情就必然不含真情了？同時，其筆下「歡賞幽林和秋月」的文字就必然不包含「真的神往的心」，而只是一種「空洞」？再者，徐志摩深具傳統美學內涵的詩歌在魯迅看來固然是「循末以返本」的周而復始，是停滯社會的賦閒產物，但也體現了傳統文化的積澱與傳承，在具有民族文化悠遠積澱的讀者群中得到了廣泛的應和

與經久不息的傳唱。歷史的弔詭在於，在革命的年代，魯迅可以成為「最偉大的文學家」與「最空前的民族英雄」，但當戰爭的硝煙散去，最終成為中國 20 世紀最優秀詩人之一的，恰恰是那個魯迅對其藝術成就從來不置一詞的徐志摩。

　　當然，物極必反，「音樂」一旦越過其純粹的美的領域，也容易形成一種「靡靡之音」，它借助人們對唯美主義的耳朵的依賴而形成「權力的獨白的偽裝」，讓大眾在其情緒的煽動裏忽視現實真實存在的處境，其情形正如當代學者對當代流行音樂的剖析：流行音樂讓大眾產生迷戀的同時，「隱含了消費社會中純粹聲音欲望的誕生。『發燒友』讓聲音政治變成商品拜物教，聲音第一次以毫無政治內涵的方式呈現出其娛樂政治的功能。於是，在商品邏輯和資本體制的推動下，聲音開始變成一種『純粹的能指』，用千差萬別的差別來去差別化，用種種色彩斑斕的個性來塑造普遍的無個性，正是這種特定的抽象的聲音，才如此豐富多彩而又如此空洞無物、蒼白單調。」「聲音變成用充沛的感情將人們包圍在『心靈』中的『聖樂』，似乎只有在唯美的聲音中才會有超凡脫俗的精神氣度和標新立異的獨立個性。不妨說，對於純粹聲音的『拜物』裏面，隱含的乃是不願意面對肉身處境的潛在意識。於是，聲音的政治變成了一種只關係情感而不關係政治的政治，變成了可以讓人們沉浸在夢幻一樣的浪漫氛圍中的有效途徑」，從而，當今社會類似「中國好聲音」與「我是歌手」之類的熱門娛樂節目，竟然出現了這樣弔詭的評審局面：「只要煽情就能成功，也就是說，只要符合大眾的情感訴求，就是最好的聲音；反之，只要不合乎大眾『情感的需要』，就會被淘汰。於是，對『聲音』的需要，變成這樣一種新型的需要：人們需要通過歌聲來『彌補』現實生活中的缺失感，從而不再通過『危險的聲音』來進行對現實的反思、質疑甚至對抗。對『需要』的修改，是聲音拜物教的政治無意識。……也就是說，用一種虛假的經驗（情感）代替對現實生活處境的真實體驗。」〔註 128〕──這裡針對的雖是當今的流行音樂，但也可以作為對新時期「可以讓人們沉浸在夢幻一樣的浪漫氛圍中」的唯美詩歌流行現象（譬如流行歌詞）的一種剖析。也當然，詩歌與音樂一樣，本身只是情感的載體，並不能因為大眾對其審美功效所產生的情感依賴和轉嫁心靈危機的沉溺而將其片面斥為精神鴉片──這正是過去用

〔註 128〕周志強：《寓言論批判：當代中國文學與文化研究論綱》，北京大學出版社，
　　　　2020 年，第 137～138、141～143 頁。

政治法庭代替審美評判所陷入的誤區。同樣，大多清麗柔美、淳雅真摯的徐志摩詩歌的審美內涵，並不能與流行音樂空洞迷狂的煽動矯情等同起來，將其夢幻般的審美功效視為對差異化現實的粉飾而上升為「一種只關係情感而不關係政治」的「聲音的政治」，就會成為一種變相的強加。──但通過此番比較剖析，不難窺見魯迅當年對徐志摩的「音樂」論調持批判態度中隱含的一個洞見：魯迅似乎是在其泛音樂主義的神秘論調中看到了一種「音樂拜物教」式的危險傾向，尤其是，其傾向所隱含的企圖「用一種虛假的經驗（情感）代替對現實生活處境的真實體驗」的唯美主義態度更讓他不能容忍。事實上，不管是有意還是無意，徐志摩的泛音樂主義論調中的確隱含有忽略現實處境的傾向（將「戰場上的炮，墳堆裏的鬼磷」也視為「音樂」），所以魯迅對他的尖銳批判至今仍沒有過時。儘管從徐志摩實際的審美內涵來看，魯迅的批判不無錯位和以偏概全的個人審美立場，但從其一貫重在概括社會相和揭示世態人心的批判內容來看，其曾坦誠的「沒有私敵，實為公仇」的心理自白，無疑是真實可信的，其對「真的惡聲」的呼喚在今天看來依然振聾發聵。

結語：應該「和而不同」的「美」與「真」

「美」與「真」是古今中外藝術史上的永恆話題。西方哲學對此二元概念的辨析可以上溯到古希臘時期。到了近現代，作為「真」之外顯的「美」常常被當作愉悅感官的遊戲而加以輕視，而作為「美」之內核的「真」又常常被理解為可以計算的工具理性，從而造成科學和人文的對立。相反在中國傳統文化的語境中，「美」與「真」之間的衝突對立並不存在，它們往往被消融在情景交融的意象世界中而呈現出一個人與萬物一體的真實世界。這樣一個「如所存而顯之」的「顯現真實」（王夫之語）的知情意合一的審美世界，涵蓋天文地理人倫之道以及人類理性不可抵達的「幽微玄妙」之境，無疑與西方近現代胡塞爾的「生活世界」、海德格爾的「無蔽」等思想有交疊重合之處，也為現代性危機的克服提供了啟迪。但在各種意識劇烈糾纏的中國現代文學轉型時期，「美」與「真」卻發生了背離。「新文化運動的文化激進主義與『學衡派』文化守成主義之間的較量，『科學派』實證主義方法和『玄學派』直覺主義的靈知之間的對話、碰撞，在緯度上移植了杜威的實用主義、羅素的經驗主義與柏格森的生命主義、白璧德的人文主義之間的對抗、辯惑，而在經

度上重演了漢學考據與宋學義理之間的辯證、消長。」〔註129〕由此「五四」新文化運動中出現了科學與人文的對峙、激進與保守的駁詰、浪漫與古典的消長。而革命與文藝的衝突，則昭示了現代性覺醒下的「進化觀」與馬列階級理論指導下的革命文藝觀對傳統「天道循環」觀與中庸審美主義的訓誡與斥責。

對於直面慘淡現實的魯迅來說，他相信「覺自己之痛苦」的痛苦，卻無法相信藝術審美的「可愛」（他批判那種「心應蟲鳥，情感林泉」的麗辭韻語：「多拘於無形之囹圄，不能抒兩間之真美」）；對於沉浸於傾聽神秘音樂時心靈隱秘愉悅的徐志摩來說，他覺察了現實苦難的真實，卻過於沉迷藝術審美救贖的力量，無意識迴避的是拯救現實苦難責任的實質。在他們共同凸顯的現實抉擇與精神取向中，一個是入世，一個是出世；一個是現實主義，一個是理想主義；一個偏向於揭露真實（雜文），一個喜歡沉浸於美幻（詩歌）——雖然入世的何嘗沒有出世之想，喜歡沉浸於美幻的何嘗不曾注意到現實，但從某種程度上來說，主體和客體的二分、現象和本質的對立、內容和形式的不能兼顧，依然部分造成了「美」與「真」在他們作品中的割裂。由此可見，輾轉徘徊於「可愛」與「可信」之間的，不僅是「美」與「真」相悖反時如何平衡的學術問題，也不僅是「功利」與「超功利」相矛盾時如何抉擇的政治立場問題，而是現代化進程中如何創造性地傳承和轉換傳統文化的審美問題，更是作為知情意的人與萬物世界如何融為一體的存在論問題。本文通過對徐、魯二人之間的嘗試性剖析，已然得出：「美」與「真」之間並不是非此即彼，而應該和而不同。然而令人遺憾的是，它們在現實的處境中，往往是無法同時兼容的。

〔註129〕胡繼華：《思想的製序：中國現代文論的多元取向》，北京：師範大學出版社，2019 年，第 122 頁。

第六章　性靈深處的妙悟——徐志摩的佛禪思想與文學實踐

發之反為蒙，真之背為訛，悟之對為惑，性之敵為物。日月之明，浮雲蒙之；精神欲發，妖思遏之；良心將見，欲氛窒之。失其元常，認賊為子，今人之病，在於蒙而不發，訛而不直，惑而不悟，匿物以遠性。所以致其然者，惟心之用。

　　　　　　　　　　　　　　　　　　——徐志摩：《說發篇　》

側目滔滔，民生不聊。願假佛力盡殲佞人，庶民其蘇，維公之德。嗟乎！世無健者，以拯民困，不得已而籲援於無稽之佛。

　　　　　　　　　　　　　　　　　　——徐志摩：《春遊紀事》

佛說色即是空，空即是色，世俗謬解，負色負空。我謂從空中求色，乃為真色，色中求空，乃得真空；色，情也戀也，空，想像之神境也。　　　　　　　　　　——徐志摩：《鬼話》

引言：重訪詩人真實的心靈歷程

　　作為一位風花雪月的「詩公子」，而且是以生平跌宕起伏的愛情故事弔足大眾口味的浪漫人物，徐志摩似乎與佛教的什麼「色」啊「空」啊沾不上邊。然而，公眾關注的往往是詩人的表面，世俗的種種評論也是圍繞著表面現象評頭品足，曾經那樣真實存在過並具有深度內涵的詩人的真性情反而被遮蔽了起來，一如浮雲般遮蔽了天空的皓月。不妨說，這也是一種世俗的「色空」

現象，世人關注的是「色」，在世人有「色」眼睛的觀照下，曾經那樣深邃迷人的詩人的內心境界，被塗抹得失去了本真的空靈，被扭曲得失去了優雅的原型。幸好還有詩人的作品在。本文所致力揭示的，正是反本溯源，回到詩人真實心靈的載體——詩文中去重訪詩人真實的心靈歷程。

拋開所有紛紜繁複的歧義和解釋，關於佛教「色」「空」觀念最流行的說法乃是：色即物質，色空即一切可見的物質現象均是幻覺。這裡，我們不禁要問：色不誤人人自誤，如果人本身沒有在色相面前的動心，所謂的由色悟空豈非一種消極意義上的心靈逃遁？即使是在這種逃遁中能領悟到一種性靈昇華的境界，又有何意義？然而，人非草木，孰能無情？作為自然界有血有肉的一種高級生物，人之異於萬物者正在於有「情」，正是這個「情」——通向人生終極存在的並非虛幻的唯一實在，構成了「色」與「空」之間的一個巨大的本體與中介。正是因為有情，人生才免於陷入終極意義上的虛幻，才不免「由色生情」，以致「傳情入色」，古往今來人世間的一切男歡女愛、恨海情愁，以及文學藝術作品中永恆演繹的愛情主題，也因此得到累世不歇的演出。然而人生境界有高有低，個人性情有清有濁，性情淺薄者耽溺於欲望的迷坑而不能自拔，性情超拔者卻能在色的領悟中看透色的本質。所謂由色悟空。在性情上具有如此領悟能力的人往往是藝術的天才，他們總是能在色相的瞬間捕捉中由瞬間進入永恆，既能由色悟空又能因空觀色，由此領悟到性靈昇華後永恆的神秘與浩瀚。大概是因了色空觀念的這層涵蓋意蘊，當曹雪芹將空空道人所呈現的歌訣「因空見色，由色生情，傳情入色，自色悟空」作為自己用心血灌漑的巨著《紅樓夢》的哲學總綱，書中那位古今罕見的赤子——主人公賈寶玉的精神歷程也被無形中作了相當具象的概括。而現代史上另一個與賈寶玉具有相似性情和人生歷程的難以言盡的人物：徐志摩，其心靈歷程，其實同樣可以作如是觀。

一、「莊禪互融」的歷史回溯與現代重構

本來，作為秉承釋迦牟尼「不立文字，教外別傳」為主旨所形成的佛教宗派的禪宗，意在擺脫宗教形式主義，在平常日用與平實的生活機趣之中，領悟最奇特幽玄的妙諦，追求所謂「明心見性，立地成佛」，是不屑於藉重文學以自名高的，但何以一開始便與中國文學形成不可分離的連理枝，特別是在佛禪思想流行的唐代，文人士大夫的心靈大都出入於佛、道之間，對禪宗

那種無物慾之累的心性純淨境界的心靈追求，更普遍內化為文人士大夫的一種人生情趣？南懷瑾先生指出，形成這一現象的根本原因，源於中國傳統「始終強調建立詩教價值」的人文底蘊：「中華民族傳統文化的精神，自古至今，完全以人文文化為中心，雖然也有宗教思想的成分，但並非如西洋上古原始的文化一樣，是完全淵源於神的宗教思想而來，人文文化的基礎，當然離不開人的思想與感情，身心內外的作用。宗教可以安頓人的思想與感情，使它寄託在永久的遙途，與不可思議的境界裏去，得到一個自我安心的功效，純粹以人文文化為本位，對於宗教思想的信仰，有時也只屬情感的作用而已。所以要安排人的喜、怒、哀、樂的情緒，必須要有一種超越現實，而介乎情感之間的文學藝術的意境，才能使人們情感與思想，昇華到類同宗教的意境，可以超脫現實環境，情緒和思想另有寄託，養成獨立而不倚，可以安排自我的天地。」〔註1〕──可以說，正是在這種人文背景下，禪宗強調自覺的超功利的頓悟思維方式，深深契合著「一種超越現實，而介乎情感之間的文學藝術的意境」，從而成為溝通禪與藝術之間的橋樑。

　　「儒治世，道治身，佛治心」，儒、釋、道互補是中國傳統社會思想信仰的一個基本格局。如果說儒家尋求的是現實中的安身立命，道家注重的是個體精神的自由，那麼當汲取了道家思想精華的中國化的佛教禪宗產生之後，更以「一種注重追求內在心靈圓滿的人生哲學」填補了儒、道哲學的空隙。〔註2〕而作為個體心靈走向內在超越的一種途徑，禪出於莊而不脫離於莊，彼此水乳交融，不分軒輊，具有許多共同之處：不但道的「虛」和禪的「空」的範疇在「心識」和「心境」上有著共通的思維意識，而且道家的「虛靜」和禪修過程中的「禪定」又有著共通的心靈體悟，這也正是印度佛教在兩漢傳入中土後被人們借用老莊玄學實施「格義」對其進行本土化改造的歷史原因。由此「莊禪」並稱，成為中國文化史上一個普遍公認的現象。莊禪互融使傳統士人在儒道互補的文化底蘊之外，別增了一種虛靜淡泊、空靈自在、優游從容的禪宗精神。中國藝術受到禪宗「心」所感知的世間「萬法」虛幻不實論的影響，融入進「空靈」、「空寂」的韻味，特別是在文學藝術的創作領域，意境追求由「虛靜」向「空靈」提升至美學追求的高度，詩人們在詩歌創作中普

〔註1〕南懷瑾：《禪宗與中國文學》，《南懷瑾選集》（第5卷），上海：復旦大學出版社，2013年，第100頁。

〔註2〕馬奔騰：《禪境與詩境》，北京：中華書局，2010年，第55頁。

遍追求一種情景交融、心物合一、虛實相映的意境，成為一個顯著的特徵。「詩家禪心情，禪家詩心情。以生命的境相作為語言，通過唐代詩人的親證，拓展了一個新的審美世界」〔註3〕：無論是張若虛《春江花月夜》中對生命情調與宇宙意識的闡發，還是王維、孟浩然等經常在一種寥廓空寂中展開人與自然的對話，抑或是李白經常在「人生如夢」中展露超逸放曠的胸懷，以及其他文人對自然景物的靜照流連，對山村野趣的忘我自適，莫不可以作如是觀。正是禪宗以心觀物的思維方式，時常使詩人們在感性世界中體悟到緣起性空、遷變流轉、當體即空的人生宇宙之無常，看破緣生幻相，不為色相所染，從而在紛然雜亂的塵世中時時滌蕩情意塵的蒙垢而尋獲一種虛靜澄澈、空明寧靜的心境，也就使他們時常創造出一種鏡花水月似的只可意會不可言傳的空靈蘊藉的意境。時人常謂詩人筆下有「性靈深處的妙悟」，實則是指「內心與外境相激發從而生成一種體現一定超越性心靈體驗的含蓄蘊藉的藝術境界。」〔註4〕

「妙悟」並非禪宗獨擅之秘。〔註5〕中國傳統文化早在先秦就醞釀著「妙悟」之說的前奏，無論是儒家「虛而後能得」的「默而識之」，還是道家老聃「致虛極、守靜篤」的以玄妙釋道，或莊周的「心齋」與「坐忘」，均蘊含著重視心靈默參、直接洞徹本質的認知方式。但中國美學中的審美「妙悟」受到禪宗的觸發與影響卻是歷史事實，「迷來經累劫，悟則剎那間」（《壇經》）——佛教一直有「悟」的傳統，禪宗崛起後，強調直觀「頓悟」（《壇經》所謂「故知萬法盡在自心，何不從自心中頓見真如本性」、「若識自性，一悟即至佛地」等等），體悟即目印象，由此形成將「靜穆的觀照」融入「活躍的生命」中的「妙悟」審美觀，即對中國的美學和藝術產生了廣泛的影響。在歷史上，東晉僧肇（384～414）繼承先秦莊子的衣缽，以「性空」突破「性有」，最早提出了「妙悟」的哲學概念：「玄道在於妙悟，妙悟在於即真；即冥即有無奇觀，奇觀即彼已無二。所以天地與我同根，萬物與我一體。」（僧肇：《涅槃無名論》）僧肇基於莊子「物我一體」境界闡釋的「出發點和內容雖然不同，但

〔註3〕朱良志：《禪宗「新工具觀」和唐代詩歌「境界」論》，《大音希聲——妙悟的審美考察》，南昌：百花洲文藝出版社，2009年，第136～137頁。

〔註4〕馬奔騰：《禪境與詩境》，第7頁。

〔註5〕錢鍾書曾指出：「悟乃人性之本有，豈禪家所得有私，一切學問，深造有得，力久則入。禪家特就修行本分，拈出說明，非無禪宗，即並非悟。」（錢鍾書：《談藝錄》，中華書局，1993年，第257頁。）

都同樣具有審美的性質。因為審美的境界確實是一種消除或克服了物我對立的境界，外在的感性事物不再是與人的自由對立的東西，而成為人的自由的感性的肯定，與人的自由合為一體。」〔註6〕「妙悟」觀潛在的美學特性，使得它在六朝玄言詩中以潤物細無聲的方式彌漫開來，玄禪的融合從初始的簡單格義走向了後期義理的圓融合一，如孫綽詩云：「悟遺有之不盡，覺涉無之有間；泯色空以合跡，忽即有而得玄；釋二名之同出，消一無於三幡。恣語樂以終日，竺寂默於不言。渾萬象以冥觀，兀同體於自然」；謝靈運詩云：「禪室棲空觀，講宇析妙理」，如此等等。發展到後來的唐詩，更加明顯：「王、裴《輞川》絕句，字字入禪。他如『雨中山果落，燈下草蟲鳴』，『明月松間照，清泉石上流』，以及太白『卻下水晶簾，玲瓏望秋月』，常建『松際露微月，清光猶為君』，浩然『樵子暗相失，草蟲寒不聞』，劉眘虛『時有落花至，遠隨流水香』。妙諦微言，與世尊拈花，迦葉微笑，等無差別。通其解者，可語上乘。」（〔清〕王士禎：《帶經堂詩話·蠶尾續文》）「妙悟」觀潛在的美學特性，在六朝玄言詩中以潤物細無聲的方式彌漫開來，發展到後來，更加明顯，禪家的「相中之色，水中之月」，日益烘托出唐詩「瑩徹玲瓏，不可湊泊」之境，最終在南宋嚴羽的《滄浪詩話》中匯成一泓晶瑩的清泉，映照出詩學的本體：「大抵禪道惟在妙悟，詩道亦在妙悟」，「唯悟乃為當行，乃為本色」（嚴羽：《滄浪詩話·詩辨》）。嚴羽援禪論詩並「以禪喻詩」，第一次把禪宗妙悟與詩的妙悟直接聯繫和趨同起來，詩禪關係由此深入到了詩歌審美最核心的層面。有宋　代，文人們紛紛化禪入詩，普遍追求「寓意於物」而不「留意於物」，禪宗不可把捉的「滉漾空寂」，遂與詩人之於「山川草木，風煙雲月，皆有耳目所共知識」的「興懷觸目」牢牢地扭結在一起。〔註7〕——「禪詩」，這一朵中國傳統詩歌園圃中芬芳的奇葩，就此一路暗香繚繞，餘音蕩漾，惠及以「童心」與「性靈」為核心的晚明文學解放思潮，一路順延，不但在清代主張性靈說的袁枚那裡產生了迴響，而且在中西思想合璧演繹的新文學運動浪潮中得到了潛在的回應。

　　晚明興起的「禪悅士風」，在「明心見性、自覺自解」，「即景示人、禪通

〔註6〕李澤厚、劉綱紀：《中國美學史》（魏晉南北朝編·下），合肥，安徽文藝出版社，1999年，第352頁。

〔註7〕劉將孫：《如禪集序》，劉方喜編著：《中華古文論釋林·南宋金元卷》，北京：北京大學出版社，2011年，第312頁。

藝理」,「清言析理、悟透人生」等方面,在相去不遠的「五四」時期人們踽
踽獨行於時代大潮之外的心境中,總會激起相似的感應。在「京派」作家群
的眾多作品構成的一脈「莊禪藝術精神」的斑斕譜系之外,周作人、郭沫若、
郁達夫、宗白華、許地山、聞一多、梁實秋、林語堂、豐子愷、廢名等人的作
品中均滲透有莊禪的影響。而在傳統儒道二家的基調上鎔鑄西方現代思想的
徐志摩的作品,同樣閃耀著一種異樣的色味。相傳詩人幼時曾被一位志恢和
尚摩撫過頭顱,謂此子慧根不淺,將來必成大器,其父大喜,乃將其名字改
為「志摩」,此傳聞不盡可信,筆者卻寧願相信它是真的,因為在詩人的作品
中,處處體現了他非凡的悟性與慧根。在那飛揚的文采背後,除了熱情洋溢
的心靈直白和浪漫抒情,有時候卻又沉澱著別樣清澈靜柔的心靈沉思與情感
頓悟。這樣出其不意的發現,如同在落英繽紛的林蔭道上漫步時突然發現幽
幽沉澱的一口古潭,又如在欣賞西天變幻的雲彩中突然看見靜靜浮現的一方
悠深純藍的天幕,或者如在花蕊怒放的園圃裏迷醉不已不期然發現一株含露
不語的小草花,又或者如在月夜耳膜應接不暇的鳥鳴中,驀然聽到一聲撞擊
心靈的洪鐘,將人心靈上圍繞的嘈雜聲消弭得無影無蹤,這時抬頭望,才發
現一輪圓月靜靜地浮現在天空,那些空山的悟語、花界的佛香,以及雲水深
處隱隱彌漫的幽幽禪韻,無不向我們展示了詩人那不易為世人察覺的另一個
精神層面。當代學者曾卓有見識地指出:「作為一個現代詩人,徐志摩在皈依
大自然的流程中順水推舟地進入了傳統中國的人生境界,他是中國化的自然
之子,具有中國式的自然之魂,當他以詩的藝術來表達自己的人生感受時,
實際上也就是完成了古典理想的現代重構。這一重構融入了詩人的真摯坦白,
他的靈與肉,在中國現代新詩史上也最完整最精緻,裂隙最小,因此有著特
別的意義。」〔註8〕然而,僅僅著眼於徐志摩與自然的關係是遠遠不能夠還原
「古典理想」在他身上的「現代重構」的。記得茅盾先生曾下過一條具有廣
泛影響的「定論」:認為詩人作品中那些「輕煙似的微哀,神秘的象徵的依戀
感喟追求」,是「現代布爾喬亞詩人的特色」(茅盾:《徐志摩論》),在今天看
來,這種在特定時期特殊環境下從政治意識形態入手的偏頗結論,卻無意中
道出了詩人作品的一個重要內涵:莊禪境界。

　　自從中國遭遇西方「現代性」而被迫進入現代化進程以來,「現代性」及

〔註 8〕李怡:《徐志摩:古典理想的現代重構》,《中國現代新詩與古典詩歌傳統》(增
　　　訂本),第 195～196 頁。

其衍生的啟蒙觀念在喚起人們變革熱情的同時，也帶來傳統宇宙觀與價值觀的動搖與崩毀，由此引發歷史轉型時期普遍性的思想危機與文化取向感的失落與迷亂。「尤其是，中國文學歷來缺乏那種對人的生存環境和狀況進行持續追問的勇氣，缺乏解決人的靈魂歸宿問題的能力。20 世紀中國作家更是遭遇了史無前例的生存困境的尷尬和精神上的無所歸依：已然逝去的傳統無法為其提供精神的家園，還沒來得及充分發展就不斷暴露危機弊病的西方文明也難以讓知識者安妥自己的靈魂」〔註9〕，──如是，陷入苦悶彷徨中的自我感受的繁複不定與紛至沓來，雜糅進「新舊雜陳，方生未死」的厚重時代背景，也就折射出一代文化精英異常複雜的心魂世界。

由於處於古典與現代交錯互爭的特殊時代，一方面，他們的筆下會不自覺地承續著古典傳統的精神氣質和韻味格調，一方面，又會吸收新時代的嶄新元素創造新的語言風貌以符應新時期的思潮。這一方面使得他們採取一種激情的、閃耀著理想光澤的筆調來順應時代變化和社會前進的脈搏，一方面卻又讓覺醒的生命在古典詩意中尋求精神的疏解和情緒的慰藉，將在殘酷黑暗的動盪現實面前個人惡劣的處境在無意識中作浪漫化的處理。於是，在魯迅置身於「無物之陣」而毅然舉起投槍的昂揚決絕中，又有「荷戟獨彷徨」的慨歎；在郁達夫對現實秩序的反叛和個性張揚中，又有自我性情的放浪形骸；在周作人對黑暗現實保持獨立堅守的風骨中，又有「僧侶模樣領會世情」（沈從文語）的隱逸淡漠；而在徐志摩時不時彰顯的烈火狂飆式的猛進姿態中，又有在自然山水中放縱心靈的灑脫。一面是俗氛塵埃吹不到的翡冷翠山居中清雅幽絕的湖光山色，一面是現實中被屠殺的青年的鮮豔的熱血；一面是西湖邊琴笛聲裏楊柳影下揉碎的月光，一面是現實中軍閥混戰下民不聊生的心傷；一面是對「大同之世」詩意田園場景的由衷渴望，一面是動盪時局下殷憂與苦悶交織的鬱憤如狂；一面是登山臨水手揮五弦的俯仰悠然，一面是花晨月夕嗟露電之易逝的惘然幽歎，面對社會現實的豪縱激昂與面對自然時的低回婉轉在徐志摩身上構成一種奇妙的景觀。洶湧的生命思潮狂飆似漫捲他「崇拜斗爭」的心頭，使他渴望「在血染的戰陣中，歡呼勝利之狂歡」（徐志摩：《北戴河海濱的幻想》），而徜徉於山石林泉時的優游和靜坐時的冥思，卻又使他纖細敏感的心靈體悟到驟轉的生命潮流中危險的漩渦，對縹緲的夢境

〔註9〕楊經建：《20世紀存在主義文學史論》，人民文學出版社，2014年，第79～80頁。

的追尋與對現實的柔軟的憐憫，使他欲將「一滴最透明的真摯的感情滴落在黑沉沉的宇宙間」（徐志摩：《落葉》）。理想與現實的巨大落差，使徐志摩的詩文時而充溢著感時憂國的悲慨，但更多的卻是哀怨纏綿的騷人遺韻。個人的稟賦使他更趨於中國古典詩哲老莊一派的自由超脫，也使他在異域求學的歷程中與英國十九世紀浪漫派一見傾心。更跌宕一層，則由道體玄，因玄悟禪，避開紛爭擾攘的社會現實，到空山去聆聽心靈靜夜中的悟語，在一朵無意中發現的小草花身上體悟人生之謎，在山中變幻的大霧造景中感悟造化之無常，在青翠樹林濃濃沁入的暝色中體悟東方山水獨到的妙處，在雲水彌漫的深處體味幽幽不盡的禪味。

沈從文曾指出：「徐志摩作品給我們的感覺是『動』，文字的動，情感的動，活潑而輕盈，如一盤圓瑩珠子在陽光下轉個不停，色彩交錯，變幻炫目」〔註 10〕，這是因為「作者被人間萬匯百物的動靜感到眩目驚心，無物不美，無事不神，文學上因此反照出光彩陸離，如綺如綿，具有濃鬱的色香，與不可抗的熱」，但又特意指出其作品在色與香掩映下「空靈」的韻致：「情感黏附於人生現象上（對人間萬事的現象），總像有『莫可奈何』之感，『求孤獨』儼若即可得到對現象執縛的解放。徐志摩在《我所知道的康橋》、《常州天寧寺聞禮懺聲》、《北戴河海濱的幻想》、《想飛》、《自剖》各文中，無不表現他這種『求孤獨』的意願，正如對『現世』有所退避，極力掙扎，雖然現世在他眼中依然如此美麗與神奇。」〔註 11〕這無疑是獨具慧眼的。「顯然，這種由空無生發的面對世界和自身的疏離態度、批判性的反功利立場、對無限世界的眺望，是詩的，審美的；而由無常空幻引發的無家可歸問題，正是作為漫遊者存在的詩人面臨的基本問題，也是他們人生在世的基本體驗」〔註 12〕，它在某種程度上恰恰與佛禪是相通的。詩人並不是虔誠的宗教徒，卻每每能以一顆無渣滓的嬰兒之心，從自身的超越本性出發，去進入心靈的澄明和瞬間感悟，由此，詩人在獲得自身靈魂的超度與救贖的同時，也屢屢創造了令人著迷的藝術意境。

〔註 10〕沈從文：《從徐志摩作品中學習抒情》，《沈從文全集》（第 16 卷），北嶽文藝出版社，2002 年，第 257 頁。

〔註 11〕沈從文：《由廢名到冰心》，《沈從文全集》（第 16 卷），第 272 頁。

〔註 12〕劉成紀：《青山道場——莊禪與中國詩學精神》，北京東方出版社，2005 年，第 204 頁。

　　李澤厚認為，「禪詩」乃是通過「詩的審美情味來指向禪的神學領悟」，他舉例說：「然而好些禪詩偈頌由於著意用某種類比來表達意蘊，常常陷入概念化，實際就變成了論理詩、宣傳詩、說教詩，不但恰好違反了禪宗本旨，而且也缺乏審美趣味。所以我認為具有禪味的詩實際上比許多禪詩更接近於禪。例如王維的某些詩比好些禪詩便更有禪味。甚至像陶詩『採菊東籬下，悠然見南山』，杜詩『水流心不競，雲在意俱遲』等等，儘管與禪無關，但由於它們通過審美形式把某種寧靜淡遠的情感、意緒、心境引向去融合、觸及或領悟宇宙目的、時間意義、永恆之謎……，從而幾乎直接接近了（雖未必能等同於）禪所追求的意蘊和『道體』，所以並不神秘。這似乎可以證明禪的所謂神秘悟道，其實質即是某種審美感受。」〔註 13〕這段關於禪詩的精闢解說恰恰可以用來移評於徐志摩的部分詩歌創作。值得指出的是，雖然關於詩人徐志摩的研究新時期以來漸如四月春景，蔚為大觀，但奇怪的是對徐志摩詩文中與禪宗的關係一直鮮有論及，即使偶而涉及，也是點到即止，對於徐志摩詩歌中那層迷離惝恍的悠遠意境，研究者要麼是礙於審美眼光的淺薄而怯於挑動那層神秘的面紗，要麼是囿於批評界約定俗成的成見與積習，一直缺乏真正的創見。譬如新近一篇《徐志摩與禪》這樣指出：「由於受到劍橋文化的洗禮，徐志摩對禪宗思想的吸收，只是在尋找和諧的層面，並未上升到對佛教因果緣起的本體論的接受。徐志摩詩文對禪的表達，也是很不充分，不成系統的，其成就不僅遠不及唐詩中王維、李白、張若虛等詩人達到的禪的意境，也不如現代作家中的許地山、豐子愷這樣的作家。」〔註 14〕說徐志摩對禪宗思想的吸收，「只是在尋找和諧的層面，並未上升到對佛教因果緣起的本體論的接受」，大體不錯，畢竟「受佛教影響的中國詩大半只有『禪趣』而無『佛理』」，「詩本來不宜於說理」〔註 15〕，徐志摩也未能例外。詩人短暫的生平使他還來得及細細咀嚼人生厚重的滋味，許多詩歌不免過多地糾纏於人生戀愛的欲望中，即使偶而回到自然的懷抱中去，也還沒有徹底地脫去人間的煙火氣，「詩歌到底仍不免是一種塵障」（朱光潛語）。但據此便說「徐志

〔註 13〕李澤厚：《莊玄禪宗漫述》，《中國古代思想史論》，北京：生活・讀書・新知三聯書店，2008 年，第 222 頁。
〔註 14〕參閱網文《徐志摩與禪》，http://fo.sina.com.cn/culture/tea/2013-10-30/112613900.shtml。
〔註 15〕朱光潛：《中西詩在情趣上的比較》，《詩論》（增訂本），第 78～79 頁。

摩詩文對禪的表達，也是很不充分，不成系統的，其成就不僅遠不及唐詩中王維、李白、張若虛等詩人達到的禪的意境，也不如現代作家中的許地山、豐子愷這樣的作家」，就多少有些盲視了。論者可能沒有細讀徐志摩的大量作品，才會得出這樣約略的印象。事實上徐志摩的作品與禪宗思想明顯有關的除了《天目山中筆記》和《常州天寧寺聞禮懺聲》外，尚有《山中大霧看景》、《朝霧裏的小草花》、《兩個月亮》、《渺小》、《卑微》、《默境》、《秋月》、《山中》等為數不少的篇幅，而散落於其散文隨筆中的大量感悟，雖然不成系統，卻如雜花生樹，隨處可見，其傳世名篇如《《再別康橋》、《偶然》》、《雲遊》等，其實從某種程度上恰恰可以讀作禪詩：「它們通過審美形式把某種寧靜淡遠的情感、意緒、心境引向去融合、觸及或領悟宇宙目的、時間意義、永恆之謎……，從而幾乎直接接近了（雖未必能等同於）禪所追求的意蘊和『道體』」——從這個意義上來說，託逍遙於天地、寄禪心於雲水的徐志摩，其詩歌中所達到的禪的意境，有他獨到的境界。

二、救心與救世：徐志摩佛禪思想的緣起

自幼受過國學系統訓練的徐志摩，子經詩書無所不覽，涉獵廣泛，好「老莊浮妙之談」，「間作釋氏玄空之說」，曾有過關於「釋氏本心」的論述：

> 謂心超於天地未生之先，出色遠相，晶瑩無染，能發此心，五賊毋礙。五賊者，五塵也：色、聲、香、味、觸。因緣自外，著心生障。物未掣心，心自累物。……《楞嚴經》云：當初發心，方左我相，中見何勝相，頓捨世間恩愛。勝相，道也。恩愛，物也。捨物趨道，惟在能發。發之大者，足以窮造物之極，化物我之限，大用見前，人莫能測；發之小者，亦足以免物累，宅中正，毋惑於是非，毋屈於境遇，為人之道盡之矣。

> 發之反為蒙，真之背為訛，悟之對為惑，性之敵為物。日月之明，浮雲蒙之；精神欲發，妖思遏之；良心將見，欲氣塞之。失其元常，認賊為子，今人之病，在於蒙而不發，訛而不真，惑而不悟，匿物以遠性。所以致其然者，惟心之用。〔註16〕

——此兩段寫於徐志摩青年時代（1916）的文字，即是在佛教《楞嚴經》

〔註16〕徐志摩：《說發篇一》，陳建軍，徐志東編：《遠山：徐志摩佚作集》，第30～31頁。

的啟發下闡釋其養心制物的精神追求，頗有佛家「唯於萬境觀一心」中體認本心空寂妙用的意味。有過這樣的浸染，他後來對佛學的親近就不是偶然的了。詩人剛歸國時，便親自朝覲近代佛學大師歐陽竟無創辦的南京「支那內學院」：「十一年冬天歐陽竟無先生在南京支那內學院講唯識，每朝七時開講。我那時在南京也趕時髦起了兩個或三個大早冒著刺骨的冷風到秦淮河畔去聽莊嚴的大道。一是歐陽先生的鄉音進入我的耳內其實比七絃琴的琴音不相上下，二來這黎明即起在我是生活的革命。」（徐志摩：《〈梁啟超佛教教理概要〉附志》）——但從現有資料來看，一向對時代思潮嗅覺靈敏反應迅速的詩人，面對這場當時由眾多思想先驅和國學大師（包括自己的老師梁啟超在內）積極參與而頗有聲勢的「近現代佛教復興運動」，發聲卻並不多，顯然，艱澀繁瑣的唯識宗教義並不屬於詩人接受佛教文化的方式，但既然詩人將「佛教的奧義」視作「莊嚴的大道」與「做人求學」的範疇，他也就依然希望日後能「空出」自己的「心」，「向艱難處下工夫」，在這方面「認真學做學生」。〔註17〕這種隱約關涉到心性本體論的內在思致，在詩人 1926 年遊覽天目山時有了進一步的衍化。在遊記名篇《天目山中筆記》中，詩人這樣剖白自己與天目山中一位和尚交談後的感想：

> 我們承受西洋人生觀洗禮的，容易把做人看太積極，入世的要求太猛烈，太不肯退讓，把住這熱乎乎的一個身子一個心放進生活的軋床去，不叫他留存半點汁水回去；非到山窮水盡的時候，決不肯認輸。退後，收下旗幟，並且即使承認了絕望的表示，他往往直接向生存本體作取決，不來半不闌珊地收回了步子向後退。寧可自殺，乾脆的生命的斷絕，不來出家，那是生命的否認。不錯，西洋人也有出家做和尚做尼姑的，例如亞佩臘與愛洛綺絲，但在他們是

〔註17〕見徐志摩《〈梁啟超佛教教理概要〉附志》一文：「佛教的奧義是我們淺學人平常想懂而偏懂不到的一類惱人的東西。有時我們也聽到極高明的講，但結果只是更糊塗。就比如歐陽竟無先生算是當代講唯識的大師，但你去聽他的講或是去讀他的著作，所得到的只是似是而非的一類印象。當然只怪我們自己淺薄，承受不進去。假如我們對佛學也可以學西瀅先生對古琴一般的解嘲態度，分明自己不懂，卻偏說對面那東西根本沒道理，那我們做人求學一類的事就可以簡單得多；但不幸我們有良心干涉，不許我們過分舒服，這來事件就麻煩了，我們還免不了從頭做起，得出空我們的心，得向艱難處下工夫，得一步一步不躐等的往前走去，得時時認清了我們尋求的對象——換句話說，我們得認真學做學生。」（《徐志摩全集》第 4 卷，第 390～392 頁。）

情感方面的轉變，原來對人的愛移作對上帝的愛，這知感的自體與它的活動依舊不含糊地在著；在東方人，這出家是求情感的消滅，皈依佛法或道法，目的在自我一切痕跡的解脫。再說，這出家或出世的觀念的老家，是印度不是中國，是跟著佛教來的。印度可以會發生這類思想，學者們自有種種哲理上乃至物理上的解釋，也盡有趣味的。中國何以能容留這類思想，並且在實際上出家做尼僧的今天不比以前少（我新近一個朋友差一點做了小和尚）！這問題正值得研究，因為這分明不僅僅是個知識乃至意識的淺深問題，也許這情形盡有極有趣味的解釋的可能，我見聞淺，不知道我們的學者怎樣想法，我願意領教。

──在筆者今天看來，當時的中國之所以容留佛教思想「並且在實際上出家做尼僧的今天不比以前少」，正是因為一種中國化的佛教──禪宗的依然存在。事實上，傳統佛學與歐洲啟蒙主義在 20 世紀初期交融互匯的邏輯起點，「都是由怎樣使眾生擺脫心識的無明狀態出發的」：「啟蒙主義認為現在之所以要啟蒙，乃是因為長期以來宗教神學遮蔽了人們主體思想的自由，所以啟蒙主義的理想是人的理性的確立。而佛學之所以自古以來就強調開發民智，是因為人生被造物所惑，紛紛執著於世間虛空而無自體的事物，個人之心性都處於偏執狀態，所以佛學的理想就是人的智慧的提升和心性的覺悟」。雖然「近代以來中國的啟蒙主義思潮是以民主、科學等西學思想為特定內容的，並非要向廣大民眾宣揚佛法，但佛法作為心法，它對於智慧的強調，對於轉識成智、轉迷成悟的啟蒙方式的設計」〔註18〕，無疑給清末民初的啟蒙知識分子以極大的啟示。尤其是，「頓悟本心」、「直了見性」的禪宗比之傳統佛學純思辨的繁瑣名相分析，更切合中國知識分子階層的審美趣味與文化襟懷；同時，對比於始終沒有克服先驗「物自體」〔註19〕與人的二元對立的西方哲學，中國的禪宗革命「在一定範圍內恢復了人類文明進程中失調了的一系列平衡：身與心、體驗與思辨在禪中渾然一體了。」可以說，「大力區分現象與本體」的中國禪宗「對於執迷現象（包括外相和內空全部所謂主體性結

〔註18〕譚桂林：《現代中國佛教文學史稿》，合肥：安徽教育出版社，2015 年，第 15～16 頁。

〔註19〕所謂「物自體」，又譯作「物自身」或「自在之物」，是康德哲學中提出的核心概念之一，意指事物超出理性認識範圍的存在本身；徐氏文中稱作「知感的自體」。

構之『執』）的激烈否定」，「從經文佛祖毅然返回自身，強調『自渡自救』，憑藉沉思到行腳的種種個體直接經驗『自性自悟』」所維持的「形式結構賴以生存的感性生命」，無論是「擔水搬柴，無非妙道」的日常實踐，還是「青青翠竹盡是法身，鬱鬱黃花無非般若」的以心化境，「不但比西方型的主客二元對立來得高明」，而且比「『執』於結構的現代結構主義更符合實踐的創造本性，在哲學上也更為深刻」〔註20〕。正是為了擺脫人類異化的歷史必然，擺脫現代世界中無所不在的「罔」，同時也是為了人自身的和諧發展，現代人才去體驗禪。

當然，現代的人文語境與古代已有很大的不同，受西方現代文化哲學思潮催迫的「五四」新文學從一開始起就體現出某種影響性的焦慮，為適應重建中國文化和重塑國民性的啟蒙主旨，新文化運動之初以易卜生為代表的個性主義和以杜威、羅素為代表的實證科學主義哲學思潮佔據了壓倒性的主體地位。但從長遠看，以克爾凱郭爾、叔本華、尼采、柏格森等為代表的標舉「體驗」的現代人文主義哲學思潮卻有著更深遠的影響。固然，「『五四』批判傳統文明的理論基點之一便是一種靜動二元對立的東（中）西文化觀，由於尚『靜』而導致的消極、因襲、保守、柔順、依附等傳統文化的弊端被認為止是中國近現代陷入困境的內因，所以尼采、柏格森的倡揚強力意志、生命力創化的生命哲學思潮等在現代中國大行其道」，「適應了『五四』文學個性解放的主題訴求。」〔註21〕但「關注人的生存境遇和存在狀態對文學來說具有永遠的本體論意義」〔註22〕，當上述西方非理性人本主義思潮「從西方語境中被抽取出來放置於『五四』現代性啟蒙語境後，它不再是由西往東的移植，而是對20世紀初中國已有的哲學、文化話語資源的整合、重構基礎上的『新生』」〔註23〕：譬如「五四」前夕周作人「文學是人學」理論的提出以及「五四」初期以「新浪漫主義」為症候的非理性主義文學思潮的湧現。也正是在這種非理性主義思潮的浸染下，中國傳統道家非理性的整體觀及莊禪直覺感悟式的詩性思維得到了潛在的轉化──「無論是道家、佛家的『坐忘』、『心齋』、『妙悟』，還是叔本華等西方非理性主義詩學家的『自失』，都是有

〔註20〕尤西林：《人文精神與現代性》，陝西人民出版社，2006年，第115、120頁。
〔註21〕楊經建：《20世紀存在主義文學史論》，第49～50頁。
〔註22〕楊經建：《20世紀存在主義文學史論》，第14～15頁。
〔註23〕楊經建：《20世紀存在主義文學史論》，第14～15頁。

所『忘』、有所『失』，又有所不忘、不失的。他們要『忘』、『失』的是理性世界中主體與客體之間的隔閡與鴻溝，他們不能『忘』、『失』的是人之為人的生命的自由和高遠的精神。這樣一種以『坐忘』、『心齋』、『妙悟』、『自失』的方式來追求個體生命與對象生命的契合，實現生命的自由的直覺論，無疑對於厭倦喧嘩騷亂的現實世界、渴求個體生命的超越與自由的中國現代詩學家具有極大的誘惑力。」〔註24〕由此，「五四」啟蒙精英的心性木體多呈現出多歧互滲的狀態：「心體以『當下』消融『未來』所造成的緊張，並以此自適境界拒絕被拖入現代性激流；心體以未來為崇高目標而投身現代性歷史進程。這兩個不同方向構成現代中國美學思想的基礎分野。『人生審美（藝術）化』這一 20 世紀初葉即流行的主張，其後卻分歧為不同的發展方向：王國維與宗白華宗教化的審美核心是對現代性時間觀的逆轉內化並安頓個體心靈（以審美為人生），朱光潛歷史哲學化的人道主義美學則是以審美取代『未來』而作為歷史目融入現代性（以人生為審美）。前一方向作為純粹審美是對現代性歷史進程的否定；後一方向則將審美依託於現代性進程的崇高未來。」——這一隨現代性展開而多歧互滲的心性本體，在徐志摩身上卻體現得異常圓融完整。如果說徐志摩身上時常體現的自然浪漫主義是「以審美取代『未來』而作為歷史目融入現代性」的「以人生為審美」，那麼他身上時常體現的佛禪超脫意識則是「對現代性時間觀的逆轉內化並安頓個體心靈」的「以審美為人生」。正是因為這種互為表裏的並行不悖，禪宗審美「這種將『未來』與『現在』同一為『當下』的直覺可感特性」，對於置身於「失去傳統宗教與倫理、無休止仰望未來而又被迫以感官性刺激填充空虛」〔註25〕的現代性進程中的詩人而言，才真正具有了安心立命的本體意義。

　　一種看空色相而進入心之自由狀態的審美襟懷，時常成為詩人不期然間由日常體驗轉入超越性體悟的關振。當詩人面對與世俗剝離的靜謐山水以及彌漫其間的佛教文化氣息時，一顆敏感細膩的詩心往往萌生別樣的妙悟。在天目山中，詩人以一顆空明的心接納著松聲竹韻與吟蟲鳴禽交織的大自然的清籟，感覺「分明有洗淨的功能」，繼而面對空中飛動而來的古剎鐘聲，不由感受到靈魂的震顫：「『這偉大奧妙的（O—M）』使人感到動，又感到靜；從

〔註24〕趙小琪等：《中國現代詩學導論》，上海古籍出版社，2018 年，第 43～45 頁。
〔註25〕尤西林：《心體與時間——二十世紀中國美學與現代性》，北京：人民出版社，2009 年，第 54～55 頁。

靜中見動，又從動中見靜。從安住到飛翔，又從飛翔回復安住；從實在境界超入妙空，又從妙空化生實在」──「永夜一禪子，泠然心境中」（皎然：《聞鐘》），詩人由此不期然間耽入禪境而誦「如是我聞」：「多奇異的力量！多奧妙的啟示！包容一切衝突性的現象，擴大剎那間的視域，這單純的音響，於我是一種智靈的洗淨。花開，花落，天外的流星與田畦間的飛黃，上紹雲天的青松，下臨絕海的巉巖，男女的愛，珠寶的光，火山的熔液：一嬰兒在它的搖籃中安眠。」（徐志摩：《天目山中筆記》）──「花開花落，無非涅槃妙心，天機自在活潑潑的妙用」〔註26〕：在大自然生機流蕩的生命形態中，詩人以自我本心的自證自悟，在對感性物象的靜穆觀照中深契世界的本原，「情意的『我』由感興主體轉為被觀照的客體且受靜觀的『我』所涵攝」，從而在萬象騰繡中澄觀本心，進入一超色相離實有棄客體的境界。〔註27〕

　　譚桂林在其《現代中國佛教文學史稿》一著中曾指出：「值得注意的是，以啟蒙來救國的表現與思路或許會有多種形式，如科學救國、教育救國、宗教救國等，都是清末民初之際一些啟蒙思想家提出的口號。而對於那些與佛教文化關係密切、佛學修養甚深的佛教文學家來說，他們的救國思路更多地打上了佛學的烙印，換言之，他們往往注重在佛學中尋找救國救民的道路、方法與策略，這在那個時代的啟蒙活動中顯得別具一格。首先，以佛學來附會自己的政治理想，將學佛同改革社會、啟蒙民智結合起來，這是由康有為開啟並為後來的佛教文學家所弘揚的一個傳統。……至於梁啟超，他學佛有大小兩義，從其小義，則在於自己要『急造切實之善因以救吾本身之墮落』，從其大義則是要『急造宏大之善因以救吾所居之器世間之墮落』。小義是度己，大義是度民，都與精神改造相關。……以上論斷無論多麼驚世駭俗，都體現了這一代佛教文學家借鑒佛學思想以啟民智的啟蒙思路和特點。」〔註28〕作為梁啟超的弟子，徐志摩無疑也受到過上述一脈佛教文學家所弘揚的別具一格的啟蒙文化思潮的影響，其師梁啟超「度己」「度民」的大小兩義，不可避免地滲入其人格的自我建構。其涉世之初求學歐美後對富國強民途徑的認知發生根本性扭轉的背後（徐志摩留學最初擇取的專業是金融和政治，最高「野心」是做一個「中國的 Hamilton」），一種與傳統佛禪相關聯的「治心乃

〔註26〕南懷瑾：《禪宗與佛學》，《南懷瑾選集》（第5卷），第75頁。
〔註27〕陳伯海：《中國詩學之現代觀》，第229頁。
〔註28〕譚桂林：《現代中國佛教文學史稿》，第23～24頁。

是治本」的觀念正不容忽視。譬如他看到西方科技理性片面發展的現代性弊端後這樣認識到：「歸根的說，現有的工業主義，機械主義，競爭制度，與這些現象所造成的迷信心理與習慣，都是我們理想社會的仇敵，合理的人生的障礙」；「現代機械式的工商社會所產生無謂的慌忙與擾攘，滅絕性靈的慌忙與擾攘……中級社會之頑，愚，嫉妒，偏執，迷信，勞工社會之殘忍，愚暗，酗酒的習慣，等等，都是生活的狀態失了自然的和諧的結果。」（徐志摩：《羅素又來說話了》）進而指出：「我們這樣醜陋的變態的人心與社會憑什麼權利可以問青天要陽光，問地面要青草，問飛鳥要音樂，問花朵要顏色？你問我明天天會不會放亮？我回答說我不知道，竟許不！歸根是我們失去了我們性靈努力的重心，那就是一個單純的信仰，一點爛漫的童真！」（徐志摩：《海灘上種花》）「不要以為這樣混沌的現象是原因於經濟的不平等，或是政治的不安定，或是少數人的放肆的野心。……讓我們一致地來承認，在太陽普遍的光亮底下承認，我們各個人的罪惡，各個人的不潔淨，各個人的苟且與儒怯與卑鄙！我們是與最骯髒的一樣的骯髒，與最醜陋的一般醜陋，我們自身就是我們運命的原因」（徐志摩：《落葉》），從而號召人們進行靈魂的懺悔：「現在時辰到了，你們讓你們回復了的天性懺悔，讓眼淚的滾油煎淨了的，讓嚎慟的雷霆震醒了的天性懺悔，默默的懺悔、悠久的懺悔、沉徹的懺悔、像冷峭的星光照落在一個寂寞的山谷裏，像一個黑衣的尼僧匍伏在一座金漆的神龕前；……在眼淚的沸騰裏，在嚎慟的酣徹里，在懺悔的沈寂裏，你們望見了上帝永久的威嚴。」（徐志摩：《白旗》）儘管徐志摩也曾指出過：「人生真是變了一個壓得死人的負擔，習慣與良心衝突，責任與個性衝突，教育與本能衝突，肉體與靈魂衝突，現實與理想衝突，此外社會、政治、宗教、道德、買賣、外交，都只是混沌，更不不說。這分明不是一塊青天，一陣涼風、一流清水，或是幾片白雲的影響所能治療與調劑的；更不是宗教式的訓道，教育式的講演，政治式的宣傳所能補救與濟渡的。」（徐志摩：《「話」》）從而「覺悟到我們社會生活問題有立即通盤籌畫趁早設施的迫切」（徐志摩：《南行雜記》）與來一場深刻社會政治變革的必要，但在前述深切的自我反省與靈魂的懺悔中，明顯夾雜著內心的交戰搏鬥與回歸自然的渴望，一份欲超脫複雜人生困境而獲得靈魂無上平安的宗教祈願始終存在，它不只是逃逸，同時也包含著改造現實人心的救世精神，即使在逍遙方外之際，他也沒有忘卻塵

世：「側目滔滔，民生不聊。願假佛力盡殲佞人，庶民其蘇，維公之德。嗟乎！世無健者，以拯民困，不得已而籲援於無稽之佛。」（徐志摩：《春遊紀事》，收入陳建軍、徐志東編：《遠山：徐志摩佚作集》）由此人道情懷出發，他熱烈贊許佛教創始人所開創的「大事因緣」：「釋迦牟尼感悟了生老病死的究竟，發大慈悲心，發大勇猛心，發大無畏心，拋棄了他人間的地位，富與貴，家庭與妻子，直到深山裏去修道，結果他也替苦悶的人間打開了一條解放的大道，為東方民族的天才下一個最光華的定義。那又是人類歷史上的一個奇蹟。但這樣大事的起源還不止是一個人的心靈裏偶然的震動，可不僅僅是一滴最透明的真摯的感情滴落在黑沉沉的宇宙間？」（徐志摩：《落葉》）

　　隨著徐志摩文壇活動的日益頻繁，傳統佛禪文化的深度浸染也成為其與異域文化溝通的橋樑。特別是與印度詩哲泰戈爾接觸後，徐志摩對佛教起源地——印度文化油然滋生了一份天然的親切感。在1929年《關於印度》的演講稿中，徐志摩通過追溯千年前玄奘西遊與中印之間佛教文化交流的史蹟，毫不諱言自己對印度文化的推崇與熱愛，他明確表示，「印度的文化自然得可愛」，「他們的文化與自然緊緊地擁抱著」，而以歐美為代表的「最高度的工業化物質文明化世界」則與之形成鮮明比照，「不能領受自然的偉大與崇高，至於使人沒有多量的生命力，活動力」，是一種「擾攘匆忙，純為金錢」的「機械之生活」。徐志摩強調指出，「一個民族不能忘記其『自然的根』與『文化的根』，不能盲目或半盲目地追趕與崇拜歐美文明。印度雖受殖民主義的統轄與重壓，本土文化與西方文化一度激盪衝突，但它難能可貴地『覺醒了民族的意識，認識了民族的地位』，保存了『印度文化的本真，更容納外來勢力，而有一種健康的新的精神表現出來』。這種『健全的自然的精神』便是與宇宙保持親和，做『自然的產物』，追求性靈的自由，葆有崇高的信仰，不受物質的支配與拜金主義的侵蝕。甘地與泰戈爾便堪稱印度民族文化的代表，他們最值得敬佩之處是保存發揚了印度固有的文化，同時發揮博愛精神，關心弱小與弱小民族的命運。」「他在將印度與歐美進行比較的同時，亦將印度作為中國的一個有利參照。……有感於國人對印度的誤解與隔膜，他強調印度可以作為『我們很好的參考』，並建議青年學生們加深對印度社會與文化的瞭解與聯絡。他提醒青年要回頭審視我們固有的文化精髓與民族特質，指出青年的職責在於『交溶民族的文化，而結晶全世界的崇高的文化』。演講的最後，徐志摩呼籲青年們要保持一顆童心，把『活潑的童心，偉大的宇宙』視為青年

的財產。這便與《新年漫想》結尾處讚美『小花草，小孩童』形成了某種呼應。」〔註29〕——一方面稱譽印度文化的「自然」特質，一方面強調「一個民族不能忘記其『自然的根』與『文化的根』」，呼籲青年們要保持一顆融入自然的活潑童心，「提醒青年要回頭審視我們固有的文化精髓與民族特質，指出青年的職責在於『交溶民族的文化，而結晶全世界的崇高的文化』」——這種獨特的文化旨趣與博大襟懷，無疑正是歷史上佛教東渡以來中印文化互融的前提。正是一方面保存「我們固有的文化精髓與民族特質」，一方面融合印度「葆有崇高的信仰」的佛教文化，才使得人們在一種生命自生形態的原初體驗中追求存在的自然狀態與恣情伸展，從而形成了最具本土特色的宗教——禪宗，也進一步擴展了中華民族文化精神的恢弘格局。

　　當然，詩人關於印度文化的想像與襟懷寄託，也與其置身的現實處境與時代背景有關，「愛情婚姻的曲折不順，現實生活的灰暗紛擾，使得 20 世紀20 年代末的徐志摩流露出回歸自然、逃避現實的思想傾向。此時的印度恰逢其時地幻化為一種『烏托邦』，變成詩人的嚮往之所與精神聖地，聊以安放那顆苦楚不安的詩心。通過『想像印度』的方式，徐志摩將印度設定為中國的鑒鏡、燭照、反思西方現代工業文明的物化之弊。這一方面源於倡導返歸自然、張揚自我表現的浪漫主義思潮對徐氏的浸染與啟迪，以及來自泰戈爾的直接影響，另一方面則是現代都市生活的切身體驗與敏銳觀察帶給詩人的深刻思索。」此外，「大革命失敗後，彌漫在 20 世紀 20 年代後期中國知識分子階層中的普遍性的迷茫困惑與對現實的不滿，以及文化界關於『中國出路』的探索、討論，亦是考察徐志摩的『印度想像』與東西文化觀時不可忽略的背景因素。」〔註30〕

三、淨心與覺悟：徐志摩詩歌禪宗意識的發生

　　「從本質上看，禪是見性的方法，並指出我們掙脫桎梏走向自由的道路。由於它使我們啜飲生命的源泉，使我們擺脫一切束縛，而這些束縛是使我們有限生命時常在這個世界上受苦的，因此，我們可以說禪釋放出那適當而自然地藏在每個人內心的一切活力，在普通情況下，這些活力是被阻擋和歪曲

〔註29〕轉引自金傳勝：《詩心一顆歸何處——關於徐志摩的兩篇佚文》，陳建軍、徐志東編：《遠山：徐志摩佚作集》，第 378～382 頁。
〔註30〕轉引自金傳勝：《詩心一顆歸何處——關於徐志摩的兩篇佚文》，陳建軍、徐志東編：《遠山：徐志摩佚作集》，第 378～382 頁。

因而找不到適當的活動機會的。」〔註31〕在那個歷經傳統週期震盪的特殊歷史時期，徐志摩也是一樣不得不在對現實社會秩序的屈從下來尋求感性生活的「自由身」：「我信我們的生活至少是復性的。看得見，覺得著的生活是我們的顯明的生活，但同時另有一種生活，跟著知識的開豁逐漸胚胎、成形、活動，最後支配前一種的生活比是我們投在地上的身影，跟著光亮的增加漸漸由模糊化成清晰，形體是不可捉的，但它自有它的奧妙的存在，你動它跟著動，你不動它跟著不動。在實際生活的匆遽中，我們不易辨認另一種無形的生活的並存，正如我們在陰地裏不見我們的影子；但到了某時候某境地忽的發見了它，不容否認的踵接著你的腳跟，比如你晚間步月時發見你自己的身影。它是你的性靈的或精神的生活。你覺到你有超實際生活的性靈生活的俄頃，是你一生的一個大關鍵！」「這些根本的問題」有時候突然間「彷彿是一向跟著我形體奔波的影子忽然阻住了我的前路，責問我這匆匆的究竟是為什麼！」（徐志摩：《再剖》）而並不主張反叛與放縱的禪宗，它的「淨心」與「覺悟」所昭示的不觸動現存秩序的自由精神，與詩人當時既無力與嚴酷的現實秩序抵抗又深感理想挫敗的矛盾心理是相契合的：「枯槁它的形容，｜心已空，｜音調如何吹弄？｜它在向風祈禱：｜『忍心好，將我　拳推倒；』｜『也是一宗解化——｜本無家，任漂泊到天涯！』」（徐志摩：《卑微》）由此，禪宗的「解化」與「空靈」參與了徐志摩詩意人生理想模式的構建：「解化是一種傾訴，一種撫慰，一種消泯，一種滋養。摘除最後一縷遮蓋，袒露所有心窗，『像一個裸體的小孩撲入他母親的懷抱』，傾訴塵世的遭遇，消泯心頭的淤積，撫慰情感的傷痛，滋養乾涸的性靈。丟掉沉重的肉身，體味入定的圓澄。解化是一種逃避，從文明的負擔和煩憂裏逃向非人間的美麗世界和清風與星月的自由裏面去。在康橋黃昏的和風中，在康河柔軟的水波裏，忘記林徽因不告而別的初戀痛苦；在佛羅倫薩的大海上，在翡冷翠的山中，忘記與小曼婚姻生活的尷尬與隔膜。告別一切世俗生活的空虛無奈，進入天人合一的幽境。解化終歸為一種追尋，一種沉醉。兒時自在的玩耍、純潔的笑容、溫暖的滋潤的愛在成人世界裏一再的捲縮，一再的碰壁，純潔如一個童話，只有在這博大無邊的自然裏，才能找回在繁雜生活裏被劫去的性靈的閑暇，回復渾樸天然的個性。在他纖維細膩的浸潤中，有無數的觸角伸向詩人心底的琴弦作溫軟的撩撥，曾經使詩人深深震撼戰慄的某種東西，突然以一種不可

〔註31〕〔日〕鈴木大拙：《禪與生活》，劉大悲譯，光明日報出版社，1988年，第1頁。

言說的準確和精細變得可見可聞。心靈飛揚流動，那在現實中被審慎摧毀了的強烈感情，和著那被日常顧慮監禁的想像一一解放，沉醉如歌。在人與自然的和諧相照裏復活了一個『孩童世界』：『花開，花落，天外的流星與田畦間的飛螢，上縮雲天的青松，下臨絕海的巉岩，男女的愛，珠寶的光，火山的熔液：一嬰兒在他的搖籃中安眠。』由此，徐志摩完成了他理想人生形而上的哲學思考。」〔註32〕

毋庸諱言，在那個動盪混亂、命若琴弦的時代，徐志摩筆下常流露出消極悲觀的顧影自憐或自戀。譬如其《三月十二深夜大沽口外》：「你說這不自由是這變亂的時光？│但變亂還有時罷休，│誰敢說人生有自由？│今天的希望變作明天的悵惘；│星光在天外冷眼瞅，│人生是浪花裏的浮漚！‖我此時在淒冷的甲板上徘徊，│聽海濤遲遲的吐沫，│心空如不波的湖水；│只一絲雲影在這湖心晃動──│不曾滲透的一個迷夢，│不忍滲透的一個迷夢！」又譬如其《夜半松風》：「這是冬夜的山坡，│坡下一座冷落的僧廬，│廬內一個孤獨的夢魂：│在懺悔中祈禱，在絕望中沉淪；──│為什麼這怒叫，這狂嘯，│鼉鼓與金鉦與虎與豹？│為什麼這麼幽訴，這私慕？│烈情的慘劇與人生的坎坷──│又一度潮水似的淹沒了│這彷徨的夢魂與冷落的僧廬？」但這其中包含著對人生的真實體驗，蘊藏著對生命存在的深刻思考，不可一概否定。「生命存在的本身借助這樣的『苦悶』深植入『人生究竟是什麼』的問題意識中。這是『五四』作家直面生存現實對個人生命偶在性和屬己性的生、死、愛、欲等人生問題的自我辯難，明辯答案的渴望表現為帶有時代症候的『世紀病』。」〔註33〕正如叔本華的悲劇意識所產生的藝術解脫說最終會遁入佛教的空無境界一樣，徐志摩的這兩首詩均有濃厚的佛禪意味，前首中的「漚」，屬於佛教常見的譬喻；後一首則以「僧廬」點題。古人所謂「一性原無著，何為不自由。只因生管帶，故被世遷流。不識空花影，堪憐大海漚。但開清靜眼，明見一毛頭」〔註34〕，正可拿來作為徐志摩《三月十二深夜大沽口外》一詩中「不曾滲透的一個迷夢」的恰切詮釋。──也正是在這裡，佛禪的解脫意識，無意識中滲入了詩人對生命意義和存在價值追尋的

〔註32〕劉進華、田春榮：《由徐詩「嬰孩」類意象說開去》，https://www.doc88.com/p-9893696143824.html。

〔註33〕楊經建：《20世紀存在主義文學史論》，第52頁。

〔註34〕《珊瑚網》之《古今名畫題跋》卷九。

感傷情調中———一種「具有典型的東方意味的生命哲學觀的融滲並構建為藝術生命化的創作現象。」〔註35〕它「借助『感性本體論』或『此岸生存論』將（外在的）理想社會和（內在的）理想生命境界通過想像性關係連接起來。它更重視人的生命過程的感悟和體驗以及『心靈的悲劇』而非外部世界的衝突形式，並借審美之途來安頓此岸的生存。」〔註36〕

在苦悶的現實面前逃於禪，是中國傳統文人歷來常有的現象，徐志摩也不例外，但從積極的角度講，「禪宗所蘊含的對本性的關懷，以及由此出發而展開的處世方式、人生追求、直覺觀照、審美情趣、超越精神」所凸顯著的「人類精神澄明高遠的境界」〔註37〕，正是生活中四處碰壁的徐志摩永不放棄詩意追求的根本力量所在，也是現實生活中徐志摩「那種瀟灑與寬容，不拘迂，不俗氣，不小氣，不勢利，以及對於普遍人生萬匯百物的熱情」的「人格方面美麗放光處」〔註38〕。從而，其筆下屢屢在人與自然的和諧相照裏復活了的一個「孩童」世界，也是一個充滿「禪意」的世界：譬如在《鄉村裏的音籟》一詩中，那一聲聲「清脆的稚兒的呼喚」，使詩人「欲把惱人的年歲」與「惱人的情愛」，「託付與無涯的空靈——消泯；│回復找純樸的，美麗的童心」，「像池畔的草花，自然的鮮明」；在《天國的消息》一詩中，詩人漫步在秋天的楓林，聽見「竹籬內，隱約的，有小兒女的笑聲」，心靈豁然開朗，「在稚子的歡笑聲裏，│想見了天國！」

以上種種對生命本體的感性直覺體驗，在其詩文中屢屢成為莊禪精神互融的契機，是「玄心」同自然之趣及自然之境在詩人身上的冥合。當然，與佛家「離相破執」的觀照不同，詩人的體悟自然「不是為了消解萬象以求得我法皆空，但同樣具有超越形下以躋於形上的功能，於是，經『觀』的轉折過渡，『味象』便正式超昇為『觀道』，『感興』、『神思』、『妙悟』作為貫通的詩性生命流程，亦於此而得以完形。」〔註39〕所謂「從一顆沙裏看出世界，│天堂的消息在一朵野花，│將無限存在你的掌上，│剎那間涵有無窮的邊

〔註35〕楊經建：《20世紀存在主義文學史論》，第58～59頁。
〔註36〕楊經建：《20世紀存在主義文學史論》，第58～59頁。
〔註37〕方立天：《禪宗詩歌境界·序言》，吳言生：《禪宗詩歌境界》，北京：中華書局，2001年。
〔註38〕沈從文：《三年前的十一月二十二日》，舒玲娥編：《雲遊：朋友心中的徐志摩》，第54頁。
〔註39〕陳伯海：《中國詩學之現代觀》，第229～230頁。

涯……」（徐志摩：《曼殊斐兒》）在造化的「偉大的脈搏」與「偉大的靈潮」裏，詩人常遊心於玄冥之境，體悟到自然與人生的隱秘關聯。由此，他以純粹哲理詩的形態揭示生命與萬有變幻不居的實相：「我仰望群山的蒼老，│他們不說一句話。│陽光描出我的渺小，│小草在我的腳下。│我一人停步在路隅，│傾聽空谷的松籟；│青天裏有白雲盤踞，│轉眼間忽又不在。」（徐志摩：《渺小》）《在病中》，「懨懨的倦臥」的詩人感悟到的是「色相俱泯之時，觸目無非菩提」：「有誰上山去漫步，靜悄悄的，│去落葉林中撿三兩瓣菩提？│有誰去佛殿上披拂著塵封，│在夜色裏辨認金碧的神容？」進而只求拋開個體的私念，「不問我的希望，我的惆悵」，「變一顆塵埃，隨著造化的車輪，進行，進行」……在與周遭環境所氤氳出的幽雅情趣的整體融合中，其情懷往往沉潛入心物的契合：「想像已往的韶光，慰藉心靈的幽獨。在墓壚間，在晚風中，在山一邊，在水一角，慕古人情，懷舊光華；像是朵朵出岫的白雲，輕沾斜陽的彩色，冉冉的卷，款款的舒，風動時動，風止時止。」（徐志摩：《契訶夫的墓園》）──此種自然而然地沉潛入玄想冥思的心理活動，往往使詩人「同化於自然的寧靜，默辨│靜裏深蘊著普遍的義韻」，也不期然間在對生之浩森的展望中雜糅著對死之空靈的深思：「生命即寂滅，寂滅即生命，│在這無終始的洪流之中，│難得素心人悄然共游泳；│縱使闡不透這淒偉的靜，│我也懷抱了這靜中涵濡，│溫柔的心靈；我便化野鳥飛去……」（徐志摩：《默境》）面對死亡這座「凝煉萬象所從來之神明」的「偉秘的烘爐」，詩人「甘願的投向，因為它│是光明與自由的誕生」（徐志摩：《愛的靈感》），儼然是佛家輪迴的思想；面對自然界永恆的月亮，詩人一面聯想到被月色臨照的苦難的人間，一面卻從四野的蟲吟中聆聽到「永恆的卑微的諧和」，最後一顆詩心消融入「幽絕的秋夜與秋野的蒼茫中」，體悟到「解化的偉大」，「展開了嬰兒的微笑」（徐志摩：《秋月》）；又譬如《山中》：

> 庭院是一片靜，
>
> 聽市謠圍抱；
>
> 織成一地松影──
>
> 看當頭月好！
>
> 不知今夜山中，
>
> 是何等光景：
>
> 想也有月，有松，

有更深的靜。

我想攀附月色，

化一陣清風，

吹醒群松春醉

去山中浮動；

吹下一針新碧，

掉在你窗前；

輕柔如同歎息──

不驚你安眠！

　　在寂靜的空山中，庭院、明月、松影、清風等悠然環繞著「你我」，一腔蘊而不宣的柔情，消融在空曠飄逸的空靈中，已然是一種灑落情塵意垢後純明澄澈的心境；再譬如《兩個月亮》：

我望見兩個月亮：

一般的樣，不同的相。

一個這時正在天上，

披敞著雀毛的衣裳；

她不吝惜她的恩情，

滿地全是她的金銀。

她不忘故宮的琉璃，

三海間有她的清麗。

她跳出雲頭，跳上樹，

又躲進新綠的藤蘿。

她那樣玲瓏，那樣美，

水底的魚兒也得醉！

但她有一點子不好，

她老愛向瘦小裏耗；

有時滿天只見星點，

沒了那迷人的圓臉，

雖則到時候照樣回來，

但這份相思有些難挨！

還有那個你看不見，

雖則不提有多麼豔！

她也有她醉渦的笑，

還有轉動時的靈妙；

說慷慨她也從不讓人，

可惜你望不到我的園林！

可貴是她無邊的法力，

常把我靈波向高裏提：

我最愛那銀濤的洶湧，

浪花裏有音樂的銀鐘：

就那些馬尾似的白沫，

也比得珠寶經過雕琢。

一輪完美的明月，

又況是永不殘缺！

只要我閉上這一雙眼，

她就婷婷的升上了天！

　　過去，人們總認為這是一首愛情詩，因為在有「戀月」情結的詩人的筆下，月亮常常是詩人愛戀對象的譬喻，但滿月當空，雖不乏戀人的倩影浮泛，卻不宜過於鑿實。實際上，「兩個月亮」，雖則是「一般的樣」，卻是「不同的相」，當會其意於言外：前一個月亮，雖是實物，但猶如鏡面映現而成的影像，如過於執念，勢必如遊魚般自尋煩惱，這也正如禪宗史上的一個典故：「臨濟慧照禪師往鳳林，禪師對他說：『海月澄無影，遊魚獨自迷。』這時，臨濟慧照禪師卻道：『海月既無影，遊魚何得迷。』」〔註40〕這種從天機和性靈出發的穎悟，明顯包含了一份禪趣：只有水月無心，泯絕對待，任運自然，才能成就明淨澄澈之境，玩味水月湊泊之影。由此，詩人在現實與夢想的糾纏中，最終脫離了情感的黏著和纏縛，內心呈現出空明澄淨的生命本體之相。也正是這種瞬間真實的永恆，對於詩人具有非凡的意義，常把他「靈波向高裏提」。

　　如果說以上還只是聞道、悟道的領悟階段，那麼在《常州天寧寺聞禮懺聲》一詩中，詩人已經進入了融通無礙的成道境界：「這鼓一聲，鐘一聲，磬

〔註40〕轉引自湯凌雲：《中國美學中的「幻」問題研究》，安徽教育出版社，2015年，第300頁。

一聲，木魚一聲，佛號一聲……樂音在大殿裏，迂緩的，曼長的迴蕩著，無數衝突的波流諧合了，無數相反的色彩淨化了，無數現世的高低消滅了……‖這一聲佛號，一聲鐘，一聲鼓，一聲木魚，一聲磬，諧音盤礴在宇宙間──解開一小顆時間的埃塵，收束了無量數世紀的因果；」──詩人在靜定的澄明之境中感受禮懺聲對身心的召喚和洗禮，靈魂感受到「大圓覺底裏流出的歡喜」，以及一種天地人神交感的和諧：「這是哪裏來的大和諧──星海裏的光彩，大千世界的音籟，真生命的洪流：止息了一切的動，一切的擾攘；‖在天地的盡頭，在金漆的殿椽間，在佛像的眉宇間，在我的衣袖裏，在耳鬢邊，在官感裏，在心靈裏，在夢裏……‖在夢裏，這一瞥間的顯示，青天，白水，綠草，慈母溫軟的胸懷，是故鄉嗎？是故鄉嗎？‖光明的翅羽，在無極中飛舞！‖大圓覺底裏流出的歡喜，在偉大的，莊嚴的，寂滅的，無疆的，和諧的靜定中實現了！‖頌美呀，涅槃！讚美呀，涅槃！」

四、空靈與頓悟：徐志摩詩歌的禪宗境界

「藝術家看見了花笑，聽見鳥語，開門迎明月，能把自然當做人看，能化無情為有情，這便是『物我一體』的境界。更進一步，便是『萬法從心』、『諸相非相』的佛教真諦了。故藝術的最高點與宗教相同。」〔註41〕這段話很好地闡明了藝術與宗教水乳交融的關係。無獨有偶，徐志摩本人也曾說過：「一個人生命的覺悟與藝術的覺悟，往往是同時來的」（徐志摩：《丹農雪鳥》），「在最高境界，宗教與哲學與文藝無有區別」（徐志摩：《徵譯詩啟》），這位與生俱來般「感美感戀」而追求自然、藝術、人生三位一體的審美境界的性靈詩人，在禮讚自然的同時，時常神往佛教的天國。在他對自然之美靈性的審美觀照中，「自然界的種種事物，不論其細如潤石，黑如碳，明如秋月，皆孕有甚深之意義，皆含有不可理解之神秘，皆為神秘之象徵」（徐志摩：《鬼話》）。大自然磅礴的偉像，時常洗淨著詩人塵世中的身心：「天空之純粹，星之瑩徹淨明，真如佛頂佛身之舍利瓔珞，放射神奇的光彩；尋常看星，但見其表，然於此直睹其精圓玲瓏之全體，恍如千萬顆理想的夜明珠，懸綴在天大一塊淺藍色透明的絲絨上；此神偉之鮮明屋頂，又恰好罩住一個風浪莽蒼的大海。臨此景時，我覺身心無限擴大，幾於充塞宇宙，智慧之燈頓明，照

〔註41〕豐子愷：《我與弘一法師》，《緣緣堂隨筆》，江蘇人民出版社，2016年，第126頁。

見三世一切，佛家所謂神通，我竟身感之也。」〔註42〕「高山頂上一體的純白，不見一些雜色，只有天氣飛舞著，雲彩變換著，這又是何等高尚純粹的境界？」（徐志摩：《「話」》）由此，大千世界的萬象呈現著宇宙間的奧秘：一滴露水的顫動；一朵落花的憂傷；一片白雲的輕盈；一縷清風的悠閒；一澗流水的從容，都能在詩人的眼中化生神奇。一棵「在春風與豔陽中搖曳著」的「極賤的草花」，在詩人看來，自有「一種莊嚴愉快的表情」：「你輕含著鮮露顆顆，｜怦動的，像是慕光明的花蛾，｜在黑暗裏想念焰彩，晴霞」，甚至內感「非涕淚所能宣洩的情緒」：「無端的內感，惆悵與驚訝，｜在這迷霧裏，在這岩壁下，｜思忖著，淚怦怦的，人生與鮮露？」（徐志摩：《朝霧裏的小草花》）詩人以一顆無我的嬰兒之心，屢屢深契於山水自然的靈境，發掘出自然山水本身所包含的靜中蘊動的哲理禪意：「動在靜中，靜在動中的神奇。在一剎那間，在他的眼內，在他的全生命的眼內，這當前的景象幻化成一個神靈的微笑，一折完美的歌調，一朵宇宙的瓊花。一朵宇宙的瓊花在時空不容分化的仙掌上俄然的擎出了它全盤的靈異」；進而「因空觀色」：「山的起伏，海的起伏，光的超伏；山的顏色，水的顏色，光的顏色；形成了一種不可比況的空靈，一種不可比況的節奏，一種不可比況的諧和。一方寶石，一球純晶，一顆珠，一個水泡」（徐志摩：《濃得化不開》）──這種「在『動』中得到的『靜』，在實景中得到的虛境，在紛繁現象中獲得的本體，在瞬刻的直感領域中獲得的永恆」，〔註43〕已經接近於禪宗的頓悟與空靈。但這微妙的契合「不是機械的學習和探試可以獲得，而是在一切天機的培養，在活潑潑的天機飛躍而又凝神寂照的體驗中突然湧現出來的。」〔註44〕徐志摩曾自述：「田野，森林，山谷，湖，草地，是我的課室；雲彩的變幻，晚霞的絢爛，星月的隱現，田裏的麥浪是我的功課；瀑吼，松濤，鳥語，雷聲是我的教師，我的官覺是他們忠謹的學生，愛教的弟子」；「我愛動，愛看動的事物，愛活潑的人，愛水，愛空中的飛鳥，愛車窗外掣過的田野山水。星光的閃動，草葉上露珠的顫動，花鬚在微風中的搖動，雷雨時雲空的變動，大海中波濤的洶湧，都是在觸動我感興的情景。」（徐志摩：《自剖》）可見，禪的空靈頓悟與對自我心性的發掘，深深契合著詩人主體心靈自由的感性審美表達，為詩人萬物靜觀

〔註42〕徐志摩：《南洋星夜》，陳建軍，徐志東編：《遠山：徐志摩佚作集》，第 8 頁。
〔註43〕李澤厚：《形上追求》，《華夏美學・美學四講》，第 171 頁。
〔註44〕宗白華：《中國藝術意境的誕生》，《美學散步》，第 73 頁。

皆自得的心態提供了創造的興會，對詩人自性的提升具有不可忽視的意義，從而，物象的明晰細膩與意象的空靈境界得到融合，大千世界在他眼裏顯得生動流轉，無論是花開草長、鳶飛魚躍，均如流雲映水納入心靈的明鏡，所謂「靜照萬象」而「空諸一切」。正是在這樣的觀照中，作別康橋的詩人的筆下，才會流瀉出一派明淨透澈、輕盈流轉的畫卷：西天的雲彩、河畔的金柳、波光裏的豔影、軟泥上的青荇、榆蔭下的清泉。也是在這樣的觀照下，詩人發現一莖草有它的嫵媚，一塊石子也有它的特點，萬物皆有生命，自然界生生不已，變化不盡，美妙無窮。他筆下屢屢呈現的生動活潑之優美意境，既神秘悠遠，又來自心靈當下對人生境遇的真切感受，既是藝術的意境，也是心境的發掘。正如他在《康橋晚照即景》中自述：「這心靈深處的歡暢，｜這情緒境界的壯曠，｜任天堂沉淪，地獄開放，｜毀不了我內府寶藏！」

　　需要明辨的是，禪出於莊而不脫離於莊，寄情於自然山水的禪境與詩境往往都具有清新的意境與餘音繞梁的韻味，但同中有異。自從魏晉玄學崛起，注重將外在視聽感知轉化為心靈的直觀洞見，以共「獨化玄冥之境」、「俯仰萬機而淡然自若」等崇「有」重「感」的思維方式解構了道家「道」與「物」、「有」與「無」的現象本體的二元對立，便使中國美學的審美觀照方式實現了從「無」到「空」的跨越式衍變，從而為禪宗的空靈頓悟掃清了障礙。故注重主體「身」與「生」的道家是包孕了「無」的「有」，重視主體「心」與「性」的禪宗是悟透了「色」的「空」。譬如同是一月，道家意境如「江月一色，蕩漾空明」，往往得其光與影；禪宗意境則如「　輪秋月，碧天如洗」，往往得其神與魂。道家往往在沒有受到塵世污染的山水田園中體會自由人生的意義，順化自然，心遊於物，如「採菊東籬下，悠然見南山」；禪宗則往往借助於靜謐的山林來悟入空淨的禪境，強調自性，以心馭物，如「行到水窮處，坐看雲起時」。道家的自然之境與禪宗的超然之境，因為思維方式的差異，在意境的構成方式和審美情趣方面，往往有著質的差異。在徐志摩的詩歌中，有些是純粹的詩境，例如那些對愛情的纏綿悱惻的詠歎，以及懷著一顆「真的神往的心」歡賞幽林和秋月的，就並無禪意。但禪境與詩境又是相通的，「詩為禪客添花錦，禪為詩家切玉刀」，它們都指向一種幽遠的心靈之境，都追求一種玄遠的境界，正如美是對自由的呼喚，詩與禪，又往往在徐志摩的身上不謀而合。譬如詩人的《偶然》：

　　　　我是天空裏的一片雲，

偶而投影在你的波心——

你不必訝異，

更無須歡喜——

在轉瞬間消滅了蹤影。

你我相逢在黑夜的海上，

你有你的，我有我的，方向；

你記得也好，

最好你忘掉，

在這交會時互放的光亮！

「第一節中詩人為我們描述了一種轉瞬即逝的情境，即『我』作為一朵雲，飄過你的波心，並於一瞬間投影而過。『雲』是縹緲輕盈的意象，它飄忽不定，無拘無束；而『波心』作為靜水的一部分，稍動之後歸於平靜，是穩定、沉靜的象徵。這一動一靜偶然的相遇，一瞬間的投影，無論是時間上還是空間上，都是給人變幻不定之感，是因緣和合在自然中極端的顯現，人於如此情境中更能體悟出世事無常的虛幻之感。在這一瞬間的相遇中，詩人卻說『你不必訝異，更無須歡喜——在轉瞬間消滅了蹤影』，詩人捕捉到了那微妙的一瞬間，在這一瞬間，相遇與分離幾乎同時發生，面對這種發生，詩人並沒有展現某種複雜多變的情感，而直接進入不悲亦不喜的入定狀態，在這樣一種心性的對照之下，那變幻不定的自然現象因短暫而更顯得虛幻。在第二節中，詩人直接由第一節中的景而轉向體悟，自然對詩人而言只是一種觸發，記得與忘記都不再重要，『交會時互放的光亮』不過是曾經因緣和合的一種相遇，它並沒有對你我有任何改變。正如馬祖道一禪師說：『凡所見色，皆是見心，心不自心，因色固有。』（《五燈會元》卷三），徐志摩這首詩向我們呈現的正是這樣一種關於心色的辯證關係，詩人於此色中頓悟了世事的變幻，進而看空，進而放下，達到一種心的自由狀態。我想，這首詩中那種無法準確描摹的似有若無的美感，其實是通過雲的縹緲與湖的安定之意象對照，以及景的變幻與心的悟空的遞進，這一系列關於時間的短暫與永恆的隱喻，以直觀感悟的方式被讀者接受，使讀者於此詩中感受到了一種空而不虛、寂而不滅的悟空之感。」〔註45〕又譬如詩人最傳世的詩歌《再別康橋》：

〔註45〕余婷婷：《徐志摩詩歌的宗教文化內涵》，張桃洲主編：《中國現代詩人的思想文化闡釋》，北京：中國畫報出版社，2020 年，第 148～149 頁。

輕輕的我走了，

正如我輕輕的來；

我輕輕的招手，

作別西天的雲彩。

那河畔的金柳，

是夕陽中的新娘；

波光裏的艷影，

在我的心頭蕩漾。

軟泥上的青荇，

油油的在水底招搖；

在康河的柔波裏，

我甘心做一條水草！

那榆蔭下的一潭，

不是清泉，是天上虹；

揉碎在浮藻間，

沉澱著彩虹似的夢。

尋夢？撐一支長篙，

向青草更青處漫溯；

滿載一船星輝，

在星輝斑斕裏放歌。

但我不能放歌，

悄悄是別離的笙簫；

夏蟲也為我沉默，

沉默是今晚的康橋！

悄悄的我走了，

正如我悄悄的來；

我揮一揮衣袖，

不帶走一片雲彩。

在全詩徐徐展開的畫卷中，動中有靜：「我不能放歌，悄悄是別離的笙簫」；實中有虛：反襯著夕光的潭水，五彩斑斕，卻是「沉澱著彩虹色的夢」；

有中顯無：「撐一支長蒿，｜向青草更青處漫溯」，只載來一船寂寞的星輝；色中悟空：「那榆蔭下的一潭，｜不是清泉，是天上虹」。而康橋再美麗，離別再悵惘，舊情再值得懷想，也不過是最終「揮一揮衣袖」作別時的過眼雲煙而已，透過那夕陽下揮舞衣袖的瀟灑神韻，透過那彷彿莊子「逍遙遊」式的放曠豁達與超然物外的表面，我們又分明看到：在他揮手作別遠去的瞬間，一切都沒有了，只有淡淡的雲彩還在天邊悠悠地遊著，「無人空夕陽」，這最後一刻靜止的畫面，多麼孤獨，寧靜，惆悵和無可言說。——在承接前段的虔誠無比的「尋夢」而不得的悵惘中，詩人出人意表地借用這種由色而空的妙悟，使《再別康橋》一詩滲透著深深的「禪意和沖淡」。於斯可見，「潺潺一曲」《再別康橋》，「其來遠在雲天高處」，其意境堪與任何一首浸潤禪味的古詩相媲美而毫無遜色，堪稱古箏曲《雲水禪心》的現代版：在婉轉叮咚的古箏聲中，吟誦一首空靈悠遠的《再別康橋》，天然相契：潺潺流水濯我心，浮生如夢聚復離，「當空舞長袖，我心如雲煙」的詩人，在夢隨流水漸行漸遠的一葉扁舟中，回眸康河美景和曾經如煙的旖旎往事，當是浮生「夢幻泡影，如露亦如電，應作如是觀。」

五、因心造境：徐志摩散文的幽幻之境

當代學人曾做過關於徐志摩與王維的有趣比較，指出這兩位「殊時異代，而同愛山水，耽悅自然」的詩人之間的同中之異：「王維之作，詩畫交融。而品賞志摩散文，亦感詩畫具備。但兩人到底不同，王維深靜，有禪境；志摩喜動，多浪漫。前者是風動幡動心不動，後者是水搖舟搖情亦搖。……王維句是春山空幽，桂花靜落，人心閒定；志摩句則是桃李累累繁盛，花果不期而落，心中偶生驚喜。個中差別，自不待言。是故王維詩作，契合王靜安所謂『無我之境』，而志摩散文當是『有我之境』。」〔註46〕的確，徐志摩融情於景的浪漫散文，常常是「有我之境」，與禪境存在著顯著的差異。但此種看似精彩的概論，往往失之浮泛——徐志摩散文中大量存在的之於感性萬物審美直觀式的心物契合，也即那份人與世界相遭遇時的原初體驗，就並非上述意義上的「情景交融」所能涵蓋。

〔註46〕李忠陽：《〈我所知道的康橋〉導讀》，張秀楓主編：《徐志摩散文精選》，第57頁。

　　事實上，追求心物無礙的禪宗，使得在出仕與隱逸之間徘徊的中國傳統文人，極易從超然物外走向即色即空的「幻境」。「幻境常以絕俗的氣度撕破表象世界的虛偽面紗剎落世俗生存的重重擺設，滌蕩聲色貨利的種種誘惑，滌除心靈表層的樣樣污滓，其風姿綽約，如清水幽蘭，其韻致悠遠，似夜半清音。……雲林山水，江天渺渺，疏樹離離，草亭落落，山石累累，蕭散沖淡，人跡罕至。中國文人超然物外，淡化了得失計較，參透了榮辱升遷，也遠離了是非糾葛。這種即色即空的禪理深植入文人的精神深處，啟迪他們以淡然的態度覺解人生和世相，以審美的態度創造藝術化、詩意化的人生。塵世境緣為幻有，這就成了中國文人的超然心境，也直接影響到了中國藝術的審美理想，還為藝術幻境的生成提供了思想支持。」〔註47〕「五四」時代雖然與古代文人所置身的環境有了根本的差異，但對於同樣襟懷灑脫而性喜浪跡煙霞的徐志摩來說，無論是泛棹清溪、靜臥山石；還是獨遊清郊、幽林賞月，均使得他經常「有選擇地描繪非常一般的自然景色來托出人生心靈境界的虛無空幻，而使人玩味無窮……它的特色是如前所說的動中靜，實中虛，有中無，色中空」〔註48〕，不妨從其散文中茲舉數例：

　　　　四年前我遊小瑞士時初次發現了雪地裏光彩的變幻，這回過西伯利亞看得更滿意；你們試想像晚風靜定時在一片雪白的平原上，疏伶伶的大樹間，斜陽裏平添出幾大條鮮豔的彩帶，是幻是真，是真是幻，那妙趣你親身經歷時從容的辨認罷。（徐志摩：《歐遊漫錄‧西伯利亞》）

　　　　這全部風景的情調是靜極了，緘默極了，倒像是一切動性的事物在這裡是不應得有位置的；你有時也看見遲鈍的牲口在雪地的走道上慢慢的動著，但這也不像是有生活的記認。（徐志摩：《歐遊漫錄‧西伯利亞》）

　　　　清晨的晴爽，不曾消醒我初起時睡態；但夢思卻半被曉風吹斷。我闔緊眼簾內視，只見--斑斑消殘的顏色，一似晚霞的餘赭，留戀地膠附在天邊。廊前的馬櫻、紫荊、藤蘿、青翠的葉與鮮紅的花，都將他們的妙影映印在水汀上，幻出幽媚的情態無數；我的臂上與胸前，亦滿綴了綠蔭的斜紋。（徐志摩：《北戴河海濱的幻想》）

〔註47〕湯凌雲：《中國美學中的「幻」問題研究》，第342頁。
〔註48〕李澤厚：《形上追求》，《華夏美學‧美學四講》，第184頁。

流水之光，星之光，露珠之光，電之光，在青年的妙目中閃耀，我們不能不驚訝造化者藝術之神奇，然可怖的黑影，倦與衰與飽饜的黑影，同時亦緊緊的跟著時日進行，彷彿是煩惱、痛苦、失敗，或庸俗的尾曳，亦在轉瞬間，彗星似的掃滅了我們最自傲的神輝——流水涸，明星沒，露珠散滅，電閃不再！（徐志摩：《北戴河海濱的幻想》）

昨夜吃過晚飯上甲板的時候，船右一海銀波，在犀利之中涵有幽秘的彩色，淒清的表情，引起了我的凝視。那放銀光的圓球正掛在你頭上，如其起靠著船頭仰望。她今夜並不十分鮮豔：她精圓的芳容上似乎輕籠著一層藕灰色的薄紗；輕漾著一種悲咽的音調；輕染著幾痕淚化的霧靄。她並不十分鮮豔，然而她素潔溫柔的光線中，猶之少女淺藍妙眼的斜睇；猶之春陽融解在山巔白雲反映的嫩色，含有不可解的迷力，媚態，世間凡具有感覺性的人，只要承沐著她的清輝，就發生也是不可理解的反應，引起隱復的內心境界的緊張，——像琴弦一樣，——人生最微妙的情緒，戟震生命所蘊藏高潔名貴創現的衝動。（徐志摩：《印度洋上的秋思》）

弔古便不得不憬悟光陰的實在：隨你想像它是洶湧的洪潮，想像它是緩漸的流水，想像它是倒懸的急湍，想像它是無蹤跡的尾閭，只要你見到它那水花裏隱現著的骸骨，你就認識它那無顧戀的冷酷，它那無限量的破壞的饞欲：桑田變滄海，紅粉變枯髏，青梗變枯柴，帝國變迷夢，夢變煙，火變灰，石變砂，玫瑰變泥，一切的紛爭消納在無聲的墓窟裏……那時間人生的來蹤與去跡，它那色調與波紋，便如夕照晚靄中的山嶺融成了青紫一片，是丘是壑，是林是谷，不再分明，但它那大體的輪廓卻亭亭的刻畫在天邊，給你一個最清切的辨認。這一辨認就相聯的喚起了疑問：人生究竟是什麼？（徐志摩：《契訶夫的墓園》）

——徐志摩散文中那種本質直觀式的審美妙悟，常常雜糅著一種「幽玄」意識，其飄渺朦朧的神秘中往往包裹著「物哀」、「寂」等不可言傳的美之情趣。幽玄意識與「莊禪」素有淵源（所謂「佛法幽玄」），但作為審美範疇的「幽玄」與作為心靈境界的「禪悟」往往同中有異。在諦觀有情中，「幽玄」是對物的特性諸如美、寧靜、朦朧、易逝、殘缺等所生發的一種深心的歡賞

與情緒的感喟，是自然之景經過內心深化的產物；而「禪悟」則是超然於物之表象後的「由色而空」式的本質直觀，是自然之景經內心深化後又還原其本真的產物。但在物我一體中，「幽玄」意識往往容易墜入「幽幻」的深邃意境，進一步，則遁入禪寂空境。那些微妙幽雅的自然風韻，無論是清雅秀絕的景色，還是飄渺傳神的月亮，蘊藏在若即若離的心物之間，生成於審美視野的變幻之際，總是容易觸發超然物表的體驗，從而使得詩人每每在有無虛實間深深玩味於事物的形與影，心靈中不期然湧現出種種「妙性無寄，天真朗然」的幻滅感、通脫感。

　　中國藝術向來是在虛實掩映與明暗錯落間傳神寫生，流蕩出萬物生命的源泉與律動。皎然《詩議》中有論：「夫境象非一，虛實難明。有可睹而不可取，景也；可聞而不可見，風也；雖繫乎我形，而妙用無體，心也；義貫眾象，而無定質，色也。凡此等，可以偶虛，亦可以偶實。」方士庶《天慵庵隨筆》中說：「山川草木，造化自然，此實境也。因心造境，以手運心，此虛境也。虛而為實，是在筆墨有無之間，故古人筆墨具此山蒼水秀，水活石潤，於天地之外，別構一種靈奇。或率意揮灑，小皆煉金成液，棄滓存精，曲盡蹈虛揖影之妙。」現代美學家宗白華於此亦深有體會：「中國古代的詩人、畫家為了表達萬物的動態，刻畫真實的生命與氣韻，就採取虛實結合的方法，通過『離形得似』，『不似而似』的表現手法來把握事物生命的本質。」〔註49〕應該說，這種直探物象本源而覺幻悟真的審美傳統，在徐志摩那裡，均源於一顆「超於天地未生之先，出色遠相，晶瑩無染」的心之「妙悟」，誠如其心靈自白：「養心制物，惟聖人能之；束心遠物，常人所可幾也。今人操物自染，而忘其真，視而可見者，形與色也。形色之不遂，謀所以發之；名聲之不至，謀所以發之，而獨忽於心。」〔註50〕──但藝術家在不「忽於心」的同時卻又「不得不忽」，恰如明李日華在《竹懶論畫》中指出：「如寫一石一樹，必有草草點染取態處。寫長景必有意到筆不到，為神氣所吞處。是非有心於忽，蓋不得不忽也。其於佛法相宗所云：極迥色、極略色之謂也。」──所謂「極迥色、極略色」，在佛教看來，正是「無見」，與之相對應的則是「有見」。「有見是指常見，無見是指斷見。或執定有，或斷為無，都沒有超越世俗邊見，也

〔註49〕宗白華：《形與影──羅丹作品學習箚記》，《美學散步》，第276頁。
〔註50〕徐志摩：《說發篇一》，陳建軍、徐志東編：《遠山：徐志摩佚作集》，第31頁。

就無法覺悟」〔註51〕，不能體證事物的真相，不能使精神獲得解放。所以歷史上發揚印度佛教般若空觀的本土化中觀學派認為：「定有則著常，定無則著斷。是故有智者，不應著有無」〔註52〕。而受到中觀學派影響的東晉僧肇，則借助佛學的義理整合魏晉玄學（特別是郭象「獨化」哲學範疇的「有—無」性內在結構），通過對「非有非無」之「空」性的闡發來論證事物的「真幻不二」。「僧肇指出，事物都存在有和無這兩面。從般若空觀講，事物雖然存在，但是它們本體空寂，這樣的存在只是一種假有，一種暫時性的幻相。然而，事物確實存在，儘管它們虛空而無自性，卻並非虛無，也不是不存在，事物存在的事實不可否認。可見，幻有與真空一體相連。僧肇不住有無，不落兩邊，這種空觀智慧也體現在真實觀方面。僧肇說：『非離真而立處，立處即真也。然則道遠乎哉？觸事即真。』他主張『立處即真』『觸事即真』，強調事物的真實不遠存在，解除塵世與淨土、真與幻、理與事的對立關係。」〔註53〕這種「真幻不二」觀在禪門得到了延續，「禪師們體證到，不能捨相求真，而應即相悟真。幻境之中，何以見真？幻境原真。幻境如何顯現真相？真相不遠，當下頓現，觸事而真。捨離孰真孰幻等分別之見，事物的本來面目就能彰顯。種種境緣屬於幻有，幻有不離真空。心境如如虛空地，即幻悟真處處在。這就是佛家禪宗的真幻不二」；「佛教禪宗真幻不二的觀念為中國藝術帶來了空靈活潑的情趣，而這種情趣與藝術幻境的審美特徵極為契合。」〔註54〕由此出發，後世文人才能識色而不執有，證空而不住空，也才能妙悟成真，並由此生發出一派清華淡雅、雋永無窮的藝術氣韻。於此，我們當然不能刻意說徐志摩一定是受到了上述佛禪觀的浸潤與撩撥，但當詩人一再在澄懷味道的虛靜中流連於一種空靈蘊藉的意境，一再在妙悟成真中玩賞於一種自在澄明的心境，其審美體驗與上述「真幻不二」的觀念無疑是高度契合的。

　　如果將徐志摩某些滲透了「性空妙有」論的話與東晉僧肇的「不真空論」聯繫起來看，是非常有意思的。試讀徐志摩在遭逢「祖母的大故」時基於「生與死」這人生「陡起的奇峰」所感悟到的「一些幻裏的真，虛中的實」：「我是一隻不羈的野駒，我往往縱容想像的猖狂，詭辯人生的現實；比如憑藉凹折

〔註51〕湯凌雲：《中國美學中的「幻」問題研究》，第343～345頁。
〔註52〕湯凌雲：《中國美學中的「幻」問題研究》，第343～345頁。
〔註53〕湯凌雲：《中國美學中的「幻」問題研究》，第343～345頁。
〔註54〕湯凌雲：《中國美學中的「幻」問題研究》，第343～345頁。

的玻璃，覺察當前景色。但時而復再，我也能從煩囂的雜響中聽出清新的樂調，在炫耀的雜綵裏，看出有條理的意匠。」（徐志摩：《我的祖母之死》）再來讀僧肇的《不真空論第二》：「聖人乘真心而理順，則無滯而不通；審一氣以觀化，故所遇而順適。無滯而不通，故能混雜致淳；所遇而順適，故則觸物而一」。這番話翻譯成現代白話就是：「聖人憑藉般若聖智而觀悟萬法，便能隨順萬法的道理而無所不通；把握萬法統一於性空的根本道理而觀察世界萬物的變化，便能與外界的一切事物相契合而無所違逆。無所不通，因而能在複雜的現象中把握至純的真理；無所違逆，因而能於紛繁的事相中把握統一的本質。」〔註55〕——如果除去文白之別，徐志摩的上述感悟幾乎就是東晉僧肇「不真空論」的現代簡約版。可以說，正是詩人一雙妙契同塵的慧眼、一顆絕假純真的妙悟的心靈，屢屢成全了其筆下的妙諦。在詩人心物契合的原初體驗中，正含有空觀萬物的般若智慧。春花秋月，其豔其皎；雲蒸霞蔚，其光其色，一旦恍遇於詩人之目，皆能使其蕩魂滌魄，是以其詩文才能處處觸目即真、點染傳神、舒卷性靈，誠如沈從文所指出：「作者被人間萬匯百物的動靜感到眩目驚心，無物不美，無事不神，文學上因此反照出光彩陸離，如綺如綿，具有濃鬱的色香，與不可抗的熱」〔註56〕，由是，其文章往往予人以「文字般若」般的感覺：「讀他的文章，使人想到佛經上所載的迦陵頻伽共命之鳥，有彩色的羽毛，有和悅的聲音，聽的人沒有不被他感動。」〔註57〕

六、情感的禪化與遊世的生命體驗

禪宗認為，一切眾生，本有佛性，就如一口寧靜澄澈的古井水，其中萬象往還，天機流蕩，從容舒卷，隨意東西，但這個自足的靈明世界，卻往往被煩惱糾纏，被欲望覆蓋。只有在充分了悟之後，這個本性才能自然顯現，朗照一切，從而雲自飄，花自綽約，柳自窈窕，心與萬物相往來而自在優游，世界由此成為一個在妙悟中自在顯現的活潑潑的審美世界。而中國詩人所最得力於佛教者就在於這樣一種禪趣，一種「靜中所得於自然的妙悟」（朱光潛語）。譬如蘇東坡詩云：「我心空無物，斯文何足觀。君看古井水，萬象自往還」——寫的正是「虛靜」中心靈悟得的禪境。

〔註55〕僧肇：《肇論》，洪修平釋譯，北京東方出版社，2018年，第63頁。
〔註56〕沈從文：《由廢名到冰心》，《沈從文全集》（卷16），第272頁。
〔註57〕方令孺：《志摩是人人的朋友》，舒玲娥編：《雲遊：朋友心中的徐志摩》，第113頁。

　　就徐志摩妙悟過程所達到的不同心靈境界而言，大致經歷了三個境界：第一境是「屏知識」，譬如詩人在《鄉村裏的音籟》中說：「我欲把惱人的年歲，｜我欲把惱人的情愛，｜託付於無涯的空靈——消泯」；第二境是「參淨因」，譬如詩人在天目山中聆聽松聲竹韻與鳴禽吟蟲等交織的大自然的清籟，感覺「分明有洗淨的功能」，從而「清馨出塵，妙香遠聞」；第三境是「超圓覺」，也是「參淨因」之果。佛教中常用「超圓覺」來形容本心自在興現的最高境界，這方面《常州天寧寺聞禮懺聲》又是絕妙的例證：詩人在靜定的澄明之境中感受禮懺聲對身心的召喚和洗禮，性靈在一種天地人神交感的和諧中感受到「大圓覺底裏流出的歡喜」。——所謂「借境悟心」，自然物象成了這位詩人參悟宇宙生命與天地大心相通的契機。他的詩歌常常以清新美麗的意象，生動直觀地表達心靈的悟境，既有寧靜淡遠、繁華落盡的靜謐之美，又有鳶飛魚躍、生機勃發的流動之美；其抒寫內容則注意對流動的人生的把握，對聖潔的內心世界的追求，日常生活經此詩意的點染，遂充滿著灑落情塵意垢後清澈澄明的禪趣與禪境，這些，都非常突出地體現了禪宗詩歌隨緣任運、逍遙放曠、活潑生動的審美特徵。

　　不但在文學感性的表達中是如此，詩人日常生活中也常常是經由色相（自然的美色與女性的美色）的誘惑轉向性靈的昇華，「由色悟空」：「昨晚有女子唱極蕩褻，心為一動，但立時正襟危坐，只覺得一點性靈，上與明月繁星遙相照應，這耳目前一派笙歌色相，頓作浮雲。那時候有兩種心理上的感動：第一是領悟到自負有作為的人，必定是莊敦立身，苦難生活，Take Life Serious！（認真對待生活）決計不可隨眾逐流，貶損威信；第二是想到心地光明，決計不可為外誘所籠罩，蓋瀆神明。」〔註58〕又譬如在《濃得化不開（香港）》一文中，詩人在登山的道上先是受到一個美麗女人的誘惑：「如其山路的姿態是婀娜，她的也是的。靈活的山的腰身，靈活的女人的腰身。濃濃的折疊著，融融的鬆散著。肌肉的神奇！動的神奇！」然而等到登上山頂後，心中被女色撩撥的欲望卻瞬間消融在大自然美景的神奇中：「在這剎那間廉楓覺得他的脈搏都止息了跳動。他化入了宇宙的脈搏。在這剎那間一切都融合了，一切都消納了，一切都停止了它本體的現象的動作來參加這『剎那的神奇』的偉大的化生。……他尤其驚訝那波光的靈秀，有的是綠玉，有的是紫晶，有的是琥珀，有的是翡翠，這波光接連著山嵐的晴靄，化成一種異樣

─────────────
〔註58〕虞坤林整理：《徐志摩未刊日記（外四種）》，第107～108頁。

的珠光，掃蕩著無際的青空……」，儼然已是禪宗審美中珠光交映的圓融境界。

徐志摩曾說：「佛說色即是空，空即是色，世俗謬解，負色負空。我謂從空中求色，乃為真色，從色中求空，乃得真空；色，情也戀也，空，想像之神境也」（徐志摩：《鬼話》），其色空觀頗有不住色相，不落頑空的智慧，與唐代詩僧皎然的「空何妨色在」如出一轍，可謂千古文人覺悟存在的深情表白。詩人這裡所說的「空中求色」，乃是「因空見色」，即是在明心見性中仍然追求人的自然情感和真實個性的表達和實現；所謂「色中求空」，乃是「由色悟空」，放下我執，「靜照萬象」才能「空諸一切」，讓心與外物在澄明無染的精神境界中相遇。徐志摩在「色」之中分離出「情」這一概念，使「情」這種與「空」相對立的妄念成為領悟佛教「色空」精神實質的契機，正與大乘般若學「性空幻有」圓融不二論的禪宗「心性」說相似，具有「因情而悟禪」的意味，與《紅樓夢》的「傳情入色，自色悟空」具異曲同工之妙。由此可見，徐志摩對於禪宗精神的領悟並非泛泛，正如他在另外一處也曾說過：「人生也許是個空虛的幻夢，但在這幻象中，生與死，戀愛與痛苦，畢竟是陡起的奇峰，應得激動我們徬徨者的注意，在此中也許有可以感悟到　些幻裏的真，虛中的實，這浮動的水泡不曾破裂以前，也應得飽吸自由的日光，反射幾絲顏色！」（徐志摩：《我的祖母之死》）的確，人生在世難稱意，宛如鏡中影暫寄；萬物如夢幻泡影，不過虛假暫在，不可執為實有，但又何妨觸境成真，借藝術形式怡養自家性情，也為世間說法。即使世間萬物緣起性空，也「應無所住而生其心」（《金剛經》）。許是因了這層了悟，在《再別康橋》中，《紅樓夢》裏那句打動賈寶玉的「赤條條來去無牽掛」，被徐志摩無意識地改寫成了「悄悄的我走了，正如我悄悄的來；我揮一揮衣袖，不帶走一片雲彩」；賈寶玉那出家時寬鬆的袈裟，換作了徐志摩作別時臨風的衣袖；黛玉的癡情與寶釵的溫柔，換作了林徽因的倩影與陸小曼的嬌媚，可惜都像西天雲彩似的，曾經擁有，卻無法帶走。——作者感悟這一切，因了悟「情」而始於空並終於空，但猶如歷經人間滄桑的情種賈寶玉一樣，並非捨情歸空，而是將情感禪化，正如其《偶然》一詩中的「你記得也好，最好你忘掉，｜這交會時互放的光亮」，可謂是情到深處，矢言相忘。也正是詩人這種不摻雜任何功利性質的超凡脫俗的聖潔情思，使得「蓮」這一佛界聖潔的圖騰，從古典詩詞的眾多花卉意象中脫穎而出，成了其詩中象喻理想戀人匠心獨運而情有獨鍾的意象：「你我的心，像一朵雪白的並蒂蓮，｜在愛的青梗上秀挺，歡欣，鮮妍」（徐志摩：

《最後的那一天》);「她是睡著了，星光下一朵斜欹的白蓮；｜她入夢境了，香爐裏嬝起一縷碧螺煙」(徐志摩:《她是睡著了》);「深深的在深夜裏坐著，｜閉上眼回望到過去的雲煙；｜啊，她還是一枝冷豔的白蓮，｜斜靠著曉風，萬種的玲瓏」(徐志摩:《殘破》)……難怪，詩人逝世後，最懂詩人之情的林徽因曾寫下《題剔空菩提葉》來寄予心中無盡的思念:「認得這透明體，｜智慧的葉子掉在人間？｜消沉，慈淨──｜那一天一閃冷焰，｜一葉無聲的墜地，｜僅證明了智慧寂寞｜孤零的終會死在風前！｜昨天又昨天，美｜還逃不出時間的威嚴；｜相信這裡睡眠著最美麗的｜骸骨，一絲魂魄月邊留念，──｜…………｜菩提樹下清蔭則是去年！」

　　對於真正的禪者而言，人生不過是一場雲遊。「行亦禪，坐亦禪，語默動靜體安然。」詩人徐志摩的一生，超然物外，浪跡煙霞，可謂雲遊的一生。其中，既有類似莊子與大自然同在的「逍遙遊」，在清風明月、鳥語花香中賞盡自然之美，獲得塵世的超脫，也有禪意之遊，在「境靜林間獨自遊」的體會中，獲得「心法雙忘性即真」的心靈悟證。心靈悟證所體現出的「意境的自由」，在徐志摩的詩中衍射為多次出現的「雲」之意象:無論是《再別康橋》中揮手作別的西天雲彩，還是《雲遊》中在空際雲遊的自在輕靈的雲彩，抑或是《偶然》中投影在波心中轉瞬消失了蹤影的雲朵，都是詩人澄澈內心中無牽無掛、無縛無累的自我本性的投射。一如詩人筆下那輪「從烏黑得如同暴徒一般的雲堆裏升起」的「格外的亮，分外的圓」(徐志摩:《秋月》)的明月，去除世間浮華的遮蔽而朗然於天地之間，一切萬物在此光徹透明的虛空中自由來往，得以歷歷朗現，它們變幻無時但又生生不息，雖虛空無常但又一任自然。詩人在清晰地感受著它們本真存在的同時，也能清晰地照見塵世中自我真實的性靈，一如那首《雲遊》:

> 那天你翩翩的在空際雲遊，
> 自在，輕盈，你本不想停留
> 在天的那方或地的那角，
> 你的愉快是無攔阻的逍遙，
> 你更不經意在卑微的地面
> 有一流澗水，雖則你的明豔，
> 在過路時點染了他的空靈，
> 使他驚醒，將你的倩影抱緊。

他抱緊的是綿密的憂愁，

因為美不能在風光中靜止；

他要，你已飛渡萬重的山頭，

去更闊大的湖海投射影子！

他在為你消瘦，那一流澗水，

在無能的盼望，盼望你飛回！

詩中的「雲彩」，象徵世間外物的幻相，「澗水」則是詩人對自我清淨自性的譬喻：詩人以灑脫雍容的襟懷觀照去來任運、自在無拘的雲彩，感悟到「美不能在風光中靜止」，所以最終自然而然地發出了「無能的盼望，盼望你飛回」的感歎。應該說，這首詩兼具禪宗的任運隨緣和對情的執著，達到了禪宗「在世間而出世間，出世間而不離世間」的自由境界，也是詩人一生心靈面貌與精神境界的寫照。

餘論：莊禪之外──激蕩的自由意志

無須諱言，作為存在詩性之思的禪宗僅僅是在存在本體論的語境中「感覺世界」──對個體本真存在的感悟與追問，而無法對 20 世紀中國的嚴峻現實危機作出有效的回應，也無法對蔓延世界的現代性危機作出整全性的意識形態回應。對此，當代學者曾作出過嚴厲的質問：「『破對待、空物我、泯主客、反認知、重解悟、親自然、尋超脫』的所謂審美精神比在現世惡的苦澀和煩惱中關切人類可怕處境的宗教精神更高明？在一個惡無法消除的不幸世界中，『審美』的逍遙難道是問心無愧的？『莊禪精神』對荒唐、渾濁、冷酷、不幸的世界的變相肯定還需要發揚光大？所謂印度佛教的『中國化』真的了不起？莊禪式的『審美』態度究竟要把世界的惡強化到什麼地步才安心呢？」〔註59〕的確，針對傳統儒家的「溫靜」與道家的「虛靜」，禪宗有所突破和超越，那就是它在「泯滅一切有無、色空、虛實、善惡、是非、貴賤、物我、人己、時空、因果界限的同時，也完全否定了封建宗法等級秩序的現實性」，但這種徹底的平等似乎也是真正的謊言，「因為這種泯滅，只不過是『一念悟時』的有意自欺，它並不損害現實秩序的一根毫毛，所取消的只是主觀意識的一

〔註59〕劉小楓：《拯救與逍遙》，上海：華東師範大學出版社，2011 年，第 238 頁。

切確定性。因此，禪宗這顆不結果實的種子，便只能在藝術和審美的領域裏開出燦爛的花朵來。」〔註60〕所以，魯迅在那個「風沙撲面」、「虎狼成群」的時代，屢屢對包括徐志摩在內的持有莊禪隱逸心態的名士們發出辛辣的諷刺：「飄渺的名園中，奇花盛開著，紅顏的靜女正在超然無事地逍遙，鶴唳一聲，白雲鬱然而起……。這自然使人神往的罷，然而我總記得我活在人間。」（魯迅：《野草》）在魯迅看來，「中國人的不敢正視各方面，用瞞和騙，造出奇妙的逃路來，而自以為正路。」（魯迅：《論睜了眼看》）無論是儒家的溫靜平和、道家的虛靜恬淡，還是禪宗的寂靜澄明，只能越發使人沉浸到一種死一般的寂靜中：「寂靜到如酒，令人微醺。……四遠還彷彿有無量悲哀、苦惱，零落、死滅，都雜入這寂靜中，使它變成藥酒，加色，加味，加香。」（魯迅：《三閒集・怎樣寫・夜記之一》）——在國家民族陷入嚴峻危機的時刻，魯迅對那種將激情的火焰捂死在冷觀的懷抱裏，甚而當成玲瓏剔透的玩物和擺設來進行品咂的傳統文化心理的犀利剖析，可謂尖銳而及時。然而，上述嚴厲問責難免存在著一種錯位：莊禪式的『審美』態度並沒有、也不可能強化世界的惡，試想如果人人都是釋迦，這世界還有惡嗎？——人性之詭譎兇險正是釋迦慈悲出家的本懷。事實證明，「佛教的苦空觀並不必然地導致人們灰身滅志，消極出世。作為一種批判的武器，佛學也能激起人們變革社會改造世界的熱情，正因此，譚嗣同、梁啟超、章太炎、魏源、龔自珍等近代思想家、革命家及學者、詩人，都曾有意識地從佛教哲學中吸取精神力量。另一方面，悟透『苦諦』的大乘佛教也在世間倡導一種氣節高操、一塵不染的超拔精神，而非如老莊道家在看透了大千世界的變化無常之後，退守一己之逍遙和解脫。它堅守大悲為首，慈悲喜捨，並藉此來自利利人，自覺覺他，自覺地抵制人世間的道德腐敗和精神沉淪。正如《六度集經》中所說：『眾生擾擾，其苦無常，吾當為地，為旱作潤，為濕作筏，饑食渴漿，寒衣熱涼。為病作醫，為冥作光。若有濁世顛倒之時，吾當於中作佛，度彼眾生矣』。這種以出世態度來做入世事業的精神和儒家的『入世』『有為』雖然是不同層次的超越，但也很容易溝通，而且由於它彌補了儒家思想中淡化宗教的超然態度和靈性追求而更多地成為一種世俗的道德教條和人生價值觀的不足，反而更容易激起

〔註60〕鄧曉芒、易中天：《黃與藍的交響：中西美學比較論》，北京：作家出版社，2019年，第242頁。

具有浪漫情懷和英雄主義傾向的現代知識分子的共鳴」〔註61〕，因此，自從晚清大乘佛學尤其是天臺、華嚴、唯識等復興以來，「從龔自珍、魏源開始，就有對抗以性命之學為中心的正統價值、填補正統價值失序所造成的精神真空的趨向。它不但可使士大夫安頓個人的心靈，而且到戊戌時代，已經成為積極改革社會積弊的精神動力。康有為、梁啟超、譚嗣同等人，都以大乘佛教『我不入地獄誰入地獄』自勉，章太炎更強調佛教『依自不依他』，這裡佛學已經成為培育道德主體性、動員民眾獻身革命的資源。」〔註62〕

　　回到徐志摩身上，同樣不能忽視的是：其詩文中契合於禪宗意蘊的「空」，並非空無所執，其所表現的一派詩人的赤子之心，在那段特殊的苦難而動盪的歷史現實環境中，其實是有惻隱、有羞惡，以及為深切的不忍心所激發的強烈憤慨的。而其生活內容，更不全然是不食人間煙火的高蹈雅逸，而是不得不一面教書育人，「留意於孔孟之間」，一面苦苦謀生，「置身於經濟之道」，同時也積極建言，致力於啟悟民智的審美啟蒙。相對於這些塵世的事功，志摩詩文中寫情之處，可謂假語盡去而真事獨存；其「悟」也，一如《紅樓夢》中頑石歷劫歸來，回首前塵，固然如夢如幻，但「其間離合悲歡，興衰際遇，俱是按跡循蹤」，栩栩如真的。也許在精神的層面，詩人始終是以情悟道，不捨其情，而在現實此岸與理想彼岸之間，詩人卻始終是以一種類似於「以出世的精神做著入世的事業」的宗教情懷來指引著自我靈魂的走向。正如歷史上「嚴羽儘管自覺地以禪講詩，卻仍然以李、杜為宗；蘇軾儘管參禪，卻仍然既曠放豁達（道），更憂國憂時（儒）一樣。所以由禪而返歸儒、道，又正是中國文化和文藝中的禪的基本特色所在。」〔註63〕

　　需要指出的是，徐志摩的詩學理念並非傳統莊、玄、佛禪所能完全涵蓋。在徐志摩騷動易變遷的複雜心靈構圖中，佛禪神秘的空寂頓悟與西方基督殉道受難的莊嚴肅穆，同時構成支撐其詩學信仰大廈的兩根支柱。與佛禪的寧謐空寂往往成為其獨處或面對自然山水時自然而然的心理反應機制略有不同，基督為道殉難的崇高與悲壯的肅穆意象，往往成為其因愛受挫或對理想

〔註61〕哈迎飛：《「五四」作家與佛教文化》，上海：上海三聯書店，2002 年，第 40～41 頁。

〔註62〕高瑞泉等：《20 世紀中國社會思潮研究》，北京：經濟科學出版社，2019 年，第 14 頁。

〔註63〕李澤厚：《華夏美學・美學四講》，第 187 頁。

欲罷不能時的無聲慰藉（諸如《為要尋一顆明星》、《一個祈禱》、《最後的那一天》等）〔註 64〕。此外，無論是英倫維多利亞時代的小資情調，浪漫主義的文學譜系，波德萊爾的「新的戰慄」，抑或南洋的異域風情，現代都市的摩登誘惑，無不顯示了其身上所籠罩的現代性多重光暈。即使在傳統的範疇內，其自我品性中流露出來的或儒或道或釋，亦明顯跳蕩著一種不為五行三教束縛而品味大千世界光色聲影、體驗人情物理之豐富樂趣的審美追求——「遊於世」。這也就不難理解，為何他的興趣愛好如此廣泛，思想如此駁雜——這種激蕩的生命自由意志，正是「五四」啟蒙主義的一大特色。五四「欲立國必先立人」的啟蒙主旨，使得五四啟蒙者意識到「立人的關鍵是讓人能達成自律的創造的自我，這就必須直接鼓蕩起人的自由意志，在自由意志的統率下讓理性與非理性（情感）都充分地相互激蕩。」〔註 65〕「這種生命意識首先是與社會處於對立狀態的存在者的主體意識，它追求自我生存方式的確立和人生價值最大限度地敞開；還有是與封建意識形態相對立的生命自我本能的覺醒，它要求衝破封建倫理體系使感性生命欲求得以實現。兩者所表現出的社會主題與文化精神共同加入了文學以『立人』為核心的啟蒙協奏曲之中。」〔註 66〕正是因為置身於這樣的啟蒙潮流中，徐志摩的文學創作往往便超越了「傳統意義上的那種通過標舉『性靈』而申述生命的詩歌觀念，具有了全新的意義——在新的文化制高點上對生命進行了新的審美。」〔註 67〕

儘管徐志摩以其獨有的細膩敏感參與了對生命的解悟與大千世界色相的審美直覺，但其創作並不存在一個「先以詩句牽，後令入佛智」的先驗前提。作為一個浪漫色彩濃鬱的「五四」現代詩人，他終究空不了作為詩歌靈魂的熾熱情感，也空不了對人生的愛。更多的時候，「他只是想通過他杜鵑般的歌喉，用泣血的歌吟，引起人們對人生意義、存在價值的深刻反省，引起人們對生命、感性的深情眷念」〔註 68〕；同時，其詩文中大量遊心於自然的物我

〔註 64〕關於詩人宗教信仰中的「基督維度」，限於題旨與篇幅，本文不再展開。具體可參閱蔣利春：《匿名基督徒——論徐志摩詩歌的基督情結》、孫翀：《思想、自由與宗教——徐志摩宗教思想試論》、余婷婷：《徐志摩詩歌的宗教文化內涵》等論文。

〔註 65〕楊經建：《20 世紀存在主義文學史論》，第 54 頁。

〔註 66〕楊經建：《20 世紀存在主義文學史論》，第 54、56 頁。

〔註 67〕程國君：《「以生命的眼光看藝術」——「新月」詩派的生命哲學》，《文學評論》2005 年第 4 期。

〔註 68〕吳言生：《禪宗詩歌境界》，北京：中華書局，2001 年，第 330 頁。

兩忘、空靈自在之境，也並不能等同於佛家的四大皆空，所以，我們分析研究徐志摩詩文中情感意境與禪理的關係時，應有一個全面、辯證的認識，既要挖掘其詩中深層的禪理意蘊，又不可一味索隱比附，將其優美的詩文僅僅看作是佛教理念的圖解。應該看到，在其飛揚與頓挫的心靈節奏中，往往呈現了兩種看似截然不同但卻可以並行不悖的風格：「熱烈與空寂」。此「兩種美學特徵並存其實彰顯了徐志摩身上酒神與日神精神相互衝動的張力。而酒神狄奧尼索斯的反叛與徐志摩內在需求更加契合，稍加注意不難發現徐志摩詩歌中的抒情常有酒神的狂喜或者癲狂之態，渴求掙脫束縛、破除克制之欲望強烈，而在對『適度』的反叛之間，詩人表現出那些對人構成否定性的因素的關注，並對從壓迫感、被否定感中辯證轉化出昇華和超越的快感這一動態的心理變化過程情有獨鍾。」〔註69〕

似乎是為了成全詩人那總在飛揚與墮落中冒險的靈魂，詩人的人生結局，是一種「翩翩的在空際雲遊」的結局，也是踩著《再別康橋》的輕盈旋律悄然離去的結局。在深情款款的柔婉和向著天空的飄逸中，世俗妄念的雲彩悄然消散，塵緣被斬斷，塵埃也隨之落定：「悄悄地我走了，｜正如我悄悄地來；｜我揮一揮衣袖，｜不帶走一片雲彩。」來得自在灑脫，走得恬靜安詳；生如春花之絢爛，死如秋葉之靜美。請問：還有比這更為灑脫的人生麼？

　　　　（附識：在寫作這篇文章的過程中，欣聞「徐志摩聞天寧梵唄
　　　銅像」在常州天寧寺山門廣場西南側正式亮相，一時感慨萬端：世
　　　人總算還識得這位詩人的禪心慧根。）

附錄：萬古長空，一朝風月——《再別康橋》的禪宗境界

　　　　涉江為誰採蓮去，舊夢如歌星輝裏；
　　　　衣袖飄舉，般若尤為解意。
　　　　行雲流水天涯行，康河蒼煙落照中；
　　　　扁舟一葉，解纜時共誰語？　　　　　　　　　——題記
　　「詞以境界為上。有境界則自成高格，自有名句。」——王國維的這則

〔註69〕余婷婷：《徐志摩詩歌的宗教文化內涵》，張桃洲主編：《中國現代詩人的思想文化闡釋》，第141頁。

詞話如用來形容新詩《再別康橋》也是極為貼切的。當「輕輕的我走了，正如我輕輕的來」這輕靈的句子總不經意間盤旋於人們的口唇之際，我相信，許多人都感覺到了它無言的優美。但這種優美的魅力究竟源於怎樣的意境？在此，筆者想以詩境的三重境界與禪宗的三重境界來試作闡釋。

在中國美學思想史上，曾留下了唐代詩人王昌齡極為著名的「詩有三境」說：「物境一。欲為山水詩，則張泉石雲峰之境，極麗絕秀者，神之於心。處身於境，視境於心，瑩然掌中，然後用思，了然境象，故得形似。情境二。娛樂愁怨，皆張於意而處於身，然後弛思，深得其情。意境三。亦張之於意，而思之於心，則得其真矣。」〔註70〕──現代詩歌《再別康橋》也有這「三境」。詩歌一、二節語出天然，由「白雲出岫本無心」（所謂「我輕輕的招手，作別西天的雲彩」）自然而然過渡到「流水下灘非有意」（所謂「波光裏的豔影，在我的心中蕩漾」），如此矯矯出塵之姿，飄飄欲舉之態，在白話詩中第一次使天下人耳目為之一新。詩人如此登高望遠，「回眸」康河，從而在「極麗絕秀」的康河晚照的景色中「處身於境，視境於心」，正是「因空見色」。一幅明淨秀麗的畫卷得以在他靜靜的觀照下輕靈流轉：西天的雲彩、河畔的金柳、波光裏的豔影、軟泥上的青荇、榆蔭下的清泉、揉碎在浮藻間的夢……凡此種種，詩人都能夠做到「瑩然掌中」，但依然只得「形似」，僅以「形似」之「物象」，構成主體內心的韻律與氛圍。這層境界，雖然為後面詩境的遞進作了必要的點染和鋪墊，但依然處於一種目為物障、心被「色」礙的「物境」。

接下來，是「情境」：

> 尋夢？撐一支長篙，
> 向青草更青處漫溯；
> 滿載一船星輝，
> 在星輝斑斕裏放歌。

──情為詩美，詩美之本。詩人「神與物移」，在現實與夢想的洄游中，經歷了溯源而上追尋夢境的歡喜，心緒如潮，婉轉綢繆，令人動容。這一情感境界，已跨越於物而高於物境，所謂「由色生情，傳情入色」，已然達到了宗白華所說的「主觀的生命情調與客觀的自然景物交融互滲，成就一個鳶飛魚躍，活潑靈動，淵然而深的靈境」，但仍然為「娛樂愁怨」所礙，雖具神思，

──────────

〔註70〕 王昌齡：《詩格》（卷下），張伯偉撰：《全唐五代詩格匯考》，鳳凰出版社，2002年，第 172～173 頁。

仍處於「身縛之中」。「深得其情」的詩，古往今來，數不勝數，但沾染於情，繫縛於情，並非真正好詩。用佛教語言來說乃是：心垢、妄情、六根未得清淨，並非「美」的最高境界。

然而接下來的最後兩節出人意料：

> 但我不能放歌，
> 悄悄是別離的笙簫；
> 夏蟲也為我沉默，
> 沉默是今晚的康橋。
>
> 悄悄的我走了，
> 正如我悄悄的來；
> 我揮一揮衣袖，
> 不帶走一片雲彩。

──一個「但」字，以一種語法上的轉折，恰似一路悠悠流淌的琴聲中一個適切的指法，忽然跌宕一層，引渡聽者進入弦外之境。「但我不能放歌，悄悄是別離的笙簫」，彷彿黃庭堅的「罷吟窗外月沉江，萬籟俱定七絃空」，以一種空間的飛躍，使讀者直接越過文字之障而跨入未沾知性的自然的律動裏。在這種詩意進程的自然重疊轉折衷，浮現的是一種「行到水窮處，坐看雲起時」般的天趣：詩人一路行來，走過心中的千山萬水，驀然回首，「見山仍是山，見水仍是水」，看到的依然是最初作別時的雲彩。而「萬籟此俱寂，惟聞鍾磬音」，當從詩意的斑斕重回夢醒後的四野悄然，詩人那一路婉轉如簫聲低咽的心音，最終消融於一種「空故納萬境」的冥思的空靈。由此「自色悟空」，在似乎連詩意的溫柔與牧歌的韻味都消融於一體的異常淡遠的心境中，詩人從「物境」與「情境」中解脫出來，消解了「物累」與「情累」：無論是燦爛的瞬間，還是美好的記憶，在最終的「揮一揮衣袖」裏，全都「如夢幻泡影，如露亦如電，應作如是觀」。此情此態，「心溶溶於玄境，意飄飄於白雲，忘情物我之表，縱志有無之上」，詩人身處詩意的「空」境而回眸於「無」，只見淡淡的雲彩在天邊悠悠地遊著，極度自由的心靈於此岸與彼岸中來去無礙，已經深深地蘊含著佛禪意境的思想因子：「於六塵中，不離不染，來去自由，即是般若三昧，自在解脫，名無念行」（《壇經》）。想起了李白的一首詩：「當其得意時，心與天壤俱。閒雲隨舒卷，安識身有無」，那種渾融超妙的自然意境，與《再別康橋》的這層意境大抵有幾分相似。

　　有趣的是，禪宗也有三種境界，對應於詩的三境。李澤厚曾說：「禪宗常說有三種境界，第一境是『落葉滿空山，何處尋行跡』，這是描寫尋找禪的本體而不得的情況。第二境是『空山無人，水流花開』，這是指已經破法執我執，似已悟道而實尚未的階段。第三境是『萬古長空，一朝風月』，這就是指在瞬刻中得到了永恆，剎那間已成終古。在時間是瞬間永恆，在空間則是萬物一體，這也就是禪的最高境地了。」〔註71〕──不妨套用一下，《再別康橋》也有這三種境界：第一境是「舊夢滿康河，何處覓行跡」，這是離別前的眷戀與纏綿，也是尋找舊夢而不得的情形；第二境是「星夜無人，獨自放歌」（或曰「今夜誰家扁舟子，何處相思明月樓」），這是沿著心境上溯洄遊，欲解脫而尤沉湎於夢境的階段；第三境是「揮手作別，剎那永恆」（或曰「眾裏尋他千百度，驀然回首」的境界），在揮手作別遠去的瞬間，詩人已用他磅礴的想像力將康橋完整地托起，化為永遠的心象鐫刻在記憶裏，再也不會隨著時間的久遠而褪色。──是的，「萬古長空，一朝風月」；「一切有情，皆無掛礙」。層層剝開《再別康橋》那「山水離別詩」的清麗外衣，裸露出的乃是它本質的胴體：一首神韻天然的禪詩。「大抵禪道惟在妙悟，詩道亦在妙悟」，詩道的妙悟與佛家美學的覺悟思維原來是如此相契：「由直覺頓悟造成的對宇宙人生作超距離圓融觀照的審美傾向，即在靜觀萬象中超越社會、自然乃至邏輯思維的束縛，破二執，斷二取，由空觀達於圓覺，明心見性，實現以主觀心靈為本體的超越，獲取一種剎那間見永恆的人生體悟。」〔註72〕

　　「心靜則明，水止乃能照物。品超斯遠，雲飛而不礙空。」詩人在康河邊一路行來，乃是一個撥開物障、超越情的執著而「明心見性」的心靈歷程。這一明心見性的心靈歷程，正猶如禪在日常生活中對自性的體悟過程。禪的體悟，往往是在自然山水中的放情達性，在自然的自由舒展中體驗心與萬物的契合，從而達到無我的、自在無礙的圓融澄明境界。這種生命本真的詩性存在方式，正是《再別康橋》所達到的一種詩意的禪境。

　　涉江為誰採蓮去，舊夢如歌星輝裏；衣袖飄舉，般若尤為解意。行雲流水天涯行，康河蒼煙落照中；扁舟一葉，解纜時共誰語？──詩人心靈的簫聲靜默之際，揮舞的衣袖尤在暮靄中飄蕩；不驚醒康河的楊柳岸那些纏綿的往事，化作一縷輕煙已消失在遠方……

〔註71〕李澤厚：《莊玄禪宗漫述》，《中國古代思想史論》，第 218～219 頁。
〔註72〕蒲震元：《中國藝術意境論》，北京大學出版社，1995 年，第 183 頁。

第七章　魏晉風度開顯的生命情調
——徐志摩的「魏晉風度」與「六朝散文」

　　魏晉六朝是中國政局混亂社會黑暗痛苦的時代，王綱解紐故人格獨立，人格獨立帶來的思想自由使文章瀟灑，這樣的瀟灑風韻最能體現於當時驚采絕豔的辭賦、駢體文中。這種深具人文風度的文學傳統，上承先秦楚辭的瑰麗，下啟明末小品文的絢爛，一路順延，流迸在西方文藝復興思潮刺激下蓬勃興起的現代「五四」新文化運動的血脈中。周作人就曾在《中國新文學的源流》中指出過現代散文和晚明小品文在血脈上的承繼性。如果說周作人的散文在「五四」中以恬淡的風格顯示了明末性靈小品所獨具的韻味，那麼徐志摩的散文則以華麗的風格顯示了六朝文體在心靈意義上的高貴傳統。

——題記

　　我想徐志摩如果生在六朝，他也許用賦的體裁來寫《死城》和《濃得化不開》。　　　　　　　　　　——朱光潛：《詩論》

　　我常想，中國的白話文學，應該備過去文學的一切之長，在這裡頭徐志摩與秋心兩位恰好見白話文學的駢體文的好處……

——廢名：《悼秋心》

引言：個性主義與名士風流──徐志摩的「魏晉風度」

如果說中國歷史上曾有四次思想解放時期，分別對應著先秦、魏晉、晚明、「五四」，那麼在「五四」新文化運動中湧現的徐志摩，就其作品所呈現的異彩紛呈而言，在氣質上對應的是先秦莊子的灑脫飄逸，在文體上接續的是六朝散文的鋪排繁彩，在精神上轉化的是晚明名士的獨抒性靈，在文字上則得天獨厚地發揚了「五四」白話文的清新流利以及雜糅歐化語。本文著重談談魏晉六朝文體對徐志摩散文的影響。魏晉六朝是中國政局混亂社會黑暗痛苦的時代，王綱解紐故人格獨立，人格獨立帶來的思想自由使文章瀟灑，這樣的瀟灑風韻最能體現於當時驚采絕豔的散文、駢賦體文中。這種深具人文風度的文學傳統，上承先秦楚辭的瑰麗，〔註1〕下啟明末小品文的絢爛，一路順延，流進在西方文藝復興思潮刺激下蓬勃興起的現代「五四」新文化運動的血脈中。周作人就曾在《中國新文學的源流》中指出過新文學運動與傳統文化在血脈上的承繼性。如果說周作人的散文在「五四」中以恬淡的風格顯示了明末性靈小品所具有的獨特韻味，那麼徐志摩的散文則以華麗的風格顯示了六朝文體在心靈意義上的高貴傳統。

朱自清先生曾概括指出過中國傳統文人「『風流』的標準」，說是「得有『妙賞』、『深情』的『玄心』，也得用『含英咀華』的語言」〔註2〕，這在魏晉六朝名士的身上體現得尤為突出，中國美學的風尚正是從魏晉六朝對「人物的品藻」開始的。「莊子一脈思想所成就的中國藝術精神，自六朝崛起後，便形成了與儒家詩教截然對抗的非正統傳統。那些不能參與『治國平天下』的士人，由此便可放浪於藝術，恣縱於山水，這便是魯迅說的『魏晉風度』」，而在「五四」時期，啟蒙精英們「對魏晉六朝的文章和人格多所推崇，王國維、魯迅、宗白華和朱光潛都是如此。雖然他們每個人的情況都是複雜的，但又都用魏晉飄逸、解脫的自由人格來填充西方美學所追求的審美人生和人格。」〔註3〕應該說，此種傳統名士風範在徐志摩的身上表現得尤為突出。其

〔註1〕清人孫梅就曾認為楚辭是駢文的源頭，其《四六叢話》云：「自賦而下，始專為駢體，其（指《騷》）列於《賦》之前者，將以騷啟儷也。」（孫梅：《四六叢話》，人民文學出版社，2010年，第46頁。）

〔註2〕朱自清：《文學的標準和尺度》，《標準與尺度》，文光書店，1948年，第45頁。

〔註3〕牛宏寶：《中國與西方──1949年前中國對西方美學的接受》，汝信、王德勝主編：《美學的歷史：20世紀中國美學學術進程》（增訂本），第327頁。

生平性情，在許多文人筆下曾有過栩栩如生的記錄，而最讓人傾慕的，是他的「魏晉風度」。梁實秋說：「真正一團和氣使四座並歡的是志摩。……他一趕到，像一陣旋風卷來，橫掃四座，又像是一團火炬把每個人的心都點燃，他有說，有笑，有表現，有動作，至不濟也要在這個的肩上拍一下，那一個的臉上摸一把，不是腋下夾著一卷有趣的書報，便是袋裏藏著一札有趣的信札，傳示四座；弄得大家都歡喜不置……。志摩有六朝人的瀟灑，而無其怪誕。」〔註4〕而林語堂則以傳奇性的筆調寫道：「志摩，情才、亦一奇才也！以詩著，更以散文著，吾於白話詩念不下去，獨於志摩念得下去。其散文尤奇，運句措辭得力於傳奇，而參任西洋語句，了無痕跡。然知之者皆謂其人尤奇。志摩與余善，亦與人無不善，其說話爽，多出於狂叫暴跳之間；乍愁乍喜，愁則天崩地裂，喜則叱吒風雲，自為天地自如。不但目之所及，且耳之所過，皆非真物之狀，而志摩心中之所幻想之狀而已。故此人尚遊、疑神、疑鬼，嘗聞黃鶯驚跳起來，曰：『此雪萊之夜鶯也』。」〔註5〕——這樣的記載所透露出來的軼事趣聞，比起《世說新語》中記載的魏晉風流人物來說有過之而無不及。文如其人，徐志摩的散文「富於飛騰的想像，每七彩繽紛，如天花亂墜，與周作人坐在苦雨齋裏，從容地談草木蟲魚完全是兩個境界。」〔註6〕中國文化的精粹，往往就體現在生命本身所展示的性情品格乃至言談舉止和音容笑貌中。可以說，正是徐志摩所獨具的「魏晉風度」，形成了他那樣奇豔濃鬱、綺麗瀟灑的「六朝散文」。當然，徐志摩式的風流雅逸在中西文化思想碰撞的「五四」時期並不鮮見，「『創造』諸君子的傲岸，『彌灑』社成員的超脫，『湖畔』行吟的風韻，『淺草』叢中的螢火，不論為人為文皆得歷來名士風習的真傳」〔註7〕，「五四」文壇如四月春景般的文藝復興氣象，正來自西方個性主義與傳統名士風流的鎔鑄互匯。

一、「新文學中的六朝體」

朱自清和魯迅均不約而同地指出過：「五四」新文學運動中「最發達的，

〔註4〕梁實秋：《徐志摩與新月》，舒玲娥編：《雲遊：朋友心中的徐志摩》，第34～36頁。
〔註5〕林語堂：《新豐折臂翁·跋》，轉引自梁實秋：《徐志摩與新月》，舒玲娥編：《雲遊：朋友心中的徐志摩》，第36頁。
〔註6〕司馬長風：《中國新文學史》（上卷），香港：昭明出版社，1980年，第182頁。
〔註7〕劉增傑、關愛和主編：《中國近現代文學思潮史》（上卷），第400頁。

要算是小品散文」〔註8〕,「散文小品的成功,幾乎在小說戲劇和詩歌之上」〔註9〕;林語堂則表示:「『宇宙之大,蒼蠅之微』無一不可入我範圍也。此種小品文,可以說理,可以抒情,可以描繪人物,可以評論時事,凡方寸中一種心境,一點佳意,一股牢騷,一把幽情,皆可聽其由筆端流露出來,是謂之現代散文之技巧。」〔註10〕──由此促成的風格體式之多樣性,形成了「五四」時期萬卉競豔的局面:既有「任意而談,無所顧忌」的語絲體,也有清麗溫婉的冰心體;既有沉鬱頓挫、犀利遒勁的魯迅雜文體,又有豐贍典雅的朱自清體,「種種的樣式,種種的派別、表現著、批評著,解釋著人生的各面,牽流蔓衍,日新月異。」〔註11〕可以說,不可重複的獨特個性的強烈呈現是諸多散文體之間的公分母,〔註12〕也是「五四」散文小品得以順利轉型的關鍵所在,而每一種文體得以最終確立的關鍵又在於從何種意義上保證了散文語言所應有的「光澤」。對此,周作人曾在白話語言變革後基於對白話「文學性」的追求而提出:「我們需要的是一種國語,以白話(即口語)為基本,加入古文(詞及成語,並不是成段的文章)方言及外來語,組織適宜,具有論理之精密與藝術之美。」〔註13〕──可見,除了方言,「五四」散文的兩個重要資源即是外來語與古文。而對五四一代屬於「歷史中間物」的文化精英們來說,他們身上既有深厚的國學修養,又大多受過外國的教育薰染,正可以很好將這兩方面結合起來。以華麗誇飾為醒目特色的徐志摩散文的語言,即是歐化與古語這兩者雜糅後的體現。

在現代文學史上,徐志摩以天才詩人名世,其實,他的散文同樣取得了不亞於詩的成就,是一位散文名家,只是為詩名所掩。他的許多朋友如梁實秋、葉公超、楊振聲等人,從一開始就認為他的散文比他的詩還好,認為徐

〔註8〕朱自清:《論現代中國的小品散文》,《文學週報》第345期。

〔註9〕魯迅:《小品文的危機》,《魯迅全集》第4卷,人民文學出版社,2005年,第592頁。

〔註10〕林語堂:《論小品文筆調》,萬平近編:《林語堂選集》(上冊),海峽文藝出版社,1988年,第482頁。

〔註11〕朱自清:《論現代中國的小品散文》,《文學週報》第345期。

〔註12〕郁達夫曾指出:「現代散文的最大特徵,是每一個作家的每一篇散文裏所表現的個性,比以前的任何散文都來得強。」(郁達夫:《〈中國新文學大系‧散文二集〉導言(A)》,良友圖書公司,1935年。)

〔註13〕周作人:《理想的國語》,鍾叔河編:《夜讀的境界》,湖南文藝出版社,1998年,第779頁。

志摩的可愛之處在他的散文裏表現得最活躍最清楚：「他那『跑野馬』的散文，我老早就認為比他的詩還好。那用字，有多生動活潑！那顏色，真是『濃得化不開』！那聯想的富麗，那生趣的充溢！尤其是他那態度與口吻，夠多輕清，多頑皮，多伶俐！而那氣力也真足，文章裏永遠看不出懈怠，老那樣像夏雲的層湧，春泉的潺湲！他的文章的確有他獨到的風格，在散文裏不能不讓他占一席地。比之於詩，正因為散文沒有形式的追求和束縛，所以更容易表現他不羈的天才吧？」〔註14〕阿英曾特別指出：「志摩的文字……是一種新的文體，組織繁複，詞藻富麗。周作人說他可以和冰心合起來成一派，我的意思，二者的確是不同的，徐志摩應作為一個獨立的體系論。」〔註15〕阿英提出了問題——徐志摩的散文「應作為一個獨立的體系論」，但沒有具體回答。蘇雪林乾脆說：徐志摩的散文「以國語為基本，又以中國文學、西洋文學、方言、土語，熔化一爐，千錘百鍊，另外鑄出一種奇辭壯彩，幾乎絕去町畦，令學之者無從措手。」〔註16〕相比之下，倒是後來謝冕的一段概括較為細緻精到：「《濃得化不開》是徐志摩的散文名篇。這篇名恰可以用來概括他的散文風格。要是說周作人的好處是他的自然，朱自清的好處是他的嚴謹，則徐志摩的散文的好處便是他的『囉嗦』。一件平常的事，一個並不特別的經歷，他可以鋪排繁彩到極致。他有一種能力，可以把別人習以為常的場景寫得奇豔詭異，在他人可能無話可說的地方，他卻可以說得天花亂墜，讓你目不暇接，並不覺其冗繁而取得曲徑通幽奇嶽攬勝之效。把複雜說成簡單固不易，把簡單說成複雜而又顯示出驚人的縝密和宏大的，卻極少有人臻此佳境。唯有超常的大家才能把人們習以為常的感受表現得鋪張、繁彩、華豔、奇特。徐志摩便是在這裡站在了五四散文大家的位置上。他的成功給予後人的啟示是深遠的。」〔註17〕——這裡，謝冕準確精闢地概括出了徐志摩獨特的散文風格：「濃鬱奇豔，鋪排繁彩」，應該說這是大多數人在閱讀徐志摩散文時所直接感覺到的總體印象，然而，關於徐志摩散文之所以形成這種「鋪排繁彩

〔註14〕楊振聲：《與志摩最後的一別》，舒玲娥編：《雲遊：朋友心中的徐志摩》，第65頁。
〔註15〕阿英：《徐志摩小品·序》，韓石山、伍漁編：《徐志摩評說八十年》，第264頁。
〔註16〕蘇雪林：《徐志摩的散文》，http://fanwen.geren-jianli.org/601936.html。
〔註17〕謝冕：《短暫的久遠》，謝冕主編：《徐志摩名作欣賞》，北京：中國和平出版社，2010年，第19頁。

到極致」而讓人「並不覺其冗繁而取得曲徑通幽奇嶽攬勝之效」的行文風格的原因，卻並沒有再深一度地剖析下去。其實，無論是楊振聲形容的「像夏雲的層湧，春泉的潺湲」，阿英指出的「組織繁複，詞藻富麗」，還是謝冕概括的「鋪張、繁彩、華豔、奇特」，均說明了徐志摩散文語言藝術上的一個共同特徵：華麗好看。如果要真正加以具體地概括，應該是：辭賦、駢體文的審美特性在現代白話文語境中的創造性轉換和鋪展衍化。

二、「契機者入巧，浮假者無功」：駢散之爭的歷史回溯

「漢字單音，以字組詞，充當詞素的字保持著相對獨立性，同時又可靈活換用，因此，人們可以很方便地找到甚至造出意義相近而平仄相對的詞語以湊出對句。同時，漢字以形為主，它的字體本身便呈現出圖畫性，而整齊句式的排列更易加強圖畫效果。」〔註18〕——漢文字的這種特性，正是中國歷代文人愛好駢文的秘密所在。「然契機者入巧，浮假者無功」（〔南朝梁〕劉勰：《文心雕龍‧麗辭》）——駢文體在中國歷史上又必然會經歷其興衰與變遷。縱觀中國文體演變史，乃是一部由文字表意符號慢慢轉變為語言審美層面文學性追求的歷史。從文學語言本體意識確立的先秦散文，到自覺追求語言之美的漢代辭賦，再到不斷地講求對偶的精緻與密集而追求句式整齊與聲律諧美的六朝駢文，無不體現了中國文字語言組織在其表意功能上的獨特展開過程。從中我們可以清晰地看到：文學語言美追求的初始狀態，在六朝以前，是以外在層面的語言美感為主導，而以內在層面之意義表現為附屬的情狀，但隨著有關語言規則的趨於定型，其所潛藏的對於自由舒展表意的約束也越發明顯，並終而流為某種外在層面的裝飾，於是，細密規則的語音美感開始成為語言美進步中需要擺脫的負累。〔註19〕——這正是六朝以後以「反駢」為宗旨而出現的中唐古文運動的歷史文化背景。「文起八代之衰」的古文運動，在內容上重啟「文以載道」以對抗六朝駢文的文道分離，在形式上以散句打破駢文工穩的對仗與整齊的結構，在側重邏輯發展的同時借助大量虛

〔註18〕劉納：《嬗變——辛亥革命時期至五四時期的中國文學》，中國人民大學出版社，2010年，第154頁。

〔註19〕參閱徐豔：《試論散文語言意義層面的音樂美——以中國散文語言音樂美的古今演變為依據》，梅新林、黃霖、胡明、章培恒主編：《中國文學古今演變研究論集三編》，上海古籍出版社，2010年，第150、155頁。

詞取得勾連轉移的功效，力求字從文意，辭必己出，從而增強了語言在邏輯敘述上的開合變化，為古典散文的藝術生命注入了新鮮血液。但文學歷史並非歷時性的直線運動，而是在前進的浪潮中尤有共時性的復古留戀。許多古文儘管在句法上一改以往的駢偶為部分散行單句，但又大致保留著駢偶的對稱節律，實際上是把充分發展了的駢文引回到未定型前的老路上去，於是我們可以看到一個很有趣的文學現象：無論是在慨歎「采麗競繁，而興寄都絕」而倡導「漢魏風骨」的初唐復古大將陳子昂的筆下，還是在反對一味雕琢的唐宋八大家的筆下，抑或是在清代桐城派的古文家那裡，對文字聲律的追求都不曾真正消減，反而得到了頑強的傳承和嬗遞。——唐宋古文運動中駢散相間而並行不悖、互相滲透融合的事實，在某種程度上也緩和了它與駢文之間的緊張。然而，唐宋古文運動舒放自由的文體氣脈從一開始就受到其肅重內斂的道統人格姿態的鉗制，其文以載道、代聖賢立言的拘謹「格套」，一直要待到「獨抒性靈」的晚明小品文的出現才得以突破。晚明小品文「以自我為中心」的個性筆調是近代性靈文學的命脈，其以語言意義層面之音樂美為中心而作出的大膽的語言革新，承餘緒於清，被新文化運動主將之一的周作人標舉為「五四新文學的源流」。

在新文學運動到來後依然不絕如縷的駢散之爭，是清末民初魏晉文章頗具規模回潮的一種迴響。清末，「阮元《文言說》掀起與桐城派之間的最後一次駢散之爭。後劉師培又作《廣阮氏文言說》闡發，使阮元所謂『孔子以用韻比偶之法，錯綜其言而白名曰「文」』的定義更顯周密」〔註20〕，一時間，梁啟超、黃節、王辟疆、錢基博、章太炎等文壇碩學紛紛附議唱和、推波助瀾，形成晚清魏晉文章頗具規模的一次回潮。隨著民國初建，這一趨勢甚至蔓延至教育界，黃侃、劉師培等相繼「進駐」北京大學，講述魏晉南北朝文學課程，對「盤踞」在那裡的桐城派古文家「勢力」形成衝擊。〔註21〕這種在時代「言文合一」呼聲日益凸顯的背景下彌縫文質裂隙而欲衛護傳統駢文正統性地位的努力，不經意間遭遇來自同一陣營的章太炎「文學復古」方案的駁

〔註20〕李怡、教鶴然、李樂樂等：《「文」的傳統與現代中國文學》，廣州：廣東高等教育出版社，2018年，第43～44頁。

〔註21〕周作人曾就此回憶說：「從前大學講壇為桐城派古文學所佔領者，迄入民國，章太炎派代之以興。在姚叔節、林琴南輩，目擊劉、黃諸後生之象比坐擁，也不免有文藝衰微之感。」（《知堂回想錄》，香港三育圖書公司，1980年，第339～340頁。）

正。〔註22〕後者看似趨於極端的「復古」，與稍後看似極端「趨新」的「五四」白話文運動取徑不同，卻達成了從「文變」到「質變」的內在一致。

回眸「全盤性反傳統」的「五四」白話文運動，與旨在反對一味「炫耀為文，瑣碎排偶」而陷入形式片面追求的六朝駢文的中唐古文運動，頗多相似之處。不但胡適主張的「須言之有物，不作無病之呻吟」與韓愈主張的「陳言之務去」、「文從字順，不平則鳴」等如出一轍，而且陳獨秀大聲疾呼的「推倒雕琢的阿諛的貴族文學」，也與古文運動的宗旨不無呼在前而應在後的隔世痛感。胡適《文學改良芻議》中著名的「八事」主張，諸如「不作無病之呻吟」、「去濫調套語」、「不用典」、「不講對仗」等等，既是針對歷史上「冤廢有用之精力於微細纖巧之末」的「文勝質」現象，也是在「以白話為正宗」宗旨下劍指上海文壇南社文人興盛一時的「駢文奇觀」。由此他對尊奉六朝文章的《選學》頗為鄙夷，將駢文律詩視為「文學末技」。很明顯，胡適朝以駢文為代表的古典文學形式的發難既與其「以白話為正宗」的文學革命宗旨互為表裏，也因應著新時代的啟蒙要求。但如此對文學功利性的過分強調，會不會引起相應的反彈？果然，新文學史再次驚人地出現了「復古」的相似：「隨著新文化運動的節節勝利，胡、周等人對『舊文學』的態度日漸寬容，評價也隨著發生了微妙的變化。其中一個重要標誌，便是對於『桐城』與『選學』，不再一

〔註22〕針對劉師培的「駢文正宗論」，章太炎不以為然，認為修辭不在駢散：「修辭立其誠也，自諸辭賦之外，華而近組則滅質，辯而妄斷則失情。遠於立誠之齊者，斯皆下情所欲棄捐，故不在奇偶數」（章太炎：《與人論文書》），從而反對以文勝質：「工拙者繫乎才調，雅俗者存乎軌則。軌則之不知，雖有才調而無足貴」，以此出發，他詮釋了其雜文學觀：「一切文辭（兼學說在內），體裁各異，以激發感情為要者，箴銘、哀誄、詩賦、詞曲、雜文、小說之類是也；以濬發思想為要者，學說是也；以確盡事狀為要者，歷史是也；以比類知原為要者，公牘是也；以本隱之顯為要者，占繇是也。其體各異，故其工拙，亦因之而異。其為文辭則一也。」（章太炎：《文學論略》）而持駢文觀的劉師培則針對性地指出：以語錄為文和以注疏為文的宋儒與清代漢學家大都有質無文，本來「樸直為文，不尚藻繪，屬詞必事，自饒古拙之趣。及掇拾者為之，則剿襲成語，無條貫之可尋。侈徵引之繁，昧行文之法，此其弊也。」（劉師培：《論近世文學之變遷》）此外，在《中國美學變遷論》及《論美學與徵實之學不同》等文中，劉師培還認為文學是美術的一種，以修飾、性靈為主，而非以求真為主，也是對章太炎的間接回應。可見，他們表面上之於「文」之定義及文筆的辯詰，實是「文質之爭」，其矛盾焦點已啟「五四」新文學革命之端緒。（狄晨霞：《劉師培與章太炎的文質之爭》，李振聲：《重溯新文學精神之源：中國新文學建構中的晚清思想學術因素》，上海：上海人民出版社，2020 年，第 280 頁。）

棍子打死。一旦超越『全盤性反傳統』的思維模式，強調理解與選擇，個人趣味立即呈現。新文化人的『統一戰線』迅速瓦解」，正是在這一分化與瓦解的情勢中，「經歷一番解構、挑戰、轉化、重建，六朝文作為重要的傳統資源，正滋養著現代中國散文。」〔註23〕——其實，不待新文學運動領袖人物的表態，隨著圍繞駢文揚與抑而開展的「文質之爭」的偃旗息鼓，在反傳統中背負本民族固有知識結構和文化心理的「五四」文化精英們，透過新舊紛爭的硝煙，也不難領悟到「新的白話文語言在逐漸顯示出自己的豐富功能的同時也很自然地失去了舊時文學語言所獨具的某些意味」〔註24〕，於是駢文作為一種有意味的形式，重新又在某些具有古典文化深厚積澱的文人筆下得到了自然而然的「復活」。

　　面對以「推到雕琢的阿諛的貴族文學」為口號的「五四」新文學革命，民國駢文研究大家劉麟生曾大不以為然，他認為，首先要矯正對於「貴族文學」的偏見：「少數人所欣賞的文學，學者以貴族文學稱之」，然而，「少數人所贊成的東西，不見得是壞的」，「少數人所欣賞的東西，往往後來成為多數人欣賞的東西。」在他看來，「五四」文學革命土將對於駢文的批判，並沒有超出歷史的範疇：「一意阿諛駢四儷六的文章，與狂呼打倒六朝綺靡文學的人，都是偏於極端。文學是多方面的，以真善美為歸；只要文筆自然，能描寫事物，能發抒性情，便是真善美的好文學。」〔註25〕進　步，從文學之「美」的特質出發，劉麟生將駢文定義為「美文」，將對駢文本身所具有的形式美問題提升到文學本體研究的層面，可謂真正抓住了駢文的性質，其研究也具有了現代學科史的意義。這種來自傳統保守派的合理化呼聲與抵制，也促使了新文學革命退潮後之於自身「矯枉過正」的審視，譬如周作人後來就有過這樣的「檢討」：「駢文也是一種特殊的工具，自有其達意之用」〔註26〕，「假如能將駢文的精華應用一點到白話文裏去，我們一定可以寫出

〔註23〕陳平原：《現代中國的「魏晉風度」與「六朝散文」》，《中國現代學術之建：以章太炎、胡適之為中心》，北京：北京大學出版社，2020年，第344、360頁。
〔註24〕劉納：《嬗變——辛亥革命時期至五四時期的中國文學》，第195頁。
〔註25〕莫山洪：《論劉麟生「美文」視野下的駢文研究》，莫道才主編：《駢文研究》（第2輯），桂林：廣西師範大學出版社，2018年，第77～78頁。
〔註26〕鍾叔河編：《周作人文類編》（第一卷），湖南文藝出版社，1998年，第830頁。

比現在更好的文章。」〔註27〕

　　陳平原在其《現代中國的「魏晉風度」與「六朝散文」》一文中指出：「世紀末回眸，構建現代中國散文的譜系，其中借助於六朝文章而實現傳統的創造性轉化的，很可能如此描述：章太炎、劉師培——魯迅、周作人——俞平伯、廢名、聶紺弩——金克木、張中行。這一譜系的中心在周氏兄弟」〔註28〕。——這種對現代散文譜系化的學術提煉意識可謂難能可貴，但在「很可能如此」的描述中，將處於現代文學散文史軸心地位的周氏兄弟匆匆奉上這一「譜系」的中心位置，獨獨遺忘「恰好見白話文學的駢體文的好處」（廢名語）的徐志摩，難免是一種正統積習下無意識的疏漏。的確，周作人曾以六朝文不曾強求「載道」而屢屢稱頌其「質雅可頌」，在苦雨齋中醉心的乃是魏晉人物於亂世中的「思想通達」，嚮往「從孔融到陶淵明的路」，在文字審美趣味上亦體現出某種清和流美；魯迅亦曾渲染魏晉乃「文學的自覺時代」，讚賞魏晉文章的「清峻、通脫、華麗、壯大」，在精神姿態上傾向的是嵇康的反抗與獨立，但他們在「擯棄唐宋、偏愛六朝」的共同投合上呈現的主體風貌，均背離傳統文人對於六朝的想像。〔註29〕理論構建並不能與創作實踐劃上等號，而後者才是決定文體譜系歸屬的實質。因此本文認為，在「五四」白話文運動

〔註27〕周作人：《藥堂雜文》，北京十月文藝出版社，2012年，第14頁。

〔註28〕陳平原：《現代中國的「魏晉風度」與「六朝散文」》，《中國現代學術之建立：以章太炎、胡適之為中心》，第317頁。

〔註29〕學界對「魏晉風度」的內涵之理解多有歧義（現代文學史上曾有過魯迅以「怒目金剛」駁詰朱光潛關於陶淵明詩歌「靜穆」說的著名「學案」，其是非曲直至今仍餘波蕩漾，未能統一），經過比較評判，筆者較為認同這樣的說法：「後人常常以嵇康、阮籍的竹林之風代表『魏晉風度』，實際上這是錯誤認識。魏晉風度必須建立在內心與外物和諧、平衡的理想人格實現上。嵇康、阮籍內心充滿了矛盾、痛苦，他們無法達到魏晉風度精神超脫的起碼要求。只有當向秀、郭象『獨化』玄學理論建立後，解決了自正始以來就存在的名教與自然之爭，知識分子才找到了心、物平衡的出路，才能在人與社會的衝突中，確定自己徘徊於真、俗之間的理想人格。同時也才能擺脫人與自然衝突的羈絆，並確定人與自然和諧統一的生命結構。在這樣的結構中，客觀外物第一次作為審美對象存在，而不是作為生命憂懼的對比物。知識分子這時才能表現超脫於社會和客觀外物之上的魏晉風度，生命意識的充分自覺就在魏晉風度總體特徵下展開。」（傅剛：《魏晉南北朝詩歌史論》，北京：商務印書館，2017年，第146～147頁。）而徐志摩的散文毋寧說是切合於「人與自然和諧統一的生命結構」之「精神超脫」範疇的，故本文在上述對比中認為其文章呈現的主體風貌符合「傳統文人對於六朝的想像」，而將魯迅以客觀外物作為「生命憂懼對比物」之「怒目金剛」的文體剔出這一範疇。

中，真正在文章創作內涵上接近六朝文審美本質的，在藝術上「借助於六朝文章而實現傳統的創造性轉化的」，是廢名、梁遇春與徐志摩，尤其是以「詩化散文」著稱的後者。

三、「文學的自覺」：傳統文體的創造性轉化

以現代的眼光來看，中國傳統駢文與律詩字裏行間跳躍的想像與靈幻的意象，包括其形式所流露出來的暗示心靈微妙感覺的韻律美，「正是龐德（Ezra Pound）到帕斯，二十世紀許多西方現代主義詩人讚歎不置的漢語詩歌的獨特優點，是現代性寫作的可貴因素。關鍵在於駢偶與對仗的密集使用，導致了語言的非連續性，使字詞解除了意義關係，脫離了表面文法，由時間的連續轉為空間的並列，從而呈現出視覺的美。」〔註30〕然而，此種獨立存在的文學性價值所蘊含的可資轉換的「古典現代性」，在 20 世紀的「文學革命」中卻遭到瞭解構，被胡適一再抨擊為「不講求文法結構」的「不通」（胡適：《文學改良芻議》）之文字。為了傳佈「啟蒙」思想，胡適認為必須盡可能消泯意義在語言傳導過程中出現的模糊和阻塞，〔註31〕所以他主張「詩貴有真，而真必由於體驗。」這種弱化新詩想像力的後果，導致新詩「讀起來總是淡而寡味，而且有時野俗得不堪。」〔註32〕　　也許同樣有見於此，與胡適同屬新月派陣營而表面上親密無間的徐志摩曾不無隱晦地向他表示：「你我雖則兄弟們的交好，襟懷性情地位的不同處，正人著」；「我唯一的希望是得到一種生活的狀態，可以容我集中我有限的精力，在文字上做一點工作。」（徐志摩致胡適信，1927 年 1 月 7 日）這種信念，體現在其散文創作上，則是努力追求「一門獨立的藝術」。他在舉例讚美一些西方散文家的作品時說：「一簡短的字句，一單獨的狀詞，也許顯示出真與美的彩澤……這是覺悟，藝術」（徐志摩：《丹農雪烏》），「文章是要這樣寫，完美的字句，表達完美的意境……他們把散文做成一門獨立的藝術，他們是魔術家。在他們的筆下，沒有一個字不是活的。他們能把古奧的字變成新鮮，粗俗的雅馴，生硬的靈活」，他坦承「我敢說我確是有願心把文章當文章寫的一個人」（徐志摩：《〈輪

〔註30〕江弱水：《胡適的語文觀與三十年代的反撥》，《文本的肉身》，第 38 頁。

〔註31〕江弱水：《現代性視野中的駢文與律詩的語言形式》，《文本的肉身》，第 31 頁。

〔註32〕聞一多：《〈冬夜〉評論》，《聞一多選集》（第一卷），四川文藝出版社，1987 年，第 237 頁。

盤〉自序》），並憧憬一種「詩的散文的奇蹟」：「我們誰不曾，在志願奢大的期間，夢想過一種詩的散文的奇蹟，音樂的卻沒有節奏與韻，敏銳而脆響，正足以跡象性靈的抒情的動盪，沉思的迂迴的輪廓，以及天良的俄然的激發？」（徐志摩：《波特萊的散文詩》）——凡此種種，均體現了新舊轉折時期其文體自覺意識的覺醒。他的散文即被許多論者稱為「詩化散文」，認為是詩的進一步擴演。如沈從文曾在《論徐志摩的詩》一文中指出：「徐志摩……使散文與詩，由一個新的手段作成一種結合，……使散文具詩的精靈，融化美與醜劣句子，使想像徘徊於星光與污泥之間。同時，屬於詩所專有，而又為當時新詩所缺乏的音樂韻律的流動，加入於散文內，……文字中糅合有詩的靈魂，華麗與流暢。在中國，作者散文所達到的高點，一般作者中，是還無一個人能與並肩的。」〔註33〕應該說，這種超常的駕馭文字的能力，既源於他不苟且地運用文字的決心與自覺的錘鍊，也與他從小就熟悉並掌握了駢賦等古體文的寫作是分不開的。

　　徐志摩出生在一個富商家庭，天資聰穎的他自幼被父親悉心培育，求師入學，加之家有豐富藏書，耳濡目染，使他具備了深厚的古典文學底蘊。他的古文水平頗高，分別作於13歲時的《論哥舒翰潼關之敗》與17歲時的《論小說與社會之關係》等文言文，論述翔實，邏輯嚴謹，流暢而有氣勢，曾傳誦一時；其駢文功底亦佳，「於文好龍門與蒙莊，……為新會先生（指梁啟超，筆者注）所贊許，而推於康南海（指康有為，筆者注）也」〔註34〕。在他早年的雜記中，「駢偶」的句法時有出現：

　　　　孔使君邀予遊小湯山，浴於溫泉，風於殘荷楓葉之間；登土山

〔註33〕沈從文：《論徐志摩的詩》，《抽象的抒情》，上海：復旦大學出版社，2004年，第181～182頁。

〔註34〕蔣復璁：《徐志摩小傳》，金庸等：《舊夢：表弟眼中的徐志摩》，南昌：江西教育出版社，2017年，第24頁。按：梁啟超在1925年5月致康有為的一封信中曾推許過徐志摩的這一才能：「……志摩者，昨日造訪之少年，其人為弟子之弟子，極聰異，能詩及駢體文……」。關於徐氏這一傳統才能，今人多有述及，這裡增添一則容易為人忽略過去的直接證據：1926年的「閒話事件」中，徐志摩著文讚美了陳西瀅發在《晨報副刊》上的一篇文章，內中有句「他唯一的標準是理性，唯一的動機是憐憫」，當他事後正尋思這措詞容有不妥時，周作人嫌其過於「諂媚」的文章便討伐上門，他趕緊撰文認錯並不無自嘲地坦承：「那實在是駢文的流毒」（徐志摩：《再添幾句閒話的閒話乘便妄想解圍》）。

望西山脈勢之宛延，行吟相答於荒村閒月之下，挂杖感喟於行宮殘瓦……（《志摩隨筆‧湯山溫泉》）

一村之陷，百里可拯；一府之饑，周轉可濟；方今既偏（疑為「遍」字之誤，筆者按）神州，誰與為援哉？朱門餘棄肉，道上載餓骨，雲泥有判，苦樂不均，雖有大力，莫之能救。（《志摩隨筆‧天津水既》）

另如日記與書信中，駢散相融也隨處可見：

驟雨欲來，俯視則雙堤畫水，樹影可鑒，阮墩尤珠圍翠繞，瀲灩湖心，雖不見初墩，亦足豪已。即吐納清高，急雨已來，遙見黃狗四條，施施然自東向西，步武井然……自此轉入九溪，如入仙境，翠嶺成屏，茶叢嫩芽初吐，鳴禽相應，婉轉可聽。

偶步山後，發現一水潭浮紅漲綠，儼然織錦，陽光自林隙來，附麗其上，益增娟媚。

秋郎（指梁實秋，筆者注）：危險甚多，須要小心，原件俱在，送奉查閱，非我讕言。我覆幽說，淑女冤自多情，使君既已有婦，相逢不早，千古同嗟。

近年出版的《1916：徐志摩在滬江大學》曾就其早年發表於該校校刊上的系列文言文指出：「陳從周先生曾說過，徐志摩駢文寫得很好，可惜無傳。如今，《祀孔紀盛》和《送魏校長歸國序》等文章的發現，庶可彌補徐志摩駢文無傳的缺憾。」〔註35〕但筆者檢索後發垷，《祀孔紀盛》和《送魏校長歸國序》等並不是嚴格意義上的駢文，而是明顯具有桐城派古雅文風的古文。不過，其「寓駢於散」的寫法足可見出其早年受到駢文寫作訓練的痕跡，茲舉《送魏校長歸國序》中一例：「始先生未來是土，荒濱草原，浪濤濺漬，沙鷗海鳥，時復出沒，星芒漁火，相與輝照。」〔註36〕這種「寓駢於散」的寫法，在其置身於「五四」白話文運動之後依然有著延續，如其散文名篇《鬼話》中的「試看此林此谷，若無秘意，便無神趣，曇花泡影之美，正在其來之神，其潛之秘」；其散文詩《毒藥》中的「貪心摟抱著正義，猜忌逼迫著

〔註35〕徐志摩：《送魏校長歸國序》，吳禹星編：《1916：徐志摩在滬江大學》，第 160 頁。

〔註36〕徐志摩：《送魏校長歸國序》，吳禹星編：《1916：徐志摩在滬江大學》，第 161 頁。

同情，懦怯狎褻著勇敢，肉慾侮弄著戀愛，暴力侵凌著人道，黑暗踐踏著光明」等等（相關論析詳見下文第五節）。

四、「鋪排」與「繁彩」的結合——繁複風格的形成

從本土師承來看，梁啟超「學晚漢魏晉，頗尚矜煉」，「時雜以俚語韻語及外國語法，縱筆所至不檢束」而善用排比比喻手法的新體散文，〔註37〕無疑曾影響到徐志摩。但西方文體對他的薰染不容忽視。英國隨筆體散文所蘊含的與六朝文相通的對似水流年的感傷、語帶雙關的玄理暢談、鍊字琢詞的美感，包括精密歐化句法對婉曲細膩心理感應的適應與傳達，均使其複雜的現代性精神體驗在漫話絮語的浮游中得到了極大的延伸，從而使其文本結構蘊含了嶄新的審美意味。但我們依然不能忽視這其中與他所接受的傳統訓練即辭賦駢體文的寫作才能之間存在的潛在關聯，朱光潛在其《詩論》中曾指出過中國傳統「賦」文體與西方「多音散文」之間的淵源：

> 中國文學裏有一種最特別的體裁是賦。它就是詩和散文界線上的東西：流利奔放，一瀉直下，似散文，於變化多端之中仍保持若干音律，又似詩。……現在白話文運動還在進行，我們不能預言中國散文將來是否有一部分要回到雜用音律的路，不過想起歐戰後起來的『多音散文』（poly，phonic prose），這並非不可能。……「多音散文應用詩所有的一切聲音，如音節，自由詩，雙聲，疊韻，迴旋之類，它可應用一切節奏，有時並且用散文節奏，但是通常不把某一種節奏用到很長的時間。……韻可以擺在波動節奏的終點，可以彼此緊相銜接，也可以隔很長的時間遙相呼應。換句話說，在多音散文裏，極有規律的詩句、略有規律的自由詩句以及毫無規律的散文句都可以雜燴在一塊。」我想這個花樣在中國已「自古有之」，賦就可以說是最早的「多音散文」。看到歐美的「多音散文」運動，我們不能斷定將來中國散文一定完全放棄音律，因為像「多音散文」的賦在中國有長久的歷史，並且中國文字雙聲疊韻的多，容易走上「多音」的路。〔註38〕

——在中西文體的比較中，朱光潛洞徹幽微地看出「五四」白話文對上

〔註37〕梁啟超：《清代學術概論》，成都：四川人民出版社，2018 年，第 113 頁。
〔註38〕朱光潛：《詩論》（增訂本），第 109～110 頁。

述兩者可能存在的繼承與轉換之契機，並靈光一閃地指出徐志摩自由華麗的現代散文與六朝文體之間存在的某種關聯性：「我想徐志摩如果生在六朝，他也許用賦的體裁來寫《死城》和《濃得化不開》」〔註39〕，可惜卻點到即止，並沒能就這一話題深入論述下去。但我們實不難想像，自幼受到古文體嚴格訓練的徐志摩，一旦接觸到現代自由體散文的靈活變通，將是如何的如魚得水。駢賦文體中易於「把空間中紛呈對峙的事物情態都和盤托出」〔註40〕且井然有序的排比、排偶等修辭手法的特徵功用，正可以使他在熟悉後自如地表達他那極為豐富敏銳的內心世界。當追求自由的性靈與隨物賦形、任運自然的白話文一拍即合時，即將其「起，動，消歇皆在無形中」的「最不受羈勒」的「野馬」本質徹底地釋放出來。

蘇雪林曾說：「徐志摩有一篇小品文字，描寫新加坡和香港的風景，題為《濃得化不開》，譖者遂以名其文。甚至『唯美派』、『新文學中的六朝體』，這些名字也是反對派加給他的。」但她筆鋒一轉，轉而引用了鍾嶸評論謝靈運的一段話來稱讚徐志摩行文時的這一卓越特色；「鍾嶸詩品論謝靈運道：『頗以繁蕪為累』，又說：『若人興多才博，寓目即書，內無乏思，外無遺物，其繁複宜哉。然若名章迴句，處處間起，麗典新聲，絡繹奔赴，譬如青松之拔灌木，白玉之映塵沙，未足貶其高潔也。』我於徐氏亦云。」——這裡的說法與謝冕關於「濃得化不開」可以用來概括徐氏散文風格的觀念不謀而合，但與謝冕只作風格的概括不同，蘇雪林顯然洞見了徐志摩的行文風格與古代文體內在的某種關聯：「他的散文很注重音節。散文也有音節，中國古人早已知道。阮元《文韻說》：『梁時恒言所謂韻者，固指韻腳，亦兼謂章句之音韻，即古人所言之宮羽，今人所言之平仄也。』其子阮福曰：『八代不押韻之文，其中奇偶相生，頓挫抑揚，詠歎聲情，皆有合乎音韻宮羽者，詩騷之後，莫不皆然……』。志摩誦讀自己散文時音節的優美，簡直可說音樂化。善操國語的人揣摩他散文語氣的輕重疾徐，和情感的興奮緩急，然後高聲誦讀，可以得到他音節上種種妙趣——像周作人、魯迅的散文便不可讀。至於色彩的濃厚，辭藻之富麗，鋪排之繁多，幾乎令人目不暇給。真有如青春大澤，萬卉初葩；有如海市蜃樓，瞬息變幻；有如披閱大李將軍之畫，千岩萬壑，金碧輝煌；有如聆詞客談論，飛花濺藻，粲於齒牙；更如昔

〔註39〕朱光潛：《詩論》（增訂本），第 113 頁。
〔註40〕朱光潛：《詩論》（增訂本），第 193 頁。

人論晚唐詩：『光芒四射，不可端倪；如入鮫人之室，謁天孫之宮，文采機杼，變化錯陳。』」〔註41〕的確，徐志摩散文之於修辭手法的運用在現代文學史上是拔乎其萃的，〔註42〕其華麗誇飾的唯美風格，無疑受到過西方唯美派的薰染。唯美派作家精練的詞藻、絢爛的文采、珠璣般的聯翩妙喻，足以勾起他濃厚的興趣。但這種外來影響下審美風格的擇取，實依託於其自幼薰習的傳統根底。就其行文中極具個人特色的「誇飾性」語言風格而言，便與駢文的「藻飾」如出一轍。「藻飾的誇飾性也是為了突出事物的本質，達到『神似』。因此，它不以事物的物理屬性（比例、色彩、數量等）為邏輯聯繫的出發點，而以文學的表現目的為邏輯聯繫的出發點。因而，為了表現其大，在數量上可以誇飾；為了表現其美，在色彩上、形態上可以選擇最華美的詞語以表現其神韻；為了創造某種氣氛，它可以進行反覆鋪陳渲染。」〔註43〕駢文的這一意義與功用，如果再結合前面謝朓的概括，則可以比較準確地形容出徐志摩詩化散文的審美特徵：鋪排繁彩到極致，而不覺其冗繁而取得曲徑通幽奇嶽攬勝之效，於千態萬狀層見迭出中吐無不暢。

就像一個孩子喜歡把空白牆壁上貼滿五彩斑斕的裝飾畫一樣，徐志摩充滿想像力和極為飽滿濃烈的思想感情，包括對大千世界的驚奇眺望、林林總總事物的敏銳觀察，均使他不得不尋找外在表現形式的繁複來恰如其分地表達（在《泰戈爾》一文中，他曾自白說：「我如其曾經應用濃烈的文字，這是因為我不能自制我濃烈的感想」），由此形成的「繁複」文體風格，主要體現在以下幾個方面：

1. 遣詞的精練。諸如其《「濃得化不開」之二（香港）》中寫主人公俯身下看時的奇妙感受：「綠的一角海，灰的一隴山，白的方的房屋」──簡簡幾筆，先觸其色，再觀其形，最後辨識其物，色形盡出，正切合人物感官知覺的順序，令人擊節歡賞。〔註44〕另如在《想飛》中，用一個「撚」字形容深夜嚴寒的侵襲：「它那無底的陰森撚起我遍體的毫管」；用一個「篩」字展望下

〔註41〕蘇雪林：《徐志摩的散文》，http://fanwen.geren-jianli.org/601936.html。
〔註42〕王亞民就曾認為徐志摩是整個人類文學史上運用排比比喻最多的一個作家。（王亞民：《海棠花下尋志摩》，王亞民主編：《徐志摩散文全編》卷首，花山文藝出版社，1992年。）
〔註43〕莫道才：《駢文學探微》，廣西師範大學出版社，2017年，第56頁。
〔註44〕李忠陽：《〈「濃得化不開」之二（香港）〉導讀》，張秀楓主編：《徐志摩散文精選》，第80頁。

雪時的場景：「窗子外不住往下篩的雪，篩淡了遠近間揚動的市謠；篩泯了在泥道上掙扎的車輪；篩滅了腦殼中不妥協的潛流……」；用一個「顫」字狀擬鳥鳴升起的悠揚：「勚麗麗的叫響從我們的腳底下勻勻的往上顫，齊著腰，到了肩高，過了頭頂，高入了雲，高出了雲」；用一個「唾」字形容雲雀的啼囀：「一起就開口唱，小嗓子活動的多快活，一顆顆小精圓珠子直往外唾，亮亮的唾，脆脆的唾，——它們讚美的是青天」，用「搖」和「下」二字形容它們的飛動：「瞧著，這飛得多高，有豆子大，有芝麻大，黑刺刺的一屑，直頂著無底的天頂細細的搖，——這全看不見了，影子都沒了！但這光明的細雨還是不住的下著……」這一系列打通感官的動詞，在相互套嵌的層層譬喻中恣縱想像，既「奇」且「通」，處處醒豁著讀者的觀感。

2. 色彩的富麗。徐志摩對大自然景觀的顏色情態總是有敏銳細膩的感應，如其散文《泰山日出》中一段對綺麗的朝霞的描繪：

> 東方有的是玫瑰榮華的色彩，東方有的是偉大普照的光明——出現了，到了，在這裡了……玫瑰汁、葡萄漿、紫荊液、瑪瑙精、霜楓葉——大量的染工，在層累的雲底工作；無數魚龍的坯埏，爬進了蒼白色的雲堆。

——給人以鮮明的視覺衝擊，讀來賞心悅目。又如其《我所知道的康橋》中的一段：

> 我常常在夕陽西矖時騎了車迎著天邊扁大的日頭直追。日頭是追不到的，我沒有夸父的荒誕，但晚景的溫存卻被我這樣偷嘗了不少。有三兩幅畫圖似的經驗至今還是栩栩的留著。只說看夕陽，我們平常只知道登山或是臨海，但實際只須遼闊的天際，平地上的晚霞有時也是一樣的神奇。有一次我趕到一個地方，手把著一家村莊的籬笆，隔著一大田的麥浪，看西天的變幻。有一次是正衝著一條寬廣的大道，過來一大群羊，放草歸來的，偌大的太陽在它們後背放射著萬縷的金輝，天上卻是烏青青的，只剩這不可逼視的威光中的一條大路，一群生物，我心頭頓時感著神異性的壓迫，我真的跪下了，對著這冉冉漸隱的金光。再有一次是更不可忘的奇景，那是臨著一大片望不到頭的草原，滿開著豔紅的罌粟，在青草裏亭亭像是萬盞的金燈，陽光從褐色雲斜著過來，幻成一種異樣紫色，透明似的不可逼視，剎那間在我迷眩了的視覺中，這草田變成了……不

說也罷，說來你們也是不信的！

這段對夕陽的異樣光芒的描寫可謂同樣令我們「不可逼視」，惟有在視覺「迷眩」中印象深刻：太陽是放射著萬丈的「金」輝，天是「烏青青」的，「豔紅」的罌粟，像是萬盞的「金」燈，云是「褐色」的，從雲際斜射出的陽光又幻成一種異樣「紫色」，「透明」似的不可逼視——這裡，他的顏色的印象彷彿是「濃得化不開」的，但他那描摹之細膩清晰卻又是「化得開」的——可以說，這種獨特的華麗色彩，正是徐志摩的散文充滿迷人魅力的最大藝術特色之一。

3. 意象的密集。譬如其《「濃得化不開」‧星加坡》中的一段街景描寫：

> 焦桃片似的店房，黑芝麻長條餅似的街，野獸似的汽車，磕頭蟲似的人力車，長人似的樹，矮樹似的人。……芭蕉的巨靈掌，椰子樹的旗頭，橡皮樹的白鼓眼，棕櫚樹的毛大腿，合歡樹的紅花痲，無花果樹的要飯腔，蹲著脖子，彎著臂膊……快，快：馬來人的花棚，中國人家的氅燈，西洋人家的牛奶瓶，回子的回子帽，一臉的黑花，活像一隻煨灶的貓……

這些濃縮到極點的譬喻，將乖張的物、物化的人與混沌凌亂壓抑的色感和物象雜糅在一起，彷彿把讀者帶到一個開化和野蠻雜陳的熱帶都市場景中。〔註45〕

4. 意境的營造。徐志摩散文的繁複語境往往也往往得益於古典意境的緬想和點染，譬如其《印度洋上的秋思》中的一段：

> 月光有一種神秘的引力。她能使海波咆哮，她能使悲緒生潮。
> 月下的喟息可以結聚成山，月下的情淚可以培時百畝的畹蘭，千莖的紫琳耿。

其中對《離騷》中「余既滋蘭之九畹兮，又樹蕙之百畝」的巧妙化用，自然而不著痕跡；又如其中這樣一段：

> 月光從東牆肩上斜瀉下去，籠住她的全身，在花磚上幻出一個窈窕的倩影，她兩根垂辮的髮梢，她微澹的媚唇，和庭前幾莖高峙的玉蘭花，都在靜謐的月色中微顫，她加她的呼吸，吐出一股幽香，不但鄰近的花草，連月兒聞了，也禁不住迷醉，她腮邊天然的妙渦，

〔註45〕參閱倪婷婷：《「濃得化不開」——談徐志摩的散文創作》，《洗眼觀潮：中國現代文學論集》，南京：南京大學出版社，2020年，第105頁。

已有好幾日不圓滿：她瘦損了。但她在想什麼呢？月光，你能否將
我的夢魂帶去，放在離她三五尺的玉蘭花枝上。

通過託物起興的相思氛圍之點染，古典的意境得以滲透進虛擬性聯想的
抒情氛圍，頗具古人「問瓊英。返魂何處？清夢繞瑤池」（〔清〕朱廷鍾：《滿
庭芳·玉蘭》）之情致，從而為文本增添了醇厚的韻味。

五、「麗句與深采並流，偶意共逸韻俱發」：嘗試的闡釋

「五四」文學革命以白話為工具代替文言之後，解構了古代文體在節奏、
韻律方面的外部詩化形態，不再以單音節為主的現代漢語很難像古典文言那
樣去追求句式的整齊與聲律的諧美。但誠如朱光潛先生所指出：「古文和語體
文的不同，不在聲音節奏的有無，而在聲音節奏形式化的程度大小。」〔註46〕
現代散文在自然的語調中，也可以局部的白話式的對仗追求字句的音調與句
式的對偶，從而達致一種詩化的效果。譬如徐志摩《我所知道的康橋》中的
這段：

關心石上的苔痕，關心敗草裏的花鮮，關心這水流的緩急，關
心水草的滋長，關心天上的雲霞，關心新來的鳥語。怯伶伶的小雪
球是探春信的小使。鈴蘭與香草是歡喜的初聲。窈窕的蓮馨，玲瓏
的石水仙，愛熱鬧的克羅克斯，耐辛苦的蒲公英與雛菊——這時候
春先已是爛漫在人間，更不須殷勤問訊。

在這段白話的自然語調中，語意相同的成分沒有拘謹於聲之平仄，詞之
虛實，而是二字、三字、四字錯落安排，寓整齊於變化，而詩意自然貫穿其
中。由此也可知廢名說徐志摩的散文「恰好見白話文學的駢體文的好處」之
獨具隻眼。「五四」其他作家如魯迅、冰心和梁遇春等也有意無意地在行文中
利用駢儷對仗的句式，以增強語言的表現力，但均不如徐志摩運用得那樣頻
繁，那樣自然，如鹽化水。

除了前節已略為論證的「藻飾華麗的繁複美」之外，徐氏「現代賦體散
文」語言之美還主要體現在：

1. 裁對均衡的對稱美

例一：我生平最純粹可貴的教育是得之於自然界，田野，森林，

〔註46〕朱光潛：《散文的聲音節奏》，《朱光潛全集》（第四卷），安徽教育出版社，1988
年，第 222 頁。

> 山谷，湖，草地，是我的課室；雲彩的變幻，晚霞的絢爛，星月的隱現，田裏的麥浪是我的功課；瀑吼，松濤，鳥語，雷聲是我的教師，我的官覺是他們忠謹的學生，愛教的弟子。(徐志摩：《雨後虹》)

──三個「是我的」組成的排比句中，「雲彩的變幻，晚霞的絢爛，星月的隱現，田裏的麥浪」顯示出裁對均衡的對稱美。

> 例二：我對此大自然從大力裏產出的美；從劇變裏透出的和諧；從紛亂中轉出的恬靜；從暴怒中映出的微笑；從迅奮裏結成的安閒，只覺得胸頭塞滿──喜悅驚訝，愛好，崇拜，感奮的情緒……(徐志摩：《雨後虹》)

──「從大力裏產出的美；從劇變裏透出的和諧；從紛亂中轉出的恬靜；從暴怒中映出的微笑」，是寫對大自然中雷雨的感受，作者內在感應的繁複，在建築整齊的句式中被提煉得如此均衡，給人以紛而不亂的感覺。

> 例三：流水之光，星之光，露珠之光，電之光，在青年的妙目中閃耀，我們不能不驚訝造化者藝術之神奇，然可怖的黑影，倦與衰與飽饜的黑影，同時亦緊緊的跟著時日進行，彷彿是煩惱、痛苦、失敗，或庸俗的尾曳，亦在轉瞬間，彗星似的掃滅了我們最自傲的神輝──流水涸，明星沒，露珠散滅，電閃不再！
>
> 在這豔麗的日輝中，只見愉悅與歡舞與生趣，希望，閃爍的希望，在蕩漾，在無窮的碧空中，在綠葉的光澤裏，在蟲鳥的歌吟中，在青草的搖曳中──夏之榮華，春之成功。春光與希望，是長駐的；自然與人生，是調諧的。(徐志摩：《北戴河海濱的幻想》)

──在聯翩的比喻排比與排偶中，裁對均衡的對稱、句式整齊的建築美兼而有之。句式整齊中寓疏落蕩漾之致，富麗而不傷蕪靡，典型地表露了在時間與空間、幻想與現實的流動錯綜中瞬息萬變的心理感應。從以上幾例可以看出，徐志摩不但喜歡運用排比句，還喜歡借鑒傳統駢文辭賦中的「對仗」來打造他的散文語言美(如「流水涸」對「明星沒」、「露珠散滅」對「電閃不再」、「蟲鳥的歌吟」對「青草的搖曳」)，無形中達到了語言齊整、音韻流暢的效果。

這樣的例子在其散文中比比皆是，如《巴黎的鱗爪》中的「咖啡館：和著交頸的軟語，開懷的笑響，有踞坐在屋隅裏蓬頭少年計較自毀的哀思。跳舞場：和著翻飛的樂調，迷醇的酒香，有獨自支頤的少婦思量著往跡的愴心」

（「交頸的軟語」對「翻飛的樂調」；「開懷的笑響」對「迷醇的酒香」；「少年計較自毀的哀思」對「少婦思量著往跡的愴心」）；如《印度洋上的秋思》中的「讓沉醉的情淚自然流轉，聽他產生什麼音樂，讓繾綣的詩魂漫自低回，看他尋出什麼夢境」（「沉醉」對「繾綣」、「情淚」對「詩魂」、「產生」對「尋出」、「音樂」對「夢境」）；如《醜西湖》中的「天天大太陽，夜夜滿天星」（「天天」對「夜夜」、「大」對「滿」、「太陽」對「天星」）、「朝上的煙霧，向晚的晴霞」（「朝上」對「向晚」、「煙霧」對「晴霞」）；如《翡冷翠山居閒話》中的「近谷內不生煙，遠山上不起靄」（「遠」對「近」、「谷」對「山」、「生」對「起」、「煙」對「靄」）；如《我所知道的康橋》中的「帶一卷書，走十里路」（對仗工整）；再如《巴黎的鱗爪》中的「說輕一點是悲哀，說重一點是惆悵」、「草青得滴得出翠來，樹綠得漲得出油來」等等。其詞組結構靈活，有主謂，有並列，不專求嚴格對仗而只是大體相近的流水對，既有白話的明白曉暢，又有文言的典雅凝練。

2. 鋪排敘述的氣勢美

　　例一：在遠——遠處的人間，有無限的平安與快樂，無限的春光……在此暫時可以忘卻無數的落蕊與殘卵；亦可以忘卻花蔭中摔下的枯葉，私語地預告三秋的情意；亦可以忘卻苦惱的僵瘓的人間，陽光與雨露的殷勤，不能再恢復他們腮頰上生命的微笑，亦可以忘卻紛爭的互殺的人間，陽光與雨露的仁慈，不能感化他們兇惡的獸性；亦可以忘卻庸俗的卑瑣的人間，行雲與朝露的丰姿，不能引逗他們剎那間的凝視；亦可以忘卻自覺的失望的人間，絢爛的春時與媚草，只能反激他們悲傷的意緒。我亦可以暫時忘卻我自身的種種；忘卻我童年期清風白水似的天真；忘卻我少年期種種虛榮的希冀；忘卻我漸次的生命的覺悟；忘卻我熱烈的理想的尋求；忘卻我心靈中樂觀與悲觀的鬥爭；忘卻我攀登文藝高峰的艱辛；忘卻剎那的啟示與徹悟之神奇；忘卻我生命潮流之驟轉；忘卻我陷落在危險的漩渦中之幸與不幸；忘卻我追憶不完全的夢境；忘卻我大海底裏埋首的秘密；忘卻曾經劁割我靈魂的利刃，炮烙我靈魂的烈焰，摧毀我靈魂的狂飆與暴雨；忘卻我的深刻的怨與艾；忘卻我的冀與願；忘卻我的恩澤與惠感；忘卻我的過去與現在……（徐志摩：《北戴河海濱的幻想》）

——大量的排比句反覆出現，連貫緊湊、音韻流暢；重奏主題、盪氣迴腸，典型地體現了徐志摩善於運用排比句法表達思想感情的才華。這樣的段落也隱含著對語言音樂性的追求。徐志摩曾認為：「正如一個人身的秘密也就是他的血脈的流通，一首詩的秘密也就是它的內含的音節的勻整與流動」（徐志摩：《詩刊放假》），為要實現這內在情感的流動與外在節奏的和諧，排比和反覆作為最適宜的修辭載體被其自覺地加以運用。

> 例二：他的人格我們只能到歷史上去搜尋比擬。他的博大的溫柔的靈魂我敢說永遠是人類記憶裏的一次靈績。他的無邊的想像是遼闊的同情使我們想起惠德曼；他的博愛的福音與宣傳的熱心使我們記起托爾斯泰；他的堅韌的意志與藝術的天才使我們想起造摩西像的密仡郎其羅；他的詼諧與智慧使我們想像當年的蘇格拉底與老聃！他的人格的和諧與優美使我們想念暮年的葛德；他的慈祥的純愛的撫摩，他的為人道不厭的努力，他的磅礴的大聲，有時竟使我們喚起救主的心象，他的光彩，他的音樂，他的雄偉，使我們想念奧林必克山頂的大神。他是不可侵凌的，不可逾越的，他是自然界的一個神秘的現象。他是三春和暖的南風，驚醒樹枝上的新芽，增添處女頰上的紅暈。他是普照的陽光。他是一派浩瀚的大水，來從不可追尋的淵源，在大地的懷抱中終古的流著，不息的流著，我們只是兩岸的居民，憑藉這慈恩的天賦，灌溉我們的田稻，蘇解我們的消渴，洗淨我們的污垢。他是喜馬拉雅積雪的山峰，一般的崇高，一般的純潔，一般的壯麗，一般的高傲，只有無限的青天枕藉他銀白的頭顱。（徐志摩：《泰戈爾》）

——用「他的……他是」來引領全篇，鋪排敘寫，起伏跌宕，恣意流淌的思想情感複沓而不浮雜，貫一而不凌亂，意義鮮明，從而使其敘述和邏輯推理具有一種不可阻擋的氣勢。

3. 揉駢入散的格調美

> 例一：你一個人漫遊的時候，你就會在青草裏坐地仰臥，甚至有時打滾，因為草的和暖的顏色自然的喚起你童稚的活潑；在靜僻的道上你就會不自主的狂舞，看著你自己的身影幻出種種詭異的變相，因為道旁樹木的陰影在他們紆徐的婆娑裏暗示你舞蹈的快樂；你也會得信口的歌唱，偶而記起斷片的音調，與你自己隨口的小曲，

因為樹林中的鶯燕告訴你春光是應得讚美的；更不必說你的胸襟自
然會跟著漫長的山徑開拓，你的心地會看著澄藍的天空靜定，你的
思想和著山罅間的水聲，山罅裏的泉響，有時一澄到底的清澈，有
時激起成章的波動，流，流，流入涼爽的橄欖林中，流入嫵媚的阿
諾河去……（徐志摩：《翡冷翠山居閒話》）

——「《翡冷翠山居閒話》這段文字，說是駢儷，它絕不規範，絕不似古
典駢儷體四字、六字句的對偶排比；但你不能不承認，以三個『因為』串聯起
來的這三段文字，在語言結構上的競相呼應的內在關聯，是隱約存在的。從
這段文字，我們可以看到，當『一個人漫遊的時候』，在青草地裏打滾，在偏
僻的道上狂舞，或者樹林中信口的歌唱，人在大自然面前的這些個自由放達，
是因為自然喚起你的活潑，是因為樹影暗示你的快樂，是因為夜鶯告訴你春
光的應得讚美……可見，徐志摩是以含有大量修飾成分的歐化的長句，以西
語句式中各種不同句法成分的對稱，創造這種呼應、對偶的古典效果的。這
樣的表達，頗得古語的雅致風韻，更具西語的充實暢達，既很好地呈現了白
話漢語媲美於古典漢語的張力，也製造了濃鬱醇厚的語言風格。〔註47〕

例二：在一剎那間，在他的眼內，在他的全生命的眼內，這當
前的景象幻化成一個神靈的微笑，一折完美的歌調，一朵宇宙的瓊
花。一朵宇宙的瓊花在時空不容分化的仙掌上俄然的擎出了它全盤
的靈異。山的起伏，海的起伏，光的起伏；山的顏色，水的顏色，
光的顏色——形成了一種不可比況的空靈，一種不可比況的節奏，
一種不可比況的諧和。一方寶石，一球純晶，一顆珠，一個水泡。
（徐志摩：《「濃得化不開」之二（香港）》）

——在多組相同句式的排比疊合中，徐志摩用歐化長句輕輕托住一組急
促熱烈的短句，把讀者「消化」一個句子的時間拉長，而在舒緩放鬆後，又再
度用短句接續起陶醉於大自然「剎那的神奇」中的物我交融之聯翩感興，這
樣「使長短相間，錯落有致，快慢相節，形成一種起伏的韻律美」。〔註48〕類
似的段落也見於他的《契科夫的墓園》：

例三：詩人們在這喧嘩的市街上不能不感動寂寞；因此「傷時」

〔註47〕方愛武等：《浙江現代散文發展史：浙籍文人與中國散文的現代化》，杭州出
　　　　版社，2011年，第143～144頁。
〔註48〕楚楚：《〈我所知道的康橋〉賞析》，謝冕主編：《徐志摩名作欣賞》，第212頁。

是他們怨懟的發洩,「調古」是他們柔情的寄託。但「傷時」是感情直接的反動:子規的清啼容易轉成夜梟的急調,弔古卻是情緒自然的流露,想像以往的韶光,慰藉心靈的幽獨。在墓墟間,在晚風中,在山一邊,在水一角,慕古人情,懷舊光華;像是朵朵出岫的白雲,輕沾斜陽的彩色,冉冉的卷,款款的舒,風動而動,風止而止。

──現代長句與傳統駢體的奇妙結合,特別契合詩人兔起鶻落、想像漫流的個性審美氣質。其揉駢入散所造成的錯落靈動,可以說是傳統賦體的現代變體。傳統賦體中無論是曾間以「兮」字有意識地變《詩經》整齊短句為錯落長短句的《離騷》,還是後來普遍穿插長短句於四六句型的漢賦,均可見出此類整齊中寓變化而造成紆徐跌宕、鋪張揚厲的美感效應。

「麗句與深采並流,偶意共逸韻俱發。」(劉勰:《文心雕龍‧麗辭》)──徐志摩在「鋪排繁彩到極致」中「吐無不暢」的「詩化散文」,處處可見出傳統文體的隱秘傳承。上面的舉例不過零錦碎玉,限於篇幅,茲不贅舉。

結語:「詩的散文的奇蹟」

通過以上粗略分析,可以看出徐志摩散文語言運用上的基本特色:排比、排偶、比喻、反覆、對仗等手法的恰到好處的運用,形成了「修辭的奇觀」,使語言有了強烈的節奏感和音樂感;那些經過作者錘鍊的詞彙,具有了負荷涵容的韌性與張力,在作者的精心組合安排下,形成了「字的藝術」。他特別善於運用比喻、象徵、聯想以及通感等,來捕捉閃爍於字裏行間的微光,以照亮心魂幽壑中比現實事物更完全更微妙的真實。──可以說,「漢語言作為一種非形態語言之形式鬆弛,聯想豐富、自由組合、氣韻生動、富於彈性和韻律的藝術稟賦」〔註49〕,在他的散文中得到了淋漓盡致的發揮。

「五四」新文化運動帶來的語言變革,使作家們能夠借助白話這種最能曲折入微地表情達意的語言工具「徑直逼視自己靈魂的最深處,捕捉自我微妙的難以言傳的感覺包括直覺、情感、心理、意識(包括無意識)」〔註50〕,從而最大限度地呈現了現代性意義上的個性內涵,這無疑改寫了幾千年的文

〔註49〕陳旭光:《〈翡冷翠山居閒話〉賞析》,謝冕主編:《徐志摩名作欣賞》,第215頁。

〔註50〕錢理群、溫儒敏、吳福輝:《中國現代文學三十年》,北京大學出版社,1998年,第52頁。

學版圖，具有劃時代的意義。但由於打破文言的過程過於倉促，以現代口語為敘述表達系統的白話文，來不及講求鍊字造句的精練與暢達，就投入了啟蒙與救亡的時代潮流，也就難免流於瑣碎、鬆散、粗糙、雜蕪。這正是近現代文學轉型所帶來的文化斷層現象。徐志摩的出現，補救了這種缺陷。繼承自傳統的罕見的圓融與早熟，使他即使置身在傳統的斷裂與外部環境的巨大壓力下，也依然能夠輕易地突破與「新奇」西方文化接觸後的生硬矯情與機械模仿。他善於汲取古代文體精練華美、鋪排繁彩的語言特色，自覺地把中國傳統文學中詞彙修辭、聲律音韻上的種種審美特性，在現代白話文語境中加以運用，但又摒棄舊派「凡文者，在聲為宮商，在色為翰藻」的國粹保守思想，沒有受字數、對偶、聲律的種種限制，而是隨著情緒與表達的需要去塑造句式的長短組合及高低抑揚，使「言之長短與聲之高下者皆宜」，最大限度地貼近現代口語的自然音節，把對詩歌音樂性的追求融入其散文創作，從而在推陳出新的「五四」時期，創造出了一種兼具詩的綿密與散文的鋪排的「詩的散文的奇蹟」。——其文體創新所透露出來的「典範」意義是耐人尋味的，徐志摩便是在這裡，站在了「五四」散文大家的位置上。

第八章 江南才子的性情本色──
略論徐志摩與晚唐五代花間詞

　　每個大詩人都前有所承，後有所發。這便是所謂「源流」，如果只讀某一詩人的作品，不理會他的來蹤去向，就決不能徹底瞭解他的貢獻。
　　　　　　　　　　　　　　　　　──朱光潛：《研究詩歌的方法》

　　徐志摩獨特的性情本色，與他生於斯長於斯的「江南」這個特定地域空間自古氤氳的詩性審美文化息息相關。「杏花春雨江南」，「欲把西湖比西子，淡妝濃抹總相宜」──江南湖山煙雲草木之氣，滋生了依花附草、留戀光景的本色話語，助長了鏤玉雕瓊、留雲借月的細膩筆觸，也孕育了依紅偎翠、婉媚香軟的審美性情。在歷史上，江南審美文化形成的獨特文體，無論是南朝宮體詩，還是晚唐五代花間詞，均自然而然地以綢繆婉轉之姿寫綺羅香澤之態，從而呈現了共同的要眇宜修、軟媚柔雅的審美特徵。這樣的「集體無意識」，不但見於古代文人墨客不絕如縷的性情吟詠，而且深深地積澱並傳遞於現代文學的意義生成之中。在現代新文化運動中曾湧現了燦爛的「江南作家群」：魯迅、周作人、茅盾、郁達夫、徐志摩、戴望舒……，而徐志摩無疑是其中最抒情、最唯美、最感性的一個。可以說，江南特有的詩性審美品格自幼便深深植根在他的精神血肉之中，使他日後走上文學創作道路後，自覺地將此種詩性審美氣質和審美意識作為自己文學抒情和敘事的精神之源，作為自己的精神寄託和美學追求。
　　　　　　　　　　　　　　　　　　　　　　　　──題記

引言：隱秘的縱承──新詩與舊詩割不斷的血脈

　　一般認為，「中國的現代文學是在世界思潮的影響下形成的，中國文學惟有在世界文學樣板的模仿和追求中，才能產生世界性的意義。即使是那句『愈是民族的愈具有世界性』的名言，也不能不表現出其背後仍然潛藏著被『世界』承認的渴望。」〔註1〕在上世紀初中西文化大碰撞大震盪的格局中，西方文化作為一種強勢形態，誘導人們將個體生命的欲望從傳統歷史強制賦予的必然性中「解放」出來，這不但賦予了應時而生的新文化運動「前空千古、下開百世」的強勁的「反傳統」姿態，也賦予了現代「新詩人」們以一種前所未有的自由面貌，從古典詩歌傳統的內部將歷史話語構造的作為個體生命的非存在性囚籠進行了顛覆與拆解，由此，中國傳統文化賴以「載道」的文言文軀殼也被這種自由的基因突破：這正是現代新詩順應時代潮流發展過程中最炫人耳目的「西化」現象。然而，新詩並未陷入「臣服於西方文化霸權」的自我失語狀態，顯豁的外在斷裂並未能阻斷傳統之脈的隱秘流動，從異域移植過來的奇花異草依然要適應傳統文化的氣候與土壤，「文化及其產生的美感感受並不因外來的『模子』而消失，許多時候，作者們在表面上是接受了外來的形式、題材、思想，但在意識中傳統的美感範疇仍然左右著他對於外來『模子』的取捨。」〔註2〕不管外部客觀的因素如何強勢，真正支配新詩本體闡釋的還是詩人創造主體自我生命的體驗與表達，傳統文化心理結構的集體無意識，得到了詩人生命創造機制的某種許可，在一定程度上糾正著新詩運動早期時的某種結構性不足，古典詩歌傳統所延續下來的詩之為詩的內質並未因為白話文的介入和格律形式的廢除而斷裂，在這點上，謝冕的概括頗具穿透性：「新詩雖然在很大的程度上進行了一次書寫工具和藝術手法的革命，但作為詩歌本身的實質功能卻依然被保留了下來。傳統依舊作為一個『渾融的整體』安然地懸浮在場，沒有發生本體的喪失和內部的徹底斷裂。……古典詩歌仍然活在新詩的肌體中，仍然活在中國新文學的命運裏」〔註3〕。──在一個古今共同的生存空間裏，古今文學的隱秘承傳恰恰體現了古今詩人們人生

〔註1〕劉介民：《類同研究的再發現：徐志摩在中西文化之間》，北京：中國社會科學出版社，2003年，第11頁。

〔註2〕葉維廉：《東西方文學中「模子」的應用》，《尋求跨中西方文化的共同文學規律》，北京大學出版社，1986年，第17頁。

〔註3〕謝冕：《新世紀的太陽──二十世紀中國詩潮》，長春：時代文藝出版社，1993年，第1頁。

遭遇與心靈結構的某種相似性，與此相應，傳統文學性的某些表現手法與思維方式，也會在這種相似性中延續它們頑強的生命力，這正是新詩與舊詩割不斷的血脈。

　　作為一個曾經沐浴歐美風雨、遊學西方的詩人，徐志摩在「五四」文壇的出現似乎是以一種「西洋紳士」的異域風情面貌突然出現而一下子引起了公眾的注意。對此，與詩人同時代的女作家蘇雪林曾有過相當生動的敘述：「民國十一二年間，徐志摩自英倫返國，發表《康橋再會吧》、《哀曼殊菲兒》等篇，其雄奇的氣勢，奢侈的想像，曼妙的情調，華麗的詞藻，既蓋過了當時一般詩作，而且體裁又是嶄新嶄新的。既个像《嘗試集》那種不脫舊詩詞格調的巢穴，也不像《女神》之剽竊惠特曼（Whitman1819～1892，美國倡自由體的詩人）餘緒，弄得魯莽決裂，不可響邇，這當然要引起大家的驚奇，而產生中國新詩今日才有真正誕生的感想。」〔註4〕這種「中國新詩今日才有真正誕生的感想」在詩人卞之琳八十年代的追憶中依然得到了印證：自新詩運動以來，許多人「是讀到了徐志摩的新詩才感到白話新體詩也真像詩」〔註5〕。──這兩段話充分印證：如果說中國現代新詩對古典傳統的自覺繼承始於以徐志摩為代表的新月派，那麼當他以一種全新的審美姿態出現於五四文壇時，便立刻以一種秀麗柔婉、輕盈飄逸的詩風，成功地提升了白話新詩與古典詩詞意境相媲美的全新的審美境界，從而一定程度上彌補了中國讀者從固有的審美需要出發而對當時因為「反傳統」而弄得過於「魯莽決裂」的新詩的陌生感和抗拒心理。當然，這種彌補並非刻意的投合和出於照顧讀者傳統欣賞惰性的討巧，而是體現了某種「深刻的歷史聯繫」：「（詩人們）儘管在公開場合都提倡新詩，自覺學習外國詩歌，表現出與傳統詩歌決絕的姿態，但他們自幼自然形成的古典詩詞的深厚修養卻不能不在他們的實際創作中發生影響；儘管這種影響有一個從『潛在』到『外在』，從『不自覺』到『自覺』的過程」〔註6〕。

　　的確，當「帶了天才的靈感來寫詩」的徐志摩將「雄奇的氣勢，奢侈的

〔註4〕蘇雪林：《我所認識的詩人徐志摩》，舒玲娥編：《雲遊：朋友心中的徐志摩》，第131頁。

〔註5〕卞之琳：《徐志摩選集‧序》，《人與詩：憶舊說新》，三聯書店，1984年，第25頁。

〔註6〕王瑤：《論現代文學與中國古典文學的歷史聯繫》，《中國現代文學史論集》，北京大學出版社，1998年，第325頁。

想像，曼妙的情調，華麗的詞藻」等元素鎔鑄進當時一種「嶄嶄新新的體裁」，無論是形式還是表現手法，無不以顯性的橫向移植姿態，凸顯了其深受西方近代尤其是英國十九世紀浪漫主義思潮影響的文學淵源，其作為一個西方詩藝的模仿者、繼承者和實踐者遂成為文壇的公論。然而，稍加留意和考察，便可發現，其詩歌中多愁善感的淺吟低唱，或多或少或隱或現，均可尋繹出傳統詩性文化和古典元素在其中薰染浸潤的脈絡和痕跡：諸如哀而不傷的中和美，清水芙蓉般的自然美，秘響傍通的含蓄美，清新雅潔的意象美等等。那些處處迴蕩的「傳統母題」的意味深長的悠遠聲音，那些宛如水中月、鏡中花般影影綽綽散落的古典「意象原型」的典雅圖像，無不積澱著深厚的民族文化心理與情感內涵，傳統文化精神品格的架構作為一個「渾融的整體」，正籠罩性地滲透在徐志摩的詩文中。可以說，在「五四」那個新舊交替的特殊歷史時期，西方影響與古典素養結合得異常均衡的徐志摩，既在西化的橫向移植中架構了新詩現代性尋求的支點，又在縱向繼承中潛在地延續了古典詩歌傳統的優秀質素，從而圓融地銜接了傳統與現代。

一、審美典範的現代轉移：徐志摩與晚唐五代花間詞之淵源

關於徐志摩與古典詩學傳統的關係，已非新鮮的話題。早在詩人剛逝世不久，同為新月派詩人的方瑋德就曾指出過：「志摩是舊氣息很重而從事於新文學事業的一個人。在這裡我所說的舊，不一定是指時代或是一切屬於形式的意思，志摩的舊乃是一切心靈上與感官上所賦予的一種對於過往的虔敬與嗜好。雖則他狂喜青春，愛好新奇，窺探將來，但他也同樣愛好典型，撫摩陳跡，狂喜莊凝的不朽。我們略略接近志摩生活的人，不難知道他這一生的嗜好往往多沉浸在這思古的幽情裏面。他崇拜泰戈爾，他崇拜哈代，這因為他歡喜他們以長久的經驗和觀察，而傳給我們一種極純厚極古老的靈珠子。他從這古老的珠子裏，思索出許多人生的蘊味與結構的智慧。……他的新詩偏於注重形式，雖則這是他自己的主張和受西洋詩的影響，但他對於舊氣息的脫離不掉，也略可窺見。」〔註7〕當代學人同樣強調：「徐志摩是一個身處現代卻滿懷傳統文化趣味的詩人，不是他的理論有多麼古色古香，而是他一身瀟灑的西服之下，掩蓋著一個純粹的傳統文人式的靈魂，這就是徐志摩的奇

〔註 7〕方瑋德：《志摩怎樣了》，舒玲娥編：《雲遊：朋友心中的徐志摩》，第 187 頁。

特之處。徐志摩的精神結構是特殊的，可以說他是現代社會條件下幾乎唯一的還能夠保持傳統文人的生命觀的人。」〔註8〕前者作為近身的體察，後者作為綜合的總括，均不失為深刻之論。而關於徐志摩詩歌藝術與唐詩宋詞的淵源也屢見不鮮，譬如同為新月派詩人的朱湘就曾著文精當地指出，徐志摩的詩歌在「五色陸離五音繁會的廟會」中所漾出的「細膩的想像」與「和婉的音節」，〔註9〕體現的正是詞體特有的韻味。林語堂也曾指出：「志摩白話是得力於元曲宋詞，去其繁縟，採其精華，而後把今日白話與古文熔於一爐。是以雅馴。」〔註10〕但過度地強調詩人與古典傳統的關係是否會陷入某種學理上的偏執而忽視其在中西文化交流格局中的雙邊取向？因為一個同樣顯而易見的事實是：徐志摩的詩歌儘管「最深刻、最完整地領悟了中國詩歌物化傳統的真髓」，異域文化給予他的是體是式是意，傳統的文化才是他的根與質與神，但以意象為例，東西方意象幾乎平分秋色，而在章法結構上受西詩影響更甚（朱自清在《中國新文學大系・詩集・導言》中曾說徐志摩「嘗試的體制最多」而「大半模仿近代英國詩」），如何只能強調東方的縱承而忽略西方的橫移？然而，不管他曾受西方影響多大，在中西融合古今錯雜的文化格局中呈現了何種駁雜的現象和迥異的運行軌跡，卻還是要在中國傳統文化的語境中實現其價值和意義的最終「定位」。不是嗎？詩人「再別康橋」，用來傳達悄悄別離幽緒的不是西方的鋼琴或提琴，而是中國傳統意義上的「笙簫」。作為現代詩人中無與倫比的眾所矚目的焦點人物，徐志摩與古中國的浪漫糾纏總是賦予了人眾太多豐富而典型的集體想像，「回頭檢點徐志摩留下來的新詩遺產，就會發現，由於英國浪漫派詩人這一百年來整體上評價的低迷，徐志摩作品中受其影響的成分並不能使他收穫更多的讚美，反而是其中的古典因素，造成了他的詩在讀者接受方面上的成功。」〔註11〕——這也正是筆者於此不揣淺陋而嘗試將其詩歌與晚唐五代花間詞的淵源略作論述的動因。

　　花間詞的出現，源於晚唐五代時期特殊的文化底蘊與審美習尚。當盛唐由繁華似錦轉入干戈四起、蕭殺衰微的晚唐，時代精神已逐漸由外向轉入內向，由俊逸奔放轉向沉潛幽微，文人墨客筆下的審美情趣與藝術境界，也變

〔註8〕李怡：《徐志摩的詩歌》，《中國新詩講稿》，第79頁。
〔註9〕朱湘：《評徐君志摩的詩》，韓石山、伍漁編：《徐志摩評說八十年》。
〔註10〕林語堂：《從丘吉爾的英文說起》，《人生的盛宴》，江蘇文藝出版社，2009年。
〔註11〕江弱水：《一種天教歌唱的鳥——徐志摩片論》，《文本的肉身》，第100頁。

盛唐之昂揚壯麗、雄豪闊大為委婉纏綿、深微幽細，內容由政壇風雲、疆場廝殺轉向酒邊花前、庭院閨房；由「人生征戰能幾回」的功利追求轉向日常生活的兒女情長。呈現在文人墨客筆下的風景，不再是大漠孤煙、長河落日，而是煙柳淡月、小橋流水。題材的豔情綺思，意境的深微幽細，格調的纏綿婉約，伴隨著詩人們心境的轉變而悄然成為晚唐詩歌中的新氣象，一旦遇到以冶蕩輕靡的燕樂曲調來配合句式長短錯落曲折歌辭的曲子詞，便一拍即合，所謂「巧囀豈能無本意」（李商隱：《流鶯》），「楚雨含情皆有託」（李商隱：《梓州罷吟寄同舍》），晚唐文人們紛紛將個人在現實中被壓抑的幽約悱怨、綢繆婉轉之情懷暢寫入這種「要眇宜修」、「緣情而綺靡」的詞體新形式，也紛紛將晚唐詩中香豔柔媚的兒女私情下放到詞體中，流風所及，「綺筵公子，繡幌佳人，遞葉葉之花箋，文抽麗錦；舉纖纖之玉指，拍按香檀。不無清絕之詞，用助嬌嬈之態」，在藝術上形成了「鏤玉雕瓊，擬化工而迴巧；裁花剪葉，奪春豔以爭鮮」的鮮明特色。詞人在其中營造著自由的感情世界，無拘無束地追求著生命本色之欲求，不假造作地流露著內心中的真情實意，在某種程度上既是對封建禮教的沖決，又是對性靈境界的自覺提升。是以此種「頗擺落故態，適與六朝跌宕意氣差近」〔註12〕的風格與情調，成為兩宋詞創作的「正源」與先聲。這種吸收了晚唐五代詩歌抒情傳統而又為詩歌本體注入柔媚婉轉、含蓄蘊藉的「別是一家」的審美特質，風行於晚唐五代，綿延於兩宋，承餘脈於明清，其餘緒一直浸潤到「五四」文壇。

　　「五四」文學革命的先驅者胡適，出於打破古典詩形式束縛的現實需要，曾採取了一種「事後追認先驅」式的理論策略，將中國文學史上「明白清楚」的「元白」一派定為傳統詩的「正宗」，而將隱晦難懂的晚唐「溫李」一派視為傳統詩的「妖孽」和「異端」。「在胡適等人看來，『元白』的『白話』詩才是新詩應承襲的淵源，那種『明白清楚』的美最能符合他們『有什麼材料，做什麼詩；有什麼話，說什麼話』的『詩體大解放』的主張。而像李商隱那種『獨恨無人作鄭箋』的『其實看不懂而必須注解的詩，都不是好詩，只是笨謎而已。』」〔註13〕這種「對於文學工具與文學內容關係的理解所產生的美學觀念的偏頗」有其歷史的原因，但卻是對詩的藝術本體的漠視，由此導致的

〔註12〕陸游：《花間集跋·其二》，《渭南文集》卷三十，中華書局，1976 年。
〔註13〕張潔宇：《民國時期新詩論稿》，廣州：花城出版社，2019 年，第 128 頁。

「對於這種漠視詩的特性的偏頗的反撥是：超越『白話』的層面，在中西詩歌藝術的雙向吸收與對話中，堅持對於『詩』性特徵的尋求。這種尋求成為20年代中期以後許多現代詩人的一種藝術傾向。」正是在這一藝術傾向中，晚唐詩詞獨有的「區別於傳統的『白話』詩，也區別於五四之後流行的直白描述的現實主義、袒露呼喊的浪漫主義新詩的抒情模式」引起了詩人們的關注；現代派詩人群體正是在這樣的背景下「超出了為自身的存在辯護的歷史尋找，而具備了為現代詩的發展向古典詩歌探求同氣相求的藝術根源的覺識。他們的世界藝術視點已經融入20世紀蓬勃而起的現代潮流。他們是在揚棄西方浪漫主義而接近前期和後期象徵主義、現代主義詩歌潮流的時候，開始對晚唐詩詞的關注的；或者說，是由於對『類似象徵派的風格和手法』的晚唐詩詞含蓄蘊藉傳統的愛好，而對西方現代主義詩潮產生『一見如故』之感，從而努力在晚唐詩詞中發現傳統與西方現代派詩歌藝術相通的東西，為新詩先鋒性探索的合理性尋找自身傳統存在的『根據』。」〔註14〕其中，廢名的理論尤其值得關注。廢名從一個獨特的角度發現了從六朝、晚唐到南宋那一脈古典傳統的現代性。孫玉石先生指出：「廢名在『溫令』詩詞中存在的楚辭所具有的『興』的感覺方式與表現手法中，找到了現代詩人那種詩應處於『隱藏自己與表現自己之間』的美學需求」，「也就是廢名在《談新詩》中所講的詩人『剎那間的感覺』通過具體的物象表現出來，『把一剎那一剎那的影子留下來，然後給人一個活動的呈現』。就自然客觀物來說，這是寫實；就傳達的感情來說，這是寄託，這是象徵……結果給新詩帶來的是一種超越內在的淺顯和外在的賦形所具有的深蘊的美。」〔註15〕由此30年代部分現代詩人中曾一度出現了「晚唐詩熱」。諸如戴望舒詩中反覆出現的「丁香一樣結著愁怨的姑娘」這一意象，即從「丁香空結雨中愁」這一五代詩詞中化出；何其芳一度「讀著晚唐五代時期的那些精緻的冶豔的詩詞，蠱惑於那種憔悴的紅顏上的嫵媚」，而深深地迷醉於那些「彩色的配合」與「鏡花水月」〔註16〕；卞之琳詩歌創作前期也曾一度冒出過李商隱、姜白石詩詞以及《花間集》詞風味的

〔註14〕孫玉石：《新詩：現代與傳統的對話──兼釋20世紀30年代的「晚唐詩熱」》，《中國現代詩學叢論》，北京大學出版社，2010年，第113～114頁。

〔註15〕孫玉石：《新詩：現代與傳統的對話──兼釋20世紀30年代的「晚唐詩熱」》，《中國現代詩學叢論》，第104～105頁。

〔註16〕何其芳：《論夢中道路》，《大公報‧文藝》第182期，1936年7月19日。

行跡。新詩的傳達方式由此在傳統的含蓄與西方現代的象徵的融合中上升到了一個新的境界。

現代詩派審美意識的這種普遍轉向，有其時代的必然，某種程度上也與當時詩人們苦悶彷徨的心緒相合拍。當「五四」運動退潮後，精神探索的超前與現實環境的不協調、令人目眩的西方文化思潮與現實抉擇的兩難，滋生了矛盾、痛苦、感傷、哀怨的意緒，也就契合著詩中綢繆婉轉的表達。由此反觀徐志摩，可以發現，他很早就脫離了那種過於淺顯直白的毛病，其在度過早期的「情感的無關攔的泛濫」後，日趨注重詩形外在美的建構，同時自覺地追求著一份內在表情的蘊藉和審美的餘味，從而與現代派詩人的詩風有著某種契合。那些反覆渲染的輕煙似的微哀，以及「我不知道風是在哪一個方向吹」的迷惘，無不是對「黑綿綿」現實的感觸；那些或多或少脫離了時代大潮與群黎苦痛的個體心靈的隱秘之語，在對理想的失落、夢幻的眷戀中疏泄著精微的情思律動，使其詩歌內容自然而然地契合著晚唐五代花間詞的餘緒，不但記錄了其躊躇歷史瞬間的心靈滄桑與愛情失落的唱歎，也記錄了文雅的閒情與閨閣的風月，有著晚唐五代花間詞特有的綺靡婉媚以及優雅浪漫的氣息，猶如繁花一樣絢爛，芳香迷人。

當然，任何單一的理論體系，都不足以概括其紛紜複雜的創作實踐，而只能在局部或大體對其創作進行總結，不可一概而論。這也正如歷史上廢名曾以「詩的感覺」的差異性來匡正胡適以白話詩傳統為新詩唯一的源頭，固然是一種及時的糾偏，但如果企圖「用晚唐詩詞的傳統來代替古典詩歌的整體認知和覆蓋新詩的全部道路」〔註17〕，就會同樣陷入胡適的誤區。「以『溫李』為代表的晚唐詩風，並非一直與『元白』詩風相對立，而『晦澀難懂』與『明白清楚』之爭也只不過是詩歌的語言層面上的一個問題。實際上，『溫李』與『元白』的對立，從根本上說，是詩歌的不同傳達方式的對立，這種對立的提出，更多的是源於新詩自身生存或美學建設的需要。也就是說，是新詩的理論者和實踐者在尋找自身存在依據和適當的詩歌傳達方式時出現了分歧與爭論，在對『含蓄』或『明白』的不同取捨中，他們分別選擇了晚唐詩風作為切入口，對『溫李』或反對或讚賞，實際上反映出的正是新詩美學中兩種不

〔註17〕孫玉石：《新詩：現代與傳統的對話——兼釋20世紀30年代的「晚唐詩熱」》，《中國現代詩學叢論》，第134頁。

同的美學觀念。」〔註18〕新詩的實際創作局面，並不能用「晦澀難懂」與「明白清楚」來作截然的劃分。以徐志摩為例，天賦的靈性審美趣味，加上西方浪漫派、唯美派及象徵派的影響，就使得他的詩歌既有華麗唯美的異國情調，也有傳統意義上的古典韻味：時而韻高疑仙，時而思幽近鬼；時而清新流暢，時而朦朧婉轉；時而綺靡香馥，時而清空淳雅。但西方浪漫、唯美及象徵派與晚唐五代花間詞又具有某種相通的美學情趣，都源於語言語音生理機能與情感宣洩的和諧共振，共同契合著古今詩歌情感哲學的生命本質。這點誠如梁實秋所說：「詩料只有美醜可辨，並無新舊可分。用濫了的辭句故是名家所不取，然古雅的典麗的辭句未始不可藉藝術的手段綴在新詩裏面。」〔註19〕也許正是在這點上，我們能夠在徐志摩那貌似於西方詩歌藝術形式的表象下，找到那種「文抽麗錦」、「拍案香檀」的五代花間詞於華美中營造清絕妖嬈、穠麗綺豔的似曾相識的美感效應。

二、「前現代」與「後古典」的詩學構圖

考傳統詩歌血脈的流變，綺麗輕豔的南朝宮體乃是晚唐五代花間詞的濫觴之始。梁朝集「宮體詩人」和「梁簡文帝」於一身的蕭綱，曾立基於倫理與審美的分袂，第一次在儒教「立身先須慎重」的倫理規範之外喊出了「文章且須放蕩」的先聲。這種對「為文」暢情審美特質的強調，衝破了傳統倫理的束縛，使綺靡婉媚之韻自然流露於當時文人的筆底，獨開以「綺麗」為顯豁特徵的南朝美文學的先河，使得文學的講聲律、重辭藻、尚婉媚取得了合法地位。但到了齊梁年間，其唯美傾向越來越明顯，終於引來了維護儒家道統的儒士的反彈與批評，斥此種「競聘文華」的「雕蟲之小藝」是「棄大聖之軌模，構無用以為用」的「損本逐末」：「江左齊、梁，其弊彌甚，貴賤賢愚，唯務吟詠。遂復遺理存異，尋虛逐微，競一韻之奇，爭一字之巧。連篇累牘，不出月露之形，積案盈箱，唯是風雲之狀。」（李諤：《上隋高祖革文華書》）──這種觀念也是後來隋唐年間從「齊梁綺靡」到「漢魏風骨」詩學典範轉移的先聲，從而導演了以傳統詩教「雅正」為原則的唐詩的高境。然時轉運移，到了國運衰頹的晚唐五代，緣情綺靡的花間詞再度應運而生，彷彿與齊

〔註18〕張潔宇：《民國時期新詩論稿》，第 127 頁。
〔註19〕梁實秋：《新詩與傳統》，1922 年《清華週刊》第 4 期。

梁如出一轍。此中詩道升降的起承轉合，施蟄存先生曾闡釋得頗為透徹：「南朝宮體詩綺麗的辭藻，到盛唐時，已被擯斥在詩壇之外。王、孟的詩，固然清淡；即使李、杜、高、岑，也絕不堆垛儂豔的字面。從此以後，詩家一味崇尚清淡，到了郊、島，已清淡到質樸無華的古拙境界，不免有人感到枯瘠。物極必反，首先出現了一個李賀。他從齊梁詩賦中汲取麗辭幽思，運用在唐代的聲韻琅然的近體詩中，登時使唐詩開闢了一片新境界。受李賀影響的有施肩吾、段成式、溫庭筠、李商隱。」〔註 20〕也是出於對這段詩學審美典範轉移的歷時性考察，當代學者江弱水提出了一個全新的觀點：

> 一般對於南朝文學的價值認證，都是把他視為向鼎盛的唐詩的過渡，把齊梁看成通往盛唐的橋樑。但我希望從一個全新的角度去理解它。簡要地說，南朝文學構成了一個起點，一個我們所稱的中國古典詩的現代性的起點。如果說魏晉是文學的自覺時代，齊梁竟可以說是文字的自覺時代。由於儒家意識的淡化，在這一時期，文學觀念上的復古主義、說教主義，總之，道德功利主義，在南朝都出現了罕見的缺位。這事實上釋放出巨大的空間，取而代之的是放蕩頹廢的文人精神，與追新逐奇的文學觀念。在這種精神與觀念的支配下，一大批著迷於文字魅力的作家，雕章琢句，鋪采摛聲，去用文字合成一種令人心醉的美。具有現代詩語特質的、不是連續而是斷裂的語言形式，在此際發育成熟。語言文字的意義被稀釋了，本身固有的聲音與色彩得到了強調，詞語本身漸趨於獲得其自足的存在價值。這一切構成了南朝文學的主要成就，澤惠所及，已然構成了一個相對獨立的現代性傳統，與傾向於將語言文字視為傳達思想和感情訊息的工具、注重文學的社會功能與教化作用的另一傳統並存著，在唐詩與宋詞的一些重要作家那裡得到傳承延續。〔註 21〕

進一步他還指出：

> 如果我們的研究深入一點，就可以肯定，中國古典詩歌已經部分地具有某種歷久彌新的現代性品質，而且這些特質已經內化為我們自身固有的詩學傳統，它們與西方現代詩形成了合力，從而對現

〔註 20〕施蟄存：《唐詩百話》，上海古籍出版社 1987 年，第 575 頁。
〔註 21〕江弱水：《古典詩的現代性》，北京：生活·讀書·新知三聯書店，2010 年，第 23 頁。

代中國詩歌的寫作產生了影響，並使之實現創造性的轉換。〔註22〕

這種富有啟迪性的解讀，正可以古鑒今。「五四」初期的文學領域，儒家意識形態的崩潰（儘管事實上不可能完全湮滅）所造成的價值真空，被西方現代人文思潮所填補，隨著「五四」啟蒙運動的進一步展開，「五四」初期如狂飆突進的浪漫主義逐漸退潮，新詩創作開始由早期的放縱快意走向形式的節制、辭藻的講求與表達的蘊藉，這即是「新月詩派」的誕生。新月派的詩思明顯受到西方浪漫主義、唯美主義及象徵主義的影響，在藝術上堅持超功利的、自我表現的、貴族化的「純詩」立場，注重感性形象的烘托暗示來表現個人的內心世界，從而形成了講聲律、重辭藻、尚婉媚以及長於心緒的物化與優美化等鮮明的美學特色和藝術風格。可以說，新月詩派的這種美學內涵，與歷史上洗去玄學的蔽障而迎來感性回歸的南朝宮體詩以及晚唐五代花間詞具有共同的「家族相似性」：強調的都不是「對於外在世界的功利，而是文字的顏色和聲音的組合遊戲，及其搖盪人的性靈的力量。」〔註23〕——正是從這個意義上，筆者認為，新月詩派上糾新詩早期散文化之偏，下啟現代詩派的「晚唐詩熱」的詩史意義，構成了中國新詩現代性的真正起點（作為繼新月派後起的現代詩派重要代表詩人卞之琳，其詩思詩藝，便直接受惠於徐志摩）。

「假若我們以波德萊爾、魏爾倫、馬拉美等十九世紀法國象徵主義詩人為參照系，那麼，內容的情色之外，南朝作家在語言形式上也具有十分典型的『頹加蕩』的現代性症候。」〔註24〕同樣，當新詩人從自身那個擁有多重可資轉換的現代性因素的傳統中走出來時，難免會對西方的現代性症候一見如故。譬如徐志摩就曾被波德萊爾詩集《惡之花》中的唯美頹廢之美所深深吸引：「他詩的音調與色彩像是夕陽餘燼裏反射出來的青芒——遼遠的，慘淡的，往下沉的。他不是夜鶯，更不是雲雀；他的像是一隻受傷的子規鮮血嘔盡後的餘音……又像是赤帶上的一種毒草，長條的葉瓣像鱷魚的尾巴，大朵的花像滿開著的綢傘，他的臭味是奇毒的，但也是奇香的，你便讓他醉死了也忘不了他那異味。」（徐志摩：《譯死屍「Une Charogne」序》）這種使「香味、顏色和聲音都互相呼應」的唯美實踐，無形中契合著徐志摩自身的詩性

〔註22〕江弱水：《古典詩的現代性》，第 292 頁。
〔註23〕江弱水：《古典詩的現代性》，第 24 頁。
〔註24〕江弱水：《古典詩的現代性》，第 36 頁。

氣質，啟發他去捕捉大自然物象的聲色光影並對之進行精準細膩的描摹，從而導致其部分詩文因為表達的過分精細化而呈現為「濃得化不開」的色彩。同時，受到波德萊爾那「歌唱性靈和官感的歡狂」的「頹加蕩」的薰染，其部分詩歌也不可避免地籠罩了一層「頹廢」的色彩。雖然現代性概念上的「頹廢」實來自藝術上的精緻與繁複，而與道德本身無關，正如文學中修辭的衝動本質上源於作家想要表現真實的快感，但「最極端的浪漫派作家往往暗合古典派的模型」（徐志摩：《守舊與「玩」舊》），這種源於想要通過文字和語言細膩地描寫客體而獲得搖盪性靈的力量的現代性藝術衝動，無疑會促使他在中西詩學的對話中重啟之於傳統審美情趣的深層想像。這也正如朱光潛所指出：「涉獵愈廣博，偏見愈減少，趣味亦愈純正。從浪漫派脫胎者能見出古典派的妙處時……才算打通了詩的一關。」（朱光潛：《談趣味》）這樣，我們就可以看到，儘管曾深受西方浪漫主義、唯美主義和象徵主義的影響，但受骨子裏鐫刻的傳統意識燭照，徐志摩的詩歌依然傳遞了古典音響，在意象選擇、意境組構、技巧運用等方面都對古典詩歌進行了現代翻新與積累性的轉化。

徐志摩詩歌中那種「細膩的想像」與「和婉的音節」（朱湘語），正與傳統詩詞具有萬川一月的精神本質意義上的相吸相通。譬如詩人那首廣受傳唱的《沙揚娜拉——贈日本女郎》：「最是那一低頭的溫柔｜像一朵水蓮花不勝涼風的嬌羞｜道一聲珍重｜道一聲珍重｜那一聲珍重裏有甜蜜的憂愁｜沙揚娜拉！」——此詩以一種剎那間的定格捕捉了異域女郎臨別時難言的婀娜多姿之美與瞬間即別的惆悵之緒，賦予她以粉紅輕掠、臨風含羞的東方水蓮意象，既可以在施肩吾《愛美人》「愛將紅袖遮嬌笑，往往偷開水上蓮」一聯中窺見一種似曾相識的媚態，也可以在韋莊《女冠子》「忍淚佯低面，含羞半斂眉」一聯中找到一脈依稀的神韻；其骨子裏的哀感頑艷，「可以隨手改寫成音律稍葺的絕句：『最是溫柔一低頭，涼風不勝水蓮羞。一聲珍重殷勤道，貽我心頭蜜樣愁。』」〔註25〕又如其《夏日田間即景》：「笑語殷殷——｜問後園豌豆肥否，｜問楊梅可有鳥來偷；｜好幾天不下雨了，｜玫瑰花還未曾紅透」，神似李清照的「試問捲簾人，卻道海棠依舊。知否知否，應是綠肥紅瘦」；再例如其《蘇蘇》：「你說這應分是她的平安？｜但運命又叫無情的手來攀，｜攀，攀盡了青條上的燦爛，——｜可憐呵，蘇蘇她又遭一度的摧殘！」深得

〔註25〕江弱水：《一種天教歌唱的鳥：徐志摩片論》，《文本的肉身》，第 100 頁。

《敦煌曲子詞》中《望江南‧莫攀我》的神韻：「莫攀我，攀我心太偏，我是曲江臨池柳，者人折了那人攀，恩愛一時間。」而綜觀徐志摩最傳世的詩作《再別康橋》，「無論在情調上或詞藻上，都頗有中國古典詩的味道。『尋夢？撐一支長篙』以下的四行，簡直像宋詞。『我輕輕的招手，作別西天的雲彩』兩句，更有李白的神韻。但在這兩句裏，雲彩還在西天，徐志摩還在人間；到了詩末的『我揮一揮衣袖，不帶走一片雲彩』，康橋竟已雲霞掩映，儼同仙境，而徐志摩已成下凡的仙人了。意境到此，何歐化之有？同時，詩人再別康橋，悄悄的不是別離的鋼琴或提琴，而是笙簫，仍不失其中國氣質。至於『滿載一船星輝』，雖是佳句，卻本於宋朝張孝祥的《西江月》：『滿載一船明月，平鋪千里秋江。』」〔註26〕——其內蘊中溢出的那層離別時淡淡的相思與別有心會的惆悵，則又有著晚唐送別詩歌蘊藉的綺靡，晚唐詩人所謂「帝子夢魂煙水闊，謝公詩思碧雲低，風前不用頻揮手，我有家山向日西」，與之情調何其相似。

　　徐志摩的情詩常常通過東方特有的意象營造，在嶄新的形式架構中置放那些古中國才有的溫柔的憂鬱與繾綣的感傷，將其渲染得無望又溫馨，苦澀而綿厚，往往在迷離恍惚中透著一種悠遠的韻外之致。如其《落葉小唱》：「一陣聲響轉上了階沿（我正挨近著夢鄉邊）｜這回準是她的腳步了，我想——｜在這深夜！」接下來三節的跌宕起伏，卻只帶來夢醒時分的惆悵：「夢完了，呵，回復清醒，惱人的——｜卻只是秋聲」，這裡所要表達的夢裏夢外綢繆婉轉的情感，與晚唐韋莊《女冠子》一詞的情調依然極為相似：「昨夜夜半，枕上分明夢見。語多時依舊桃花面，頻低柳葉眉。半羞還半喜，欲去又依依。覺來知是夢，不勝悲！」再如《客中》：「今晚天上有半輪的下弦月；｜我想攜著她的手，｜往光明多處走——｜一樣是清光，我說，圓滿或殘缺」，令人想起趙嘏《江樓感舊》：「獨上江樓思渺然，月光如水水如天。同來望月人何在，風景依稀似去年。」第二節以花取譬：「園裏有一樹開剩的玉蘭花；｜她有的是愛花癖，｜我愛看她的憐惜——｜一樣是芬芳，她說，滿花與殘花」，又有古人「多情只有春庭月，猶為離人照落花」之慨；而詩句結尾「這一樹花，這半輪月——｜我獨自沉吟，｜對著我的身影——｜她在哪裏，啊，為什麼傷悲，

〔註26〕餘光中：《徐志摩詩小論》，《餘光中集》（第 7 卷），百花文藝出版社，2003
　　　　年，第 180 頁。

凋謝，殘缺？」，則有古人「桃花依舊，美人何在」之恨了，與劉禹錫《竹枝詞》「曾於美人橋下別，恨無消息到今朝」的感慨類似。〔註27〕——凡此種種，均體現了一種「前現代」與「後古典」在現代語境中水乳交融、互相映照的詩學構圖。

三、江南才子的性情本色：徐志摩詩歌的「花間」餘韻

當代學人曾作過頗為精闢的概括：「從徐志摩詩歌的整體審美意蘊來看，更多的是傳承了『婉約詞派』的風格特點。徐志摩詩歌正是在這種婉約與花間的氣息中透露著現代美的愛情思想和人文精神」〔註28〕。的確，在徐志摩的筆下，充溢的大多是對愛情與自由的生命之渴求，故與花間詞一樣，奔來腕底之興象，盡是人生最堪留戀與回味的「瞬間印象」：「最是那一低頭的溫柔，｜像一朵水蓮花不勝涼風的嬌羞」（徐志摩：《沙揚娜拉——贈日本女郎》）；「她是睡著了——｜星光下一朵斜欹的白蓮」（徐志摩：《她是睡著了》）；「一閃光豔｜你已縱過了水｜腳點地時那輕，一身的笑，｜像柳絲，腰哪在俏麗的搖，｜水波裏滿是鯉鱗的霞綺」（徐志摩：《鯉跳》）；「深深的黑夜，依依的塔影，｜團團的月彩，纖纖的波鱗——｜假如你我蕩一支無遮的小艇，｜假如你我創一個完全的夢境！」（徐志摩：《月下雷峰影片》）「一捲煙，一片山，幾點雲影，｜一道水，一條橋，一支櫓聲，｜一林松，一叢竹，紅葉紛紛：｜豔色的田野，豔色的秋景」（徐志摩：《滬杭車中》）……。大概因為詩人心中別藏了一脈幽隱濃摯而又刻骨銘心的深情，徐志摩的某些情詩在晚唐的綺靡風格之外，又嫁接了五代花間詞特有的精工雕飾、豔冶嫵媚，來細緻表述自我內心深處綿密的情懷，從而使其詩歌意境屢屢煥發出一派迷人的精美婉約的氣象。譬如其《她是睡著了》：「她是睡著了——｜星光下一朵斜欹的白蓮，｜她入夢境了，｜香爐裏嫋起一縷碧螺煙。｜她是眠熟了——｜澗泉幽抑了喧響的琴弦，｜她在夢鄉了——｜粉蝶兒，翠蝶兒，翻飛的歡戀。｜停勻的呼吸：｜清芬滲透了她的周遭的清氛；｜有福的清氛，｜懷抱著，撫摩著，她纖纖的身形！｜奢侈的光陰！｜靜，沙沙的盡是閃亮的黃金，｜平鋪

〔註27〕參閱黃曉珍、余亞梅：《詩化人生：傳統文化精神品格的架構——試論徐志摩的情詩對中國傳統詩歌文化的繼承》，《上海大學學報（社會科學版）》2003年第1期。

〔註28〕程國君：《新月詩派研究》，武漢：長江文藝出版社，2003年，第94頁。

著無垠，——｜波鱗間輕漾著光豔的小艇。｜醉心的光景：｜給我披一件彩衣，啜一壜芳醴，｜折一支藤花，｜舞，在葡萄叢中顛倒，昏迷。｜看呀，美麗！｜三春的顏色移上了她的香肌，｜是玫瑰，是月季，｜是朝陽裏水仙，鮮妍芳菲！｜夢底的幽秘，｜挑逗著她的心——純潔的靈魂——｜像一隻蜂兒，｜在花心恣意的唐突——溫存。｜童真的夢境！｜靜默；休教驚斷了夢神的殷勤；｜抽一絲金絡，｜抽一絲銀絡，抽一絲晚霞的紫曛；｜玉腕與金梭，｜織縑似的精審，更番的穿度——｜化生了彩霞，｜神闕，安琪兒的歌，安琪兒的舞。｜可愛的梨渦，｜解釋了處女的夢境的歡喜，｜像一顆露珠，｜顫動的，在荷盤中閃耀著晨曦。」——以一派瑰麗的藻采，映襯著嫵媚豔冶的深閨情致，復現的乃是花間詞中常出現的鏤金錯彩、錦羅繡衾的深閨場景，令人想起孫光憲《浣溪沙》中所描繪的那幅著色濃豔的美人香睡圖：「翠袂半將遮粉臆，寶釵長欲墜香肩，此時模樣不禁憐。」

　　與古代詞人們對人類最基本的生命活動環境和性愛實現條件等價值標準的強調相同，徐志摩的詩中也屢屢表達了對閨閣情深、兩情相悅的情愛生活的讚美，從而屢屢抒兒女閨帷之情，寫雲鬢嬌眼之媚，譬如《春的投生》一首：「昨晚上，再前一晚也是的，｜在春雨的猖狂中｜春｜投生入殘冬的屍體｜不覺得腳下的鬆軟，｜耳鬢間的溫馴嗎？｜樹枝上浮著青，｜潭裏的水漾成無限的纏綿；｜再有你我肢體上胸膛間的異樣的跳動；｜桃花早已開上你的臉，｜我在更敏銳的消受你的媚，｜吞咽你的連珠的笑；｜你不覺得我的手臂更迫切的要求你的腰身，｜我的呼吸投射在你的身上，｜如同萬千的飛螢投向火焰？」又譬如《別擰我，疼》：「『別擰我，疼，』……｜你說，微鎖著眉心。｜那『疼』，一個精圓的半吐，｜在舌尖上溜一轉。｜一雙眼也在說話，｜晴光裏漾起｜心泉的秘密。」而隨著深閨場景的擴大，作者於幽細深婉的人生別離場景中，體現的也是花間詞「無語，無緒，慢曳羅裙歸去」般的淒怨：「在那天朝上，在霧茫茫的山道旁，｜新生的小藍花在草叢裏睥睨｜我目送她遠去，與她從此分離｜——在青草間飄拂，她那潔白的裙衣！」（徐志摩：《在那山道旁》）細細咀嚼人生情愛失落的悲涼，促使詩人「長憶傷春的歌喉」：「水粼粼，夜冥冥，思悠悠，｜何處是我戀的多情友？｜風颼颼，柳飄飄，榆錢斗斗，｜令人長憶傷春的歌喉。」而「聽遠村寺塔的鐘聲，｜像夢裏的輕濤吐復收，｜省心海念潮的漲歇，｜依稀漂泊踉蹌的孤舟」（徐志摩：《月下待

杜鵑不來》）一境中的纏綿追索，則化作多年後《再別康橋》一詩「尋夢」中的悠揚笙歌：「尋夢？撐一支長篙，｜向青草更青處漫溯；｜滿載一船星輝，｜在星輝斑斕裏放歌。」從早期的婉轉纏綿，到後期的情深一往，體現的正是花間詞「麗而有則，耐人玩味」的藝術風格。詩人由此將一腔深情轉化為對人世間大自然萬物的癡纏與熱愛，譬如對青苔芳草、鶯燕呢喃庭院的留戀（徐志摩：《石虎胡同七號》）；對蜂舞蝶喧、鳥語花香的春天的追慕（徐志摩：《春》）；對佳景難再、歡樂易逝美好時光的悵惜（徐志摩：《康橋再會吧》），如此等等，無不以一種「文抽麗錦」、「拍案香檀」的華美形式，營造著一種清絕、妖嬈、穠麗的美感效應。

徐志摩的性情本色，與他生於斯長於斯的「江南」這個特定地域空間自古氤氳的詩性審美文化息息相關。「杏花春雨江南」，「欲把西湖比西子，淡妝濃抹總相宜」──江南湖山煙雲草木之氣，滋生了依花附草、留戀光景的本色話語，助長了鏤玉雕瓊、留雲借月的細膩筆觸，也孕育了依紅偎翠、婉媚香軟的審美性情。在歷史上，江南審美文化形成的獨特文體，無論是南朝宮體詩，還是晚唐五代花間詞，均自然而然地以綢繆婉轉之姿寫綺羅香澤之態，從而呈現了共同的要眇宜修、軟媚柔雅的審美特徵。這樣的「集體無意識」，不但見於古代文人墨客不絕如縷的性情吟詠，而且深深地積澱並傳遞於現代文學的意義生成之中。在現代新文化運動中曾湧現了燦爛的「江南作家群」：魯迅、周作人、茅盾、郁達夫、徐志摩、戴望舒⋯⋯，而徐志摩無疑是其中最抒情、最唯美、最感性的一個。可以說，江南特有的詩性審美品格自幼便深深植根在他的精神血肉之中，使他日後走上文學創作道路後，自覺地將之作為自己文學抒情和敘事的精神之源，作為自己的精神寄託和美學追求。由此，我們也就不難理解，當詩人在劍橋盡情抒發愛情失落的悱惻時，不但用來點題的是傳統中頗具悲劇意蘊的「鵑鳥」意象，而且用來反襯纏綿心緒的竟然也是江南旖旎春景中常見的物象：「柳飄飄，榆錢斗斗」（徐志摩：《月下待杜鵑不來》）。當詩人與心愛的康橋作別時，竟然會情不自禁地用自己熟悉的古典意象置換陌生的場景，明明是置身於異國的河流上，浮現在讀者眼前的卻是一幅中國傳統文化的美景：「金柳」（「草長鶯飛二月天，拂堤楊柳醉春煙」）；「青荇」（「已漂新荇沒，猶帶斷水流」）；「榆蔭」（「榆柳蔭後簷，桃李羅堂前」）；「浮藻」（「羈禽響幽谷，寒藻舞淪漪」）。詩中獨自駕著一葉扁舟「向青草更青處漫溯」的意境，也彷彿穿梭在「誰家今夜扁舟子？何處相思

明月樓」的古典時空裏。這一切無不體現了他對中國古典詩歌藝術美學的
自覺追求。

餘論：純詩的命運與歷史的公正

　　在歷史上，「詞以《花間集》正式登場，詞之崛起於『花間』，『花間』作
為『詞』歷史的和象徵的發生場所，它揭示出『詞』在其開始階段，就是對於
『聲色』等感官的沉溺。」〔註29〕也正是因為這種審美本質特徵，花間詞曾
被指斥為繼承齊梁「宮體」，隨附晚唐「娼風」，表現的是「綺筵公子，繡幌佳
人」對世俗聲色的沉湎與閨閣感官的享樂，不但題材過於狹隘，而且是逃避
現實、享樂主義、頹廢消極心態的反映，甚至認為它是中國文學發展史上的
一股濁流。〔註30〕與花間詞所遭受的沉溺於聲色感官的指斥相似，長期以來，
不論是「五四」，還是當代，對徐志摩部分愛情詩歌內容的譏議從來沒有停
過，輕則論為「輕浮」，重則指斥為「色情」。其實，文學中的「情色」與「色
情」猶如「淑女」與「娼妓」，兩者有著微妙但卻本質的區別：「色情是肉慾，
以挑逗官能為能事；情色是肉感，以搖盪性靈為指歸。所以色情只是訴諸本
能，而情色卻上升到了藝術。」〔註31〕「徐志摩對於戀愛，並不單純地受到
肉慾的驅使，其實他所蘄求的，是由戀愛所得到的靈感，以達到精神上最圓
滿的境界。如弗洛伊德所謂 Libido 的『昇華作用』。直言之，戀愛是他的手段，
靈感的得到，才是他的目的。」〔註32〕同時，其風花雪月的顏面裏也浸漬著
人事變遷與時代風雲的斑痕：無論是其借「對月」感歎「新鮮的變舊，少壯的
亡」，「民族的興衰，人類的瘋癲與荒謬」（徐志摩：《對月》）；還是在「連綿的
雨，外加風」的環境下看到「到處是憔悴」而發出「這年頭活著不易」（徐志
摩：《「這年頭活著不易」》）的痛苦歎息，均可見出其看似庇護在風花雪月搭
建的城堡裏的單純的「詩心」，其實是和「時代」與「人間」維繫在一起的。

〔註29〕沈亞丹：《寂靜之音：漢語詩歌的音樂形式及其歷史變遷》，第 116 頁。
〔註30〕譬如陸游就曾說過：「天下岌岌，生民救死不暇，士大夫乃流宕如此，可歎也
　　　　哉！或者也出於無聊故耶？」（陸游：《花間集跋·其一》，《渭南文集》卷三
　　　　十，中華書局，1976 年。）
〔註31〕江弱水：《一種天教歌唱的鳥：徐志摩片論》，《文本的肉身》，第 100 頁。
〔註32〕蘇雪林：《論徐志摩的詩》，韓石山、伍漁編：《徐志摩評說八十年》，第 247
　　　　頁。

它雖然沒有過多地表現時代的激情與反抗，但是在對風花雪月的眷顧中寄寓了對美、對人生和社會理想的執著追求，以及對生存處境和歷史的思考，其價值也是應當受到肯定的。〔註33〕──然而，歷史的辯證法在於：時局動盪之際，不宜一味在詩中「婉約」，儘管其風花雪月中不乏搖盪性靈的力量；大眾水深火熱之際，也不宜一味在情中「綺靡」，儘管其綺靡之中也往往含有真誠的情感。在那個總體上屬於魯迅、郭沫若等左翼作家不忍坐視顛危而以悲憤鬱勃之氣作獅子吼的苦難動盪時代，徐志摩詩中那些「輕煙似的微哀，神秘的象徵的依戀感喟追求」，以及「競勝於咬文嚼字之末，溺志於選聲斷韻之微」的藝術實踐，便不免予人以「哀吟幽咽」的「枝上寒蟬」之總體印象，這也是他一再受到左翼魯迅、茅盾批評的緣由吧？

然而，徐志摩在現代文學史上的意義卻不會因此而湮滅。與徐志摩同時代的蘇雪林曾專門論述到徐志摩詩歌審美價值的歷史意義，恰與本文主旨相符，不妨引錄於此，順帶作為全文的收束：

> 一種偉大文學絕不是短時期裏能成熟，新詩的黃金時代也許在五十年一百年後，現在不過是江河的「濫觴」罷了。然而這個濫觴也值得我們珍愛，因為其中有我們可愛的天才徐志摩。
>
> 詞的成熟期是兩宋，五代不過是權輿期，五代許多詞人都受時間淘汰而至於消滅或不大為人注意，而李後主卻巍然特出，足與周黃蘇辛爭耀。王國維說：「詞至後主，眼界遂大，感慨遂深，遂變伶人之詞為士大夫之詞。」李後主為詞的劃分時代的界線，徐志摩是新詩的奠基石，他在新詩界像後主在詞界一樣佔有重要的地位，一樣的不朽！〔註34〕

〔註33〕參閱張文剛：《徐志摩：永遠的「風花雪月」》，《詩路花雨：中國新詩意象探論》，北京：社會科學文獻出版社，2019年，第82、87頁。

〔註34〕蘇雪林：《論徐志摩的詩》，韓石山、伍漁編：《徐志摩評說八十年》，第249頁。